LUZIFER
VERLAG

Eva Adam

Kamasutra in Unterfilzbach

Krimikomödie aus Niederbayern

Dieses Buch wurde vermittelt von der
Literaturagentur erzähl:perspektive, München
(www.erzaehlperspektive.de)

IMPRESSUM

Deutsche Erstausgabe

Umschlag: Michael Schubert | Luzifer-Verlag
Lektorat: Johannes Laumann

Printed in Germany

Dieses Buch wurde nach Dudenempfehlung (Stand 2018) lektoriert.

ISBN: 978-3-95835-335-0

Bibliografische Information der Deutschen Nationalbibliothek:
Die Deutsche Nationalbibliothek verzeichnet diese Publikation in der
Deutschen Nationalbibliografie; detaillierte bibliografische Daten
sind im Internet über http://dnb.d-nb.de abrufbar.

In Liebe für meine Familie
Hannah, Emma und Volker

Auf ein (Vor-) Wort

Schon wieder ein Regionalkrimi? Es gibt inzwischen schon unzählige davon. Aus fast jeder Region, aus den verschiedensten Orten in vieler Herren Länder.

Warum ist das so?

Genau das habe ich mich auch gefragt, als dieses Buch fast fertig geschrieben war.

Ich kann es mir nur so erklären, dass die Liebe zur Heimat und zu seinen eigenen Wurzeln irgendwann zurückkommt. Meist nach der persönlichen »Sturm-und-Drang-Zeit« eines jeden Einzelnen und dem Ruf der großen weiten Welt. Irgendwann ist der Hunger, die Suche nach dem ständigen Kick, nach etwas Neuem vorbei. Vor allem bei denjenigen, die eine glückliche Kindheit auf dem Land verbracht haben.

Bei mir war das jedenfalls so. Wenn schon nicht die wichtige Lebensfrage nach dem »Wohin« verlässlich beantwortet werden kann, dann ist es doch beruhigend, zumindest das »Woher« zu kennen. Dies gilt natürlich nicht pauschal für die Menschheit, aber ich denke für einen ganz großen Teil davon. Sicher gibt es auch »Stadtpflanzen«, die genau dort glücklich sind, obwohl sie aus einem Dorf kommen.

Zur Suche nach seinen Wurzeln kommen, die täglichen Schreckensmeldungen mit denen wir in den Medien förmlich »beschossen« werden. Terror, Panik, Korruption, Krieg, Unruhen, Hass, Gewalt und Umweltkatastrophen – irgendwann stumpfen sogar die sensibelsten Menschen ab. Da ist es kein Wunder, wenn die Sehnsucht nach etwas Bekanntem, Überschaubarem, nach Regionalität und nach Heimat wächst. Sicherheit und ein kleines Stück »heile Welt«, wer wünscht sich das nicht?

Nicht umsonst steigen die Zahlen der Rückkehrer aus der »großen Stadt« jährlich an. Nach Studium oder Ausbildung zieht es immer mehr junge Erwachsene wieder in die Heimat zurück, zu den bekannten Wurzeln.

In Bayern ist aus dieser neuen Heimatliebe sogar eine Art hipper Trend geworden. Nicht nur die Regionalkrimis, auch Volksmusik oder Interpretationen davon sowie Trachtenmode haben Hochkonjunktur.

Zu meiner Jugendzeit wäre es nicht auszudenken gewesen, bei einem Volksfest in einem Dirndl zu erscheinen. Für meine beiden heranwachsenden Töchter wäre es heute wiederum unmöglich, dies ohne besagtes Kleidungsstück zu tun.

Früher war es spießig, heute ist es cool und neu – das Alte.

Meine ganz eigene Heimatliebe ist im fiktiven Dorf Unterfilzbach greifbar bzw. lesbar geworden. Unterfilzbach ist universell austauschbar, denn in jedem Dorf gibt es eine Gemeinschaft, eine Dorfratschn, einen Supermarkt, eine Feuerwehr, Volksfeste und – einen Bauhof.

Deshalb ist es mir auch ein Anliegen, dieses Buch nicht unbedingt als Thriller zu sehen. All jene, die das erwarten würden, wären enttäuscht. Für mich persönlich standen die Menschen im Dorf Unterfilzbach, ihre eigenen Geschichten und der Humor im Vordergrund.

Die Krimigeschichte sehe ich als Dreingabe. Als einen Schuss Spannung und Rätselraten bis zur Aufklärung.

Mein ganz persönlicher Wunsch ist es, allen, die dieses Buch lesen werden, ein Schmunzeln oder vielleicht sogar ab und zu ein herzhaftes Lachen zu entlocken.

Wobei ich natürlich weiß, auch Humor ist, wie vieles andere, absolute Geschmacksache.

Zu guter Letzt möchte ich noch anmerken, dass keine Ähnlichkeiten zu lebenden Personen beabsichtigt waren. Und wenn sich doch jemand erkennen sollte oder jemanden erkennt, den er kennt, dann bitte ich dies als künstlerische Freiheit oder Zufall zu sehen..

Eva Adam

KAPITEL 1

Familie Scharnagl

Der Morgen dämmerte gerade erst, als sich Johann Scharnagl, genannt Hansi, in seine strahlend leuchtende, orangefarbene Latzhose schlängelte. Na gut, strahlend war sie seit den letzten Teerarbeiten in der Einfahrt des Rathauses vielleicht nicht mehr wirklich, aber die Arbeitskleidung ist ja auch immer ein Indiz für das Geleistete. Die Bürger in Unterfilzbach sollten so auch hoffentlich erkennen, dass in ihrem Bauhof schwer gearbeitet wurde. Eigentlich mochte Hansi seinen Job im gemeindlichen Bauhof im bayerischen Unterfilzbach gerne, jedoch verstand er ab und zu nicht ganz, warum er manche Arbeitsaufträge erledigen sollte. Ludwig Hackl, seines Zeichens Bauhofchef und von allen nur Wiggerl genannt, war für die Arbeitseinteilung seiner Mannschaft zuständig. Manchmal konnte Hansi sogar verstehen, dass die Leute immer dachten, sie würden nicht allzu viel ausrichten bei ihren täglichen Aufgaben, denn es gab tatsächlich Sachen, die fanden alle restlichen Arbeiter – Wiggerl natürlich ausgenommen – höchst unlogisch. Aber so war er eben, ihr Chef. Dafür waren die Brotzeiten regelmäßig, was Hansi schon sehr wichtig war. Und die Arbeit war bei ihm daheim – in seinem Unterfilzbach.

Als er in die Küche schlurfte, roch er es bereits. *Ach nein, nicht schon wieder grüner Tee,* dachte Hansi. Als seine Frau Bettina vor Jahren in der Volkshochschule einen Yoga-Kurs besucht hatte, war das der Startschuss für ihre Esoterik-Leidenschaft gewesen und diese beeinflusste inzwischen auch den Speiseplan der Familie Scharnagl. Bei den Scharnagls gab es seitdem sehr viel gesunde Kost und viel weniger wirkliche Schmankerl, so wie Hansi sich das eigentlich wünschen würde. Hansi war nämlich ein leidenschaftlicher Koch. Er liebte es, seine Familie, seine Kollegen oder Freunde zu bekochen. Dann verdrehte Bettina immer die Augen, denn Hansi war bekennender Fleischliebhaber. Deftig, würzig, traditionell, aber dennoch sehr experimentierfreudig in der Küche. Sein Kartoffelsalat war eine echte Legende in Unterfilzbach. Allerdings kochte seine Frau die meiste Zeit, und damit war der Speiseplan oft so gesund, dass Hansi manchmal beinahe krank wurde. Denn so ganz ohne Rehbraten oder Lüngerl ist das Leben ja auch nicht schön.

Was hilft es mir, wenn ich gesund lebe und überhaupt keinen Spaß am Essen habe? Essen ist doch schließlich die Erotik des Alters, fand Hansi und befürchtete gar, am Ende müsse er noch gesund sterben.

Heute schwirrten aber gedanklich schon die Weißwürste durch seinen Kopf, die es am Vormittag bei der Brotzeit im Bauhof geben würde. Sein Kollege und bester Freund Sepp wollte zu seinem 45. Geburtstag eine Brotzeit spendieren, was seine Kollegen dem »gniggaden Hund« gar nicht zugetraut hatten, denn eigentlich war Sepp wirklich ein recht sparsamer Zeitgenosse. Insofern war das gesunde Frühstück à la Bettina mit grünem Tee und Leinölquark jetzt halt nur ein kleines »Mogndratzerl«, quasi ein Appetithäppchen, wie man im Rest der Welt außerhalb Bayerns auch sagen könnte.

Bettina rührte bereits voller Inbrunst das Leinöl in den Naturquark. Mit Leinsamen und einer Bio-Birne ein Festschmaus, dachte sie, auch wenn Hansi da anderer Meinung war.

Bettina Elke Scharnagl, geborene Schlessinger, war Hansis große Liebe. Seit 25 Jahren waren sie nun schon ein Paar. Bettina war gerade 17 Jahre alt geworden, als sie sich in den zwei Jahre älteren Hansi verliebte. Die Ehe der Scharnagls ist, was wahrscheinlich sehr selten vorkommt, tatsächlich immer noch ohne größere Skandale verlaufen. Bisher gab es wirklich keine erwähnenswerten Krisen, nur ganz normale Höhen und Tiefen. Die beiden passten einfach zusammen wie der Deckel auf den Topf und sie verstanden sich auch nach all den Jahren noch richtig gut. Im Großen und Ganzen war Hansi recht glücklich und zufrieden mit seinem Leben, wenn man jetzt mal von Bettinas Leidenschaft für gesundes Essen und Esoterik absah. Er hatte drei wunderbare Kinder, auf die er zu Recht stolz war.

Isabelle, seine Erstgeborene, war eine Schönheit im aufregenden Alter von 20 Jahren. Was natürlich von den männlichen Einwohnern Unterfilzbachs und Umgebung nicht unbemerkt blieb. Mit ihren langen blonden Haaren, ihrer Model-Figur und dem Engelsgesicht hätte sie so manch einer Claudia Schiffer Konkurrenz machen können, fand Hansi. In der Bauhofwerkstatt hingen ja oft Bilder von jungen leicht bis gar nicht bekleideten Mädels an der Wand. Da könnte Isabelle locker mithalten. Aber das würde der Vater seiner Tochter natürlich niemals sagen, am Ende käme die

Dorfschönheit noch auf dumme Ideen. Schließlich war Isa ja seine Tochter und Hansi wachte mit Argusaugen schon ganz genau über die Verehrer, von denen sich Isabelle abholen oder beschenken ließ.

Isabelle war mittlerweile die Starfriseuse – ähm, Verzeihung, den Ausdruck »Friseuse« mochte Isabelle absolut nicht – respektive Top Hair Artist in »Karins Friseur Stüberl«. Sie wusste, wie sie ihre Kundinnen und natürlich auch die männlichen Kunden glücklich machen konnte, Isa wickelte jeden um den Finger! Sie war selbstbewusst und strebte ihr großes Ziel an. Isa hatte sich nämlich in den Kopf gesetzt, dass sie nach ihrer erweiterten Ausbildung zum Make-up- Artist, die sie schon fest geplant hatte, einmal hinter den Kulissen der großen Modeschauen der Welt arbeiten wollte. New York, Paris, Mailand – da wollte sie hin, in die große Welt des *Prêt-à-porter* und des sagenumwobenen Modelbusiness. Bei Heidi Klums Topmodel-Show die zickigen Kandidatinnen schminken, das wär's doch, dachte sich Isabelle oft. Wahrscheinlich würde sie auch irgendwann ihr Ziel erreichen, denn den nötigen Biss hatte die Erstgeborene von Hansi und Bettina allemal. Aber noch schnitt sie die Haare in Unterfilzbach und lebte im elterlichen Einfamilienhaus, wenn auch in der schicken Einliegerwohnung.

Was das Essen betraf, war Hansis große Tochter durchaus bereit, die Kost zu essen, die Bettina jeden Tag zauberte. Isabelle war die Anzahl der Kalorien wichtiger als der Geschmack, mit Ausnahme von Hakans Döner, da warf sie ab und zu gerne ihre Vorsätze über Bord.

»Ich muss ja schließlich schon auf meine Figur achten. Von alleine kommt das auch nicht«, sagte sie meistens, wenn der überwiegende Teil der Scharnagls an Bettinas Öko-Gerichten herumnörgelte.

Heute schwebte Isa mal wieder engelsgleich durch die Küche und hatte es wie immer sehr eilig. Es war Dienstag, Extensions-Day in »Karins Friseur Stüberl«, das war harte Arbeit. Hansi verstand nicht so ganz, wieso Männer zum Haareschneiden zum Friseur gehen und Frauen sie sich dann wieder ankleben lassen. Aber Männer würden Frauen wohl nie wirklich verstehen.

»Guten Morgen, Papa«, begrüßte Isabelle ihren Vater mit einem Busserl auf seine Wange und – schwups – war sie auch schon wieder weg. »Heute haben wir fünf Exti-Kundinnen, und die haben nicht wirklich viel, wo man was ankleben könnte. Das wird wieder eine Fuzzelarbeit, da muss ich noch viel herrichten. Servus«, trällerte sie noch im Hinausschweben.

Bettina stellte ihrem Gatten eine große Schüssel Leinölquark vor die Nase und erklärte wieder einmal, wofür es gut sei, wenn Hansi viel davon essen würde.

»Mei, Bärle, das ist ja so gut für dein Herz und deinen Kreislauf, es fördert die Konzentration … und überhaupt … fürs Cholesterin ist es auch nicht schlecht.«

Insgeheim dachte Hansi, dass sich Bettina ja schon manchmal selber widersprach, denn bei den Fleisch- und Wurstwaren achtete sie penibel darauf, welchen Fettgehalt diese hatten, aber beim Leinöl, was ja auch eigentlich reines Fett war, da konnte sie ganze Flaschen in Schüsseln schütten – und das war dann auch noch gesund! Aber der brave Ehemann nickte nur und löffelte schweigend seine Schüssel leer. Hier half sowieso kein Widerstand.

Im Streitgespräch, wie eigentlich fast immer, kamen die zwei restlichen Scharnagl-Kinder zur Tür hereingepoltert. Der Zweitgeborene, Hansi junior, und das Nesthäkchen Indira. Die Streitigkeiten waren meistens eher unausgeglichen, denn der Scharnagl-Stammhalter Hansi war immer der stillere Teil.

Hansi junior war im dritten Lehrjahr bei Elektro Garhammer und eigentlich viel zu gut für diese Welt. Seitdem er vor Kurzem volljährig geworden war und sein eigenes Auto besaß, mutierte er quasi zu jedermanns Chauffeur. Hansis einziger Sohn konnte keinem Menschen einen Wunsch abschlagen, das sah man ihm auch schon von Weitem an. Auch der kleine Hansi trug eine Latzhose, aber nicht orange, sondern blau. Darunter wölbte sich ein kleines Bäuchlein. Überhaupt erinnerte der Jüngling an einen Teddybären mit seinen freundlichen Augen, den wuscheligen Locken – die vor langer Zeit so ähnlich auch einmal das Haupt seines Vaters geziert hatten – und dem immer lächelnden Gesichtsausdruck.

»Kannst du mich heute in die Schule fahren oder nicht?«, fuhr Indira ihren Bruder an.

Indira! Ja, dieser Name hatte viele Diskussionen im Hause Scharnagl ausgelöst. Schuld daran war Bettinas Yoga-Lehrer Ashanti, der Hansi schon ein rechter Dorn im Auge war.

Eigentlich hieß Ashanti ja Alois Amberger, aber seit er angeblich zwei Monate in einem indischen Ashram verbracht hatte, war er auf einmal Ashanti – obwohl er eigentlich auch ein echter Unterfilzbacher war. Loisl Amberger alias Ashanti kleidete sich seither nur noch in helle Leinenhosen und Leinenhemden. Sein graues Haar war schulterlang und leicht struppig. Aber auf Frauen mit dem gewissen Faible für Esoterik und ab Mitte 40 aufwärts übte Ashanti eine absolute Anziehung aus.

Seine Kurse in der Volkshochschule, Zweigstelle Unterfilzbach, waren immer gut besucht, egal ob es Yoga, Reiki, Blockadenlösung, Meditation oder Kamasutra war.

Richtig, Kamasutra unterrichtete Ashanti auch. Allerdings war der Kurs der indischen Liebeskunst sehr frauenlastig.

Bettina wollte Hansi dazu schon seit Monaten überreden, aber er sträubte sich bisher konsequent dagegen. Sie versuchte wirklich alles, um ihn zu überzeugen. Letzten November hatte sich Hansis Frau viel Mühe gemacht und ihm einen Kamasutra-Adventskalender gebastelt. Wunderschön verziert, mit glänzenden Sternen und Christbäumen, sehr filigran, aus Goldfolie ausgeschnitten. Sie hatte sich dafür extra goldene Tinte für ihren Kalligrafie-Füller und einen goldenen Skizzierstift gekauft. Auf schwarzem Fotokarton waren 24 ausgewählte Kamasutra-Stellungen mit vielsagenden Namen wie »Der Brückenpfeiler«, »Der Patronengurt« oder »Der Schmetterling« zu sehen. Sofern man sie erkennen konnte, denn das war leider nicht ganz einfach. Bettina hatte wirklich Talent für Handarbeiten aller Art, wie zum Beispiel Socken stricken oder Mützen häkeln. Aber zeichnen? Das konnte sie nicht ganz so gut. Zumindest nicht so, dass man erkennen konnte, was sie denn genau darzustellen versuchte. Das abgebildete Paar war zumindest daran auseinanderzuhalten, dass der agierende Mann wohl eine Latzhose trug – oder diese manchmal auch nur noch halb am Körper hatte – und die beteiligte Frau eine wuschelige Kurzhaarfrisur à la Inka Bause aus Bettinas Lieblingssendung »Bauer sucht Frau«. Somit waren zwei wichtige Kennzeichen für Hansi beziehungsweise Bettina gegeben und man wusste zumindest, wer gemeint war. Aber die Stellungen selbst waren sehr kompliziert und durch diese Schwierigkeit wohl auch undeutlich in der Darstellung zu erkennen, es erinnerte teilweise eher an Schlangen als an Menschen. Diese Bilder und das damit verbundene sofort einsetzende Kopfkino, wie Hansi dabei seinen Körper verdrehen und biegen müsste, hatten ihn dann doch eher abgeschreckt als seine Kamasutra-Neugierde geweckt. Regelrechte Phantomschmerzen hatte er bei diesem Anblick gefühlt.

Außerdem war Hansi schon ein wenig eingeschnappt gewesen, dass es Bettina wohl nicht nur um das gemeinsame aufregende Liebesspiel ging.

Unter jeder einzelnen Übung war zu lesen, wie viele Kalorien der Mann dabei verbrauchen würde und sogar, welche Muskelpartien trainiert werden sollten. Wohlgemerkt, nur für den Mann!

Es war Hansi natürlich bewusst, dass Bettina mit seinem wachsenden kleinen Bäuchlein nicht ganz so glücklich war. Aber dieses Bäuchlein hatte er ja immer schon. Und schließlich hatte sie ihn damit auch geheiratet. Dass so ein Bauchansatz im Alter manchmal wachsen konnte, war einfach der Lauf des Lebens, fand Hansi. Außerdem war er eigentlich ganz zufrieden mit seinem Liebesleben.

Wenn man jedoch den Kalender so sah und vor allem das Gedicht auf der ersten Seite las, das Bettina eigens für ihn geschrieben hatte, hätte man fast vermuten können, sie wäre todunglücklich mit der ehelichen Sinnlichkeit im Hause Scharnagl.

Als sie ihm den Kalender damals überreicht hatte, war Hansi anfangs wirklich sehr gerührt gewesen, bis er dann zu lesen angefangen hatte:

Bärles »besonderer« Adventskalender

Mein liebes kleines Bärle,
wie du weißt, bin ich sehr ehrle'.
Wir beide werden langsam immer reifer
und bald nur noch die Gelenke steifer.

Drum kam ich so ins Überlegen,
vielleicht sollten wir uns mehr bewegen?
Dein Bauch wird leider immer dicker,
drum müssen wir künftig öfter …
die Kinder wegschicka.

Kamasutra könnten wir mal ausprobieren,
dazu musst auch nicht groß studieren.
Schlank und fit wirst dadurch werden,
und an der Gicht ganz gewiss nicht sterben.

G'sund ist es und tut die Libido inspirieren,
gib dir an Ruck – es kann ja nix passieren.
Vorher noch sauber dehnen und frisch duschen,
dann können wir mal wieder so richtig schmusen.

Auch andere Zeiten und Orte würd' ich gern wählen,
dann müssten wir uns nicht sonntags
nach dem Tatort »quälen«.
Im KaufGut könnt ich ändern meine Schicht,
nutzen wir doch mal das Tageslicht.

Und versuchen wir mal andere Positionen,
ich würd' so gern mal auf dir »thronen«.
Fangen wir halt mit was Leichtem an,
dann kannst du stehen deinen Mann.

Drum sollst nun zum Advent an Kalender kriegen,
musst dich halt jetzt a bisserl mehr verbiegen.
Wir machen's auch nicht so schnell wie beim Ashanti,
schließlich sind wir ja nicht »in flagranti«.

Im Winter bist ja nachmittags öfter daheim,
da hätten wir Zeit und wären allein.
Dann möcht ich dir erst die Füße kraulen,
und danach sollst dann so richtig jaulen.

Eine schöne Adventszeit
wünscht dir
dein Zuckerschoaserl

Mit jeder Zeile, die Hansi las, konnte er dieses ganze Kamasutra-Zeug und alle Inder gleich mit dazu immer weniger leiden. Er fühlte sich wirklich gekränkt.

Bettina war bis dahin gar nicht bewusst gewesen, wie sehr sie ihren Mann damit getroffen hatte, aber er ließ es sie dann auch gleich spüren. Nicht, dass er was gesagt hätte, nein, aber was das Gezicke im Hause Scharnagl betraf, war Hansi ganz klar Spitzenreiter – noch weit vor seiner pubertierenden Tochter Indira und der Unterfilzbacher Stilikone Isabelle.

Über Tage hinweg hatte Bettina damals ein schlechtes Gewissen gehabt. Und sich so auch mit ihrem Wunsch, Hansi möge sie doch einmal zum Unterfilzbacher Kamasutra-Kurs begleiten, einige Zeit lang sehr zurückgehalten. Es schien wohl auch mehreren Männern nicht ganz geheuer zu sein, was da in der Schulturnhalle veranstaltet wurde, denn es waren wirklich nur weibliche Kursteilnehmer, die mehr Schwung in ihr Erotikleben bringen wollten. Die ohnehin im katholischen Unterfilzbach lediglich möglichen »Trockenübungen« wurden also aufgrund fehlender männlicher Teilnehmer mit dem Tageslichtprojektor besser veranschaulicht. Allein das mit dem Projektor verstand Hansi ja schon nicht ganz. Wie sollte denn da eine rechte erotische Stimmung aufkommen? Das war ja, als ob der Wiggerl mal wieder erklärt hätte, wie und wo bei einer Straßensperrung wie viele Verkehrsschilder wann aufgestellt werden sollten. Aber gut, Hansi war da recht tolerant. Jeder, wie er wollte – solange Bettina sein Nein akzeptierte. Für ihn war das Thema Kamasutra auf jeden Fall bis auf Weiteres abgehakt.

Für Bettina aber eben leider nicht, sie war Feuer und Flamme für den Loisl aus dem Ashram, wo immer dieser auch gewesen sein sollte. Damals hatte er eben sogar die Namensfindung des Scharnagl-Nesthäkchens beeinflusst, und von da an war er dem Hansi direkt unsympathisch gewesen. Als Bettina mit Indira schwanger war, erzählte Ashanti im Yoga-Kurs die Geschichte von Mahatma Gandhi, und davon war Bettina mehr als angetan, sowohl von der Lebensgeschichte als auch vom Namen. Gottseidank wurde Indira ein Mädchen, sonst hieße »er« jetzt Mahatma Scharnagl. Hansi hätte ja lieber eine Florentine gehabt, aber da war der Einfluss von Ashanti auf die Mutter seiner Kinder zum damaligen Zeitpunkt wohl größer gewesen.

Indira war der jüngste Spross der Scharnagl-Familie. Obwohl sie mit ihren 15 Jahren in der absoluten Hardcore-Pubertät steckte, war sie im Vergleich zu ihren Altersgenossinnen doch noch einigermaßen zugänglich. Irgendwie schlug sie trotzdem ziemlich aus der Art, fand Hansi, denn ihr neuester Wunsch war es, zu studieren. Das musste man sich mal vorstellen! Ein Scharnagl hatte bisher noch nie studiert. Hansi war die bodenständige Welt des Handwerks viel lieber und erklärbarer. »Gstudierte« mochte Hansi nicht besonders, er fand, die machten alles immer noch komplizierter.

Aber auch Indira hatte immer schon ihren eigenen Kopf gehabt. Seit ihr der Wechsel aufs Gymnasium verwehrt worden war, was Indira ihrem Vater heute noch übel nahm, hatte sie sich vorgenommen, über ihre weitere Karriere selber zu entscheiden. Und ein klein wenig war der Papa ja doch auch stolz auf sie. Sie war in der Realschule die Klassenbeste und wusste Sachen, von denen hatte der Hansi noch nie etwas gehört. Indira hatte sich in den Kopf gesetzt, nach dem Realschulabschluss ihr Abitur nachzuholen und dann vielleicht Medizin, Politik oder Philosophie zu studieren. Abitur! Ein Scharnagl! Studieren! Ein Scharnagl! Hansi bekam manchmal eine Gänsehaut, wenn er sich das vorstellte: »Frau Dr. Scharnagl bitte in den OP.«

Inzwischen fand er sich jedoch langsam aber sicher damit ab, dass er einfach eine sehr gescheite Tochter hatte. Indira war zwar genauso hübsch wie Isabelle, aber sie machte sich nicht besonders viel aus Äußerlichkeiten. Sie las lieber Bücher, als dass sie mit ihrer Schwester in »Elkes Nagel Salon« ging. Sie spielte mit den Bewohnern des Unterfilzbacher Altersheims *Das ewige Licht* regelmäßig Schach oder las ihnen etwas vor, was Hansi zuckersüß und sehr liebenswert fand. Ansonsten war auch Indira sehr selbstbewusst und bei Diskussionen allen anderen Scharnagls weit überlegen. Wie man auf gut Bayerisch halt sagt: »Sie hat a recht a Gosch'n«, quasi eine große Klappe. Und diese »Gosch'n« bekam eben heute wieder der kleine Hansi zu spüren.

»Mei, Indira, ich muss jetzt dann gleich in die Berufsschule, ich kann dich heut nicht fahren. Mir pressiert es heute wirklich ganz furchtbar«, versuchte Hansi junior seiner Schwester sein Nein zu den geforderten Chauffeurleistungen zu erklären.

»Aber ich hab doch heute meinen Projekttag *Korruption in der Pharmaindustrie*. Weißt du eigentlich, wie viel Zeug ich da mitschleppen muss? Soll ich das jetzt alles im Bus mitnehmen?« Indira war sichtlich erbost.

Bettina sah ihren einzigen Sohn an, der mit den Augen förmlich um Unterstützung seiner Mutter flehte.

»Indira, das hättest du dir jetzt aber auch früher überlegen können, der Hansi ist ja nicht dein Taxi«, versuchte Bettina die Situation zu beschwichtigen.

Dabei konnte man in der Küche ein sehr dankbares, entspanntes Durchatmen vom kleinen Hansi vernehmen.

»Der Papa kann dich jetzt dann zum Bus bringen, wenn er in die Arbeit fährt, dann musst du zumindest nicht bis zur Bushaltestelle laufen«, sprach die Mutter ein Machtwort.

Nachdem die Scharnagls ihr Frühstück beendet hatten, machte sich jeder auf seinen Weg. Bettina räumte noch die Küche auf und radelte dann zum KaufGut-Supermarkt im Dorf, wo sie an der Kasse saß.

An der Kasse zu arbeiten war eigentlich der beste Job im Supermarkt. Man sah, was die Leute so einkauften und konnte sich damit so manches Mal einen Reim auf die Gerüchte machen, die im Dorf umgingen. Wenn jemand zu Saufen anfängt, zum Beispiel, dann wusste es Bettina meistens schon recht früh. Außerdem ging immer ein Ratsch, wenn die Schlange nicht so lang war. Wahrscheinlich wusste eine Supermarkt-Kassiererin mehr von ihren Mitbürgern als so manch ein Pfarrer. Gottseidank musste sich Bettina aber nicht an das Beichtgeheimnis halten, auch wenn sie das Getratsche, das in einem Dorf üblich war, nicht so sehr mochte.

Donnerstag war allerdings immer so eine Sache im KaufGut, denn dann fielen die Unterfilzbacher immer wie eine Horde Heuschrecken im einzigen Dorf-Supermarkt ein.

Das aktuelle Angebot aus den Werbeflyern der Einkaufskette war dann brandneu zu haben. Dies interessierte jetzt eigentlich keinen, wenn es sich um Oster-Deko oder solch banale Dinge handelte, aber bei Fernsehern, Computern oder Gartenmöbeln war es für das Supermarkt-Personal recht schwierig, gegen die Horden wild gewordener Hausfrauen durchzugreifen.

Die Aktions-Angebote waren immer sehr günstig und nicht in großer Stückzahl vorrätig. Am schlimmsten war es aber, wenn es Kinderstrumpfhosen oder Kinderschneeanzüge gab. Da war wirklich Nahkampf angesagt, nicht selten kam es sogar vor, dass sich da eine feine Schlägerei entwickelte. Nach dem letzten Schneeanzug-Donnerstag hatten die Supermarkt-Frauen einen wahren Brandbrief an die Regionalverwaltung vom KaufGut geschrieben. Sie forderten darin, bei der nächsten Verkaufsaktion dieser Art Security-Männer für den Ansturmtag im Laden zu organisieren, um nicht immer selbst eingreifen zu müssen.

Am schlimmsten war da ja die Hinkhofer Berta, die zwar schon 68, ledig und kinderlos war, aber die Berta hatte dieses Jahr gleich fünf Schneeanzüge in Größe 86 bis 136 gekauft und drei Paar Herrenfilzpantoffeln in den Größen 44, 45 und 46. Bettina fragte sich manchmal, was sie damit wohl machte. Im Internet versteigern? Am Schneeanzug-Schwarzmarkt verkaufen? Vielleicht ging es ihr aber auch nur um das Gefühl, jemand anderes die Beute vor der Nase weggeschnappt zu haben.

Die Berta war schon in Rente und sollte alle Zeit der Welt haben. Sie war früher die gefürchtete Sekretärin vom

Bürgermeister gewesen. Aber trotz Ruhestand war sie immer im Stress, mehr noch als alle anderen Rentner. Von Berta erfuhr Bettina allerdings immer die absolut brandheißen News aus dem Unterfilzbacher Gemeindeleben. Berta war die ungekrönte Königin aller Dorftratschen und nicht gerade zimperlich, wenn es darum ging, über ihre Mitbürger zu lästern.

Hansi bog an diesem strahlenden Oktoberdienstag recht entspannt mit seinem blauen Opel Astra Kombi in die Bauhofeinfahrt ein. Hier am Bauhof herrschte irgendwie eine eigene Zeitrechnung, das bemerkte man schon am automatischen Einfahrtstor, das sich gut und gern 45 Sekunden Zeit lassen konnte, bis es endlich zur Durchfahrt offen war. Aber genau das liebte Hansi ja so an seiner Arbeit, es gab hier nicht wirklich Stress – außer vielleicht in den Wintermonaten. Da war es dann schon manchmal ziemlich anstrengend, das Bauhofleben, denn in Unterfilzbach schneite es sehr oft und sehr viel. Und der Schnee musste ja schließlich auch geräumt und die Straßen gestreut werden. Ab Oktober war der Bauhof-Kapo Wiggerl quasi dauerangespannt. Er kannte so ziemlich alle weltweit zugänglichen Wetterportale und recherchierte von Oktober bis März den ganzen Tag, ob es vielleicht doch noch unter 0 Grad werden könnte, wie hoch die Schneefallwahrscheinlichkeit war, wie viel Meter Schnee es werden könnten und ob auch ja genug Streusalz vorhanden war. Ganz wichtig war aber natürlich auch, dass seine Männer rufbereit waren, wenn Hilde – Wiggerls Frau – zum Telefon greifen musste, um die Bauhofmänner teilweise bereits gegen 3.00 Uhr morgens aus den Federn zu klingeln. Wiggerl rief nur selten persönlich bei seinen Männern an, weil er dann im Fall der Fälle lieber sofort in sein Bauhoffahrzeug hüpfte und kontrollierte, in welchen Straßen seines Zuständigkeitsbereichs es am meisten geschneit hatte. Da erinnerte er Hansi immer ein wenig an den hektischen Luis de Funès in seinen besten Zeiten. Wiggerl hatte bei Räumarbeiten quasi eine Funkgeräte-Standleitung zu seinen Schneepflugmännern. Allerdings verließ sich der Bauhofvorarbeiter nicht immer nur allein auf die Wetter-und Temperaturvorhersagen aus dem Internet. Nein, Wiggerl hatte seine ganz persönliche Methode entwickelt, die weitaus besser war als jeder Meteorologe. Fand zumindest Wiggerl. Wenn er das Gefühl hatte, oha, jetzt ist es aber kalt, warf er einen seiner Hausschlappen die Einfahrt vor dem Haus hinauf, und wenn dieser wieder zurückschlitterte, dann rief er: »Hilde, mach an Rundruf! Heut wird's zum Streuen.«

Das war quasi Temperaturmessung auf Bayerisch.

Ja, ja, der Wiggerl, das war schon so einer. Er war als Vorarbeiter für die Verteilung der Arbeit zuständig, aber irgendwie hatte er dazu nicht das richtige Karma (würde Ashanti wahrscheinlich sagen). Da konnte es schon mal vorkommen, dass die neuen Blumentröge für die Ortseinfahrt erst im Oktober aufgestellt und bepflanzt wurden, weil man vergessen hatte, dass die ja noch im Lager waren. Ab Oktober konnte es aber in Unterfilzbach schon wieder schneien, und dann kamen die Blumentröge spätestens Mitte Oktober auch wieder weg – denn eventuell könnte man diese ja dann, falls es spontan zum Wintereinbruch mit fünf Meter Schneehöhe käme, mit dem Schneepflug übersehen. Und dann wären sie hin.

Das Betriebsklima unter den Bauhofkollegen war recht gut. Alles Unterfilzbacher oder aus den Nachbardörfern, alle aktive Mitglieder bei der Feuerwehr und auch sonst recht zünftige Mannen. Hansi war ursprünglich gelernter Maurer, da herrschte auf der Baustelle schon ein anderer Wind. Deshalb war es im Vergleich dazu im Kommunaldienst recht entspannt. Das allerschönste im Bauhof war aber die Verlässlichkeit, vor allem beim Thema Nummer eins. Täglich um halb zehn wurde am Bauhof Brotzeit gemacht, komme, was da wolle. Alle waren Tag für Tag pünktlich im Brotzeitstüberl versammelt. Das war quasi wie ein Dogma.

Jetzt im Herbst wurde es jedoch allmählich ein wenig hektischer im Unterfilzbacher Bauhof. Also, Hektik war jetzt relativ, aber verglichen mit den sonstigen Verhältnissen schon, fand Hansi. Der Wiggerl hatte nämlich einmal in einem Seminar für kommunale Sicherheitsbeauftragte gelernt, dass bei einem Gefälle ab mindestens acht Prozent die Unfallgefahr im Straßenverkehr bei starkem Laubblätterbelag – das heißt, ab vier Blättern übereinander, sagte Wiggerl – erheblich erhöht wäre. So, und weil ja Unterfilzbach inmitten des Bayerischen Waldes lag und somit auch viele Straßen mit Gefällen hatte, um nicht zu sagen, auch steile Straßen, dazu noch eine größere Anzahl an Laubbäumen, war dies natürlich für den Wiggerl wieder eine absolute Stresssituation, sobald die ersten Blätter sich gelb färbten. *Ab heute geht's wieder los*, dachte Hansi noch, als er die bunte Blätterpracht auf seinem Arbeitsweg bewunderte. Und tatsächlich war es dann auch so. Als Wiggerl seine morgendlichen Aufträge verteilte, huschte ein leichtes Grinsen über die Gesichter der Bauhofmänner.

»Hansi und Sepp, ihr zwei sperrt ab heute wieder jeden Tag die Dorfstraße und blast mit dem Laubbläser das Laub weg. Am besten gleich in der Früh. Nicht auszudenken, wenn es regnet. Ein Sicherheitsrisiko, unverantwortlich, da müssen wir schon aufpassen! Das ist wirklich eine saugefährliche Sache, ihr wisst ja, was damals passiert ist.«

Wenn es nach dem Wiggerl gegangen wär, dann gäbe es aus Sicherheitsgründen in Unterfilzbach überhaupt keinen einzigen Baum mehr, was aber im Bayerischen Wald doch auch wieder recht schwierig wäre. Seit nämlich vor zwei Jahren die Straubmeier Franziska, in Unterfilzbach besser bekannt als die »ledige Fannerl«, im rüstigen Alter von 86 Jahren mit ihrem Rollator die Dorfstraße wegen des starken Laubbefalls heruntergeschlittert war und sich dadurch den Oberschenkelhals gebrochen hatte, ist der Wiggerl da noch viel vorsichtiger geworden.

Die ledige Fannerl ging jeden Donnerstag zum KaufGut, der am Ende der Dorfstraße stand, und stürzte sich ins Getümmel um die besten Kinderstrumpfhosen oder was es halt grad so zu erstehen gab. Für den Wiggerl war damit der »Schlapperl-Test« im Winter ebenso aussagekräftig wie der »Fannerl-Test« im Herbst.

Um kurz nach halb acht Uhr schaltete Sepp dann den nagelneuen »Turbo-Laub-Master-Blaster 5000« ein und war sofort begeistert. *Geh, leck, ist das ein Gerät,* dachte sich der Sepp, und der Hansi war ein kleines bisserl neidisch, weil er mit dem alten »Laubbläser-Gigant 50« nur ein laues Lüftchen im Vergleich zum neuen Gebläse veranstaltete. Aber genauso kraftvoll, wie das neue Wundergerät war, genauso laut war es auch. Natürlich trugen Sepp und Hansi Ohrenschützer gegen den Lärm, weil der Wiggerl auch auf die Sicherheit und Gesundheit seiner Männer bedacht war. Und mit Ohrenschützer hörten sie dieses ohrenbetäubende Gebläse natürlich nicht mehr. Jedoch wohnte an der Dorfstraße auch die Hinkhofer Berta. Und weil ja die Berta schon in wohlverdienter Rente war, schlief sie in der Regel noch morgens um kurz nach halb acht. Dies war allerdings heute ab sofort nicht mehr möglich. Als Hansi und Sepp die Dorfstraße schon halb vom Laub befreit hatten, erschraken sie aufgrund eines markerschütternden Schreies – den sie trotz Ohrenschützer wahrnahmen.

»Ja seid's ihr denn narrisch! Ihr seid's ja die allergrößten Volldeppen, die blödesten Hirschen! Zu meiner Zeit hätt es dafür eine Abmahnung gegeben.«

Hansi und Sepp waren sprachlos und wussten gar nicht, wie ihnen geschah.

Die Hinkhofer Berta stand im geblümten Nachthemd und mit Schlafmaske in den Haaren vor ihnen und schimpfte und zeterte auf sie ein, weil sie brutal aus ihrem Schlaf gerissen worden war, und in ihrem Alter war das ja schon fast wie ein hinterhältiger Mordanschlag, so ein brutaler

Lärm. Und überhaupt war das bei den acht Blättern, die da auf der Dorfstraße lagen, sowieso ein Schmarrn, was sie da machten, und noch so einiges mehr.

Als sich Hansi die Ohrenschützer abzog, musste er wirklich eingestehen, dass der neue »Turbo-Laub-Master-Blaster 5000« schon sehr laut war, allerdings war die Berta noch lauter.

»Ja, Berta, da hast du schon recht, aber Auftrag ist Auftrag, da musst du schon den Wiggerl anrufen und dich beschweren«, antwortete Hansi ein wenig hilflos.

Damit ließ sich die Berta jedoch nicht wirklich beruhigen und schimpfte wutentbrannt weiter: »Ihr kommt's mir ja vor wie die zwei, wo einer ein Loch gräbt und der andere schaufelt es wieder zu, bis sie merken, dass der dritte, der die Bäume reinsetzen sollte, Urlaub hat. So blöd seid's ihr!«

Solche Beschimpfungen waren leider keine Seltenheit. Hansi fand, die Arbeit des Bauhofs wurde manchmal nicht so geschätzt, wie sie es eigentlich verdient hätte. Aber er hatte sich daran schon gewöhnt, Hauptsache, die Brotzeit war immer pünktlich und regelmäßig. Sepp funkte einfach via Bauhoffunk ihren Vorgesetzten an. Sollte sich doch der Wiggerl mit der Hinkhofer Berta auseinandersetzen, der hatte schließlich die Idee mit der Laubblaserei um diese frühe Uhrzeit gehabt.

Der Wiggerl kam dann auch zum »Tatort« und diskutierte leidenschaftlich mit Berta. Er versuchte ihr sehr geduldig das Sicherheitsrisiko zu erklären und zählte die Blätter als Beweis dafür, dass es halt nicht mehr zu verantworten wäre, wenn es jetzt regnen würde. Hansi und Sepp packten nach getaner Arbeit ihre Sachen zusammen und fuhren zur Brotzeit in den Bauhof. Wie die Diskussion zwischen der Berta und dem Wiggerl letztendlich ausgegangen war, wussten sie nicht. Denn Wiggerl wollte zu diesem Thema für den restlichen Tag nichts mehr sagen.

KAPITEL 2

Snow-Magic-Hero

Der Winter war dieses Jahr – wieder einmal – ein Jahrhundertwinter, jammerte Wiggerl tagtäglich. Aber es schneite heuer wirklich seit Wochen unaufhörlich in Unterfilzbach. Wiggerl war schon knapp vor dem Herzinfarkt, weil die Schneemassen besonders heftig daherkamen und Hilde, seine Frau, beinahe täglich um 3.00 Uhr nachts bei Hansi und seinen Kollegen anrief, um sie darauf hinzuweisen, dass es schneite.

»Als ob ich das nicht selber sehe, wenn ich aus dem Fenster schau, Hilde!«, sagte Hansi jeden Tag schon automatisch und inzwischen recht genervt vom täglichen telefonischen Weckruf mitten in der Nacht.

Hansi war heute wie immer unter anderem für die Angerstraße zum Räumen und Streuen eingeteilt. Saukalt war es wieder an diesem Februarmittwoch in Unterfilzbach. Heute hätte der Wiggerl sicher keinen »Schlapperl-Test« machen brauchen, denn heute fühlte jeder Unterfilzbacher, sobald er das Haus verließ, dass der Gefrierpunkt weit unterschritten war.

Als Hansi hochkonzentriert die Angerstraße hinauffuhr, dachte er sich wieder einmal, wie saudumm es hier doch zum Räumen war. Eng, kurvig und dazu auch noch eine Sackgasse. Zum Wohnen aber ideal, weil sie direkt zentrumsnah und doch ruhig lag. Allerdings war das Wenden und

Drehen mit dem neuen kommunalen »Snow-Magic-Hero 1000«-Räum- und Streufahrzeug wirklich eine Herausforderung. Zu Beginn des Winters hatte Hansi dabei jedes Mal noch ein wenig den Gartenzaun vom Birnböck Michael leicht touchiert, der am Ende der Angerstraße wohnte. Aber inzwischen hatte er ja eine Zeit der Übung hinter sich und Gefühl und Gespür für das Fahrzeug entwickelt. Hansi und sein »Snow-Magic-Hero 1000« waren in diesem Winter ein richtig gutes Team geworden.

Es war 5.45 Uhr und Hansi räumte und streute in den Straßen von Unterfilzbach schon seit 4.00 Uhr, was das Zeug hielt. Er wendete seinen Schneepflug in der Angerstraße 9 geschickt in drei Zügen und fuhr den steilen Berg langsam wieder hinunter. Plötzlich sah er etwas zwischen den Zaunlatten in der Angerstraße 5 hervorstehen. Direkt hinter dem Streugutbehälter. Was war denn das? Vielleicht ein Ast? Auf jeden Fall musste er hier einmal genauer hinschauen, denn er war ja als Bauhofmitarbeiter immer auf die Sicherheit und Ordnung in Unterfilzbach bedacht. Bestimmt war das die Schaufel vom Streugutbehälter, die wieder einmal irgendeiner so schlampig hingeworfen hatte. *Wenn das der Wiggerl sehen würde,* dachte sich Hansi noch, als er aus seinem »Snow-Magic-Hero 1000« ausstieg. *Oha, heute ist es aber wirklich sehr glatt,* erschrak Hansi und landete auf der schneeglatten Angerstraße fast auf seinem Hintern. Er näherte sich dem unbekannten Objekt.

Ja, Hundsdreck, verreckter! Das ist ja ein Arm, schoss es ihm durch den Kopf, als er wie in Schockstarre auf den Gegenstand am Gartenzaun blickte.

Es wurde Hansi noch kälter, als es ihm sowieso schon war, und gleichzeitig verspürte er eine Hitzewelle im ganzen Körper. Er rieb sich die Augen, um auch wirklich sicherzugehen, dass er richtig sah. Aber es war immer noch ein Arm, den er dort erblickte. Wie angewurzelt stand er vor seinem Fundstück und wusste nicht so recht, was er denken sollte, weil sein Gehirn aufgehört hatte, überhaupt noch einen Gedanken zustande zu bringen.

Sicher vergingen vier oder fünf Minuten, bis Hansi langsam wieder Blut durch seine Denkwindungen leiten konnte und ein bisserl zur Besinnung kam. Da stand tatsächlich ein Arm zwischen den Zaunlatten hindurch und ragte auf die Straße.

Ist da jetzt auch noch ein Körper dran?, ging es Hansi durch den Kopf.

Sollte er nachschauen? Was war, wenn da wirklich noch jemand am Arm dranhing? *Wobei es mir schon lieber wäre, wenn an dem Arm noch jemand dranhängen würde, weil so ein alleinstehender Arm ja auch nicht so toll ist,* dachte Hansi.

Es half jetzt alles nix, er musste nachschauen. Direkt hinter dem Streugutbehälter lag der Anhang vom Arm und war schon mit einer leichten Schneedecke überzogen, die Hansi nun unter beginnender Schnappatmung vom leblosen Körper strich.

»Ja, mi leckst am Arsch! Das ist ja der Apotheker!«, fuhr es dem Finder durch Mark und Bein.

Tausend Gedanken schossen ihm durch den Kopf. Wie war das jetzt noch mal beim Erste-Hilfe-Kurs? Sechsmal beatmen und dreimal auf den Brustkorb drücken oder umgekehrt? Oder sollte er doch lieber die stabile Seitenlage machen? Oder vielleicht hatte es der arme Apotheker auch nur mit dem Kreislauf? Dann half nur Füße hoch oder Traubenzucker? Panisch fühlte er den Apothekerpuls. Aber den gab es nicht mehr, so sehr er auch fühlte.

Ich glaub, der ist wirklich tot!

Diese Erkenntnis wurde ihm nun mehr und mehr bewusst.

Und jetzt? Was sollte Hansi Scharnagl jetzt tun? Beim Fund seiner ersten Leiche? Er konnte noch nicht einmal Blut sehen und jetzt fand er gleich eine ganze Leiche.

Blut war übrigens nicht viel zu sehen beim Apotheker. Nur ein bisserl was am Hinterkopf.

Jetzt muss ich jemanden anrufen, dachte Hansi. *Aber wen?*

Am liebsten hätte er seine Bettina angerufen, aber die konnte ihm ja jetzt auch nicht helfen. Wahrscheinlich würde Bettina dann mit Hansi ein paar Tiefenentspannungstechniken ausprobieren, um seine innere Mitte wiederzufinden. Dafür hatte er in dieser Situation aber jetzt wirklich keine Zeit.

Sollte er den Wiggerl informieren? Aber der Wiggerl dachte wahrscheinlich gleich wieder an die Schuldfrage. Und seit der Causa »Straubmeier Franziska« und ihrem Oberschenkelhalsbruch überlegte der Wiggerl immer gleich, ob das auch im Versicherungsschutz inbegriffen war und was dies die Gemeinde Unterfilzbach kosten würde. Unbewusst überschlug Hansi in Gedanken schon die Beerdigungskosten, die dann die Kommune zahlen müsste, wenn sich herausstellen sollte, dass der Apotheker um sein Leben gekommen war, weil nicht richtig geräumt und gestreut war. Irgendwann musste er den Wiggerl wohl informieren, weil der sonst wieder stockgrantig werden würde, wenn ihm etwas nicht gesagt wurde. *Irgendwie hat er ja schon ein bisserl eine Paranoia, der Wiggerl,* dachte Hansi.

Aber als Erstes war wohl die Polizei der richtige Ansprechpartner. *Ja genau, die Polizei! Es war jetzt kurz vor 6.00 Uhr, ob da schon jemand auf der Dienststelle war? Na, schau mer mal.*

Nachdem es circa zehnmal geläutet hatte, hob auch jemand den Hörer auf der Polizeistation in der Kreisstadt ab. »Polizeiinspektion, guten Morgen!«, tönte es recht unfreundlich aus Hansis altem Nokia-Klapphandy (das die Scharnagl-Kinder übrigens absolut oberpeinlich fanden).

»Ja, guten Morgen. Hier ist Johann Scharnagl, Bauhof Unterfilzbach. Ich hab grad einen Arm gefunden, im Schnee, beim Schneeräumen. Also, ich glaub, da müsste mal jemand von euch vorbeikommen, weil der Arm ist höchstwahrscheinlich tot. Also, der Apotheker, mein ich.«

Kurzer Seufzer auf der anderen Seite der Leitung: »Ja, wie? Wollen Sie mich jetzt verarschen? Sie haben einen Arm vom Apotheker gefunden? Woher wollen Sie jetzt wissen, dass der Arm dem Apotheker gehört?«

Was bitteschön hat der Polizist denn jetzt nicht verstanden, grübelte Hansi ein bisschen vor sich hin.

»Nein, ich hab eine Leiche im Schnee gefunden, aber den Arm zuerst. Also, kommt jetzt jemand vorbei oder nicht?«

»Ja sagen Sie das doch gleich, also da muss ich erst den zuständigen Beamten informieren. Der wird sich freuen, um diese Zeit. Also, die Leiche ist ja schon tot, oder? Dann pressiert es ja eigentlich gar nicht so sehr?«

Hansi fand das jetzt schon ein wenig blöd. Er musste ja noch weiter Schneeräumen. Und dem Herrn Polizisten pressierte es nicht?

»Doch! Mir pressiert es eigentlich schon. Ich muss ja noch weiterräumen! Also, Fundort ist die Angerstraße 5. Und ich warte jetzt hier.«

Langsam wurde Hansi ein wenig gereizt.

»Ja, gut, es kommt dann jemand von uns vorbei.«

Damit war das Gespräch beendet.

Na prima, dachte sich Hansi, *und das jetzt bei minus neun Grad.* Aber Gottseidank hatte er in seinem »Snow-Magic-Hero 1000« auch eine Standheizung. In seinem kuschelig warmen Fahrzeug rief er dann gleich noch Wiggerl an. Es half ja nix, er war sein Chef.

Wiggerl war irgendwie überraschend ruhig in seiner Reaktion, das kam Hansi sehr seltsam vor. Aber vielleicht war es nur der Schock!

Hansi öffnete seine Brotzeitbox und begutachtete, was ihm Bettina bereits am Vorabend eingepackt hatte. Nach einem kurzen Blick seufzte er leise. Oh je, was gäbe Hansi jetzt für eine warme Leberkässemmel oder zumindest für eine Butterbreze. Aber nein, Frau Scharnagl hatte wieder einmal nur an seine Gesundheit gedacht. Vollkornknäckebrot mit Hummus und getrocknetem Gemüse. Wenn etwas Essbares schon Hummus hieß! Eigentlich war es ja ein Wunder, dass Hansi nicht schon total abgemagert war, bei so viel gesundem Essen. Aber manchmal, wenn er es gar nicht mehr aushielt, war er zwischendurch bei der Metzgerei Aschenbrenner auf eine schnelle Debreziner zu Gast.

Als Hansi gedankenversunken in seine getrocknete Bio-Paprika biss, überlegte er, ob es eigentlich auch Untercholesterin gab. Er nahm sich fest vor, demnächst den Apotheker Martin Hornung zu fragen, mit dem er immer Schafkopf spielte. Aber dann schoss es ihm wieder wie ein Blitz durch den Kopf: Der war ja jetzt tot! Der Martin lag vor ihm im Schnee – mausetot. So langsam wurde ihm erst wieder bewusst, welchen Fund er eigentlich gemacht hatte, und er musste sich direkt schütteln.

Martin Hornung und seine Frau Elvira wohnten auch in der Angerstraße. Eigentlich gleich nebenan, im Haus Nr. 3. Aber Hansi würde Elvira diese Botschaft sicher nicht überbringen. Das fehlte noch. Da konnten sich schon die Herren Polizisten drum kümmern.

Als gegen 6.30 Uhr dann endlich ein Streifenwagen die Angerstraße hinauf fuhr, war Hansi sehr erleichtert. Es hatte in dieser Zeit sicher schon wieder drei Zentimeter geschneit und er wusste gar nicht, wie er seine Runde noch fertig bringen sollte.

Aus dem Polizeiwagen stieg Kriminalhauptkommissar Josef Baumgartner.

Oh mei, der Baumgartner Seppe, dachte Hansi und verdrehte innerlich die Augen. Hansi kannte ihn vom Sehen und wie man halt die Leute aus der Gegend so kennt. Baumgartner wohnte in der Nachbargemeinde Oberfilzbach. Grundsätzlich war es schon immer so, dass sich die

Unterfilzbacher und die Oberfilzbacher eigentlich von Geburt an nicht leiden konnten, und da der Baumgartner sogar quasi auch noch so was wie ein »Gstudierter« war, hatte Hansi von vornherein eine Abneigung gegen den Polizisten, mit dem er jetzt seinen Fund besprechen sollte.

»Guten Morgen, Sie sind der Herr Scharnagl? Sie haben eine Leiche gefunden?«, rief der Polizist in Richtung des Fahrerhäuschens.

Jetzt sagt der auch noch SIE zu mir. Als wenn Hansi den Baumgartner schon jemals gesiezt hätte.

»Ja, ich hab in der Straße Schnee geräumt und dann hab ich den Arm da zwischen den Zaunlatten gesehen«, versuchte Hansi die Auffindesituation professionell wiederzugeben. Selbstbewusst und nicht ganz ohne Stolz stieg er aus seinem neuen Räum- und Streufahrzeug.

»Haben Sie sonst noch etwas bemerkt?«, fragte Baumgartner und zückte dabei einen winzigen Block samt Stift aus seinem Mantel.

»Was soll ich denn sonst noch bemerkt haben? Dass er halt tot ist, hab ich bemerkt.«

»Gut, dann wollen wir das mal überprüfen«, meinte der Kriminalhauptkommissar und strich die frische Schneeschicht von der Apothekerleiche.

Nach kurzem Pulstest musste auch Josef Baumgartner bestätigen, dass Martin Hornung tot war.

»Na, wenn er vorher noch nicht tot gewesen ist, dann wäre er jetzt sowieso erfroren«, warf Hansi noch sarkastisch ein.

Nun kam Wiggerl die Angerstraße raufgefahren, oder besser gesagt –geschlittert, denn der Schnee und die Kälte hatten die steile Straße in eine wahre Rutschbahn verwandelt. Aber irgendwann hatte es der Bauhofchef mit genügend Anlauf, oder »Schurf«, wie man in Bayern sagt, dann doch geschafft und stieg sichtlich mitgenommen aus seinem weißen VW Transporter aus.

»Grüß Gott, servus Josef, kann ich was helfen? Hast du Fragen an mich?«, sagte Wiggerl mit einem leichten Zittern in der Stimme. »I-ist er wi-wirklich to-tot?«, stotterte der Bauhofchef hinterher, als er ziemlich geschockt vor der Leiche stand. »Aber dann ist er sicher nicht wegen der Streupflicht ausgerutscht, weil auf den Privatgrundstücken hat der Bauhof keine Verantwortung, das ist Bürgersache. Kannst du das in dein Protokoll aufnehmen, Josef?«

Typisch Wiggerl, einfach paranoid durch und durch.

»Ja, Ludwig, jetzt beruhig dich erst einmal. Wir nehmen jetzt alle Personalien und die Zeugenaussagen auf und dann rekonstruieren wir mal das Geschehen«, sagte Josef Baumgartner mit souveräner, aber ziemlich überheblicher Stimme.

Nachdem Hansi zum wiederholten Male den Hergang des Fundes geschildert hatte und Josef Baumgartner und der unterstützende Polizeibeamte gefühlte fünfzig Mal um die Leiche herumgeschlichen waren, gab der ermittelnde Beamte seine Erkenntnisse bekannt: »Also ein Fremdverschulden können wir hier ausschließen, es sieht so aus, als ob Herr Hornung aus seinem Haus ging, um beim Streugutbehälter auf dem Grundstück Nr. 5 vermutlich etwas Splitt zu holen. Wegen der glatten Straße …«

»Moment!«, rief Wiggerl hastig dazwischen.

»Da liegt aber kein Verschulden des Bauhofs vor«, musste er zwanghaft erneut erwähnen.

»Ludwig, jetzt lass mich doch erst einmal ausreden, Herrschaftszeiten!«, raunzte ihn der Kriminalbeamte an und fuhr fort: »… aufgrund der Glätte unglücklich gestürzt ist und mit dem Hinterkopf gegen eine spitze Zaunlatte fiel. Der Sturz war tödlich, aber eindeutig ein tragischer Unfall. Herr Oswald, nehmen Sie das so ins Protokoll auf«, befahl Baumgartner mit recht hierarchischem Tonfall in Richtung des begleitenden Polizeibeamten.

Hansi ging das aber jetzt schon sehr schnell mit der Feststellung, dass der Apotheker einen Unfalltod gestorben sei. Was sollte er denn in aller Früh, eigentlich ja mehr mitten in der Nacht, draußen vorm Haus gemacht haben? Zum Zeitungholen war er zu weit von seinem Haus entfernt. Er lag auf einer freien Fläche zwischen dem Haus Nr. 3, also dem der Hornungs, und dem Haus Nr. 5, das zurzeit nicht bewohnt war. Komisch war die ganze Sache schon, aber die »gstudierten« Kriminaler glaubten wohl, sie wären wahrscheinlich schlauer als die einfachen Bauhofarbeiter. Dabei hinterfragte er die ganze Sache jetzt nicht einmal. So was brachte Hansi wirklich auf die Palme.

»Aber Josef, wenn das jetzt doch kein Unfall war?«, wandte Hansi sich zögerlich an Baumgartner.

»Hansi, mach du deine Arbeit und ich mach meine Arbeit. Das war ein Unfall, das sieht doch ein Blinder. Was soll es denn sonst gewesen sein? Nein, nein, wir nehmen das als Unfall auf. Und du kannst jetzt dann wieder weiter deinen Schnee verräumen.«

Das ganze Spektakel in der Angerstraße löste sich somit wieder auf. Die beiden Polizisten waren zur Neu-Witwe Elvira Hornung ins Haus gegangen, die komischerweise von dem ganzen Trubel vor ihrer Haustür immer noch nichts mitbekommen hatte.

Hansi machte sich auf, um endlich seine Runde fertigzubringen. Allerdings tat er das völlig in Gedanken an seinen Leichenfund und auch im Ärger und voll Zorn, weil diese schon sehr dramatische Sache für die Polizei gleich erledigt war. Gottseidank hatte es aufgehört zu schneien und Hansi beendete seinen Dienst um 14.30 Uhr. Total erschöpft fiel er daheim aufs Sofa und schlief recht zügig ein.

Hansi träumte von Schnee, Schafkopfen, Apothekern und Knäckebrot, als er aus der Ferne eine Stimme wahrnahm.

»Hansi! Bärle! Komm, wach auf, stimmt des wirklich?«

Bettina stand vor ihm und rüttelte an seiner Latzhose.

»Hansi, jetzt komm, erzähl schon. Ich hab dich schon zweimal auf dem Handy angerufen. Im KaufGut gab es den ganzen Tag kein anderes Thema mehr!«

Langsam kam Hansi zu sich und erschrak sofort, weil es leider doch kein Traum war und ihm schlagartig wieder bewusst wurde, was heute in den frühen Morgenstunden in der Angerstraße passiert war.

»Ach Bettina, mei, ich bin völlig erledigt, ich hab mich nur ein bisserl hingelegt«, murmelte Hansi vor sich hin und schloss den Satz mit einem lauten Gähnen.

»Komm Bärle, jetzt machen wir uns einen grünen Tee und du erzählst mir alles«, lockte Bettina ihren Hansi in die Küche.

»Also wenn du was wissen willst, dann trinken wir einen Kaffee, weil mit deinem grünen Tee, da erzähl ich gar nix«, entgegnete Hansi jetzt ein wenig zickig.

Aber nach so einem Tag wunderte das Bettina gar nicht.

»Aber freilich, mein Bärle, zur Feier des Tages bekommst du heute Kaffee«, sagte sie automatisch, verbesserte sich dann aber gleich: »Ähm, nicht zur Feier natürlich, du weißt schon, weil du heut … ach, ich mach jetzt einfach einen Kaffee.«

Bettina saß mit offenem Mund am Küchentisch, als sie voller Spannung den Erzählungen ihres Mannes lauschte.

»Ja Wahnsinn! Und die Polizei glaubt jetzt wirklich, das war ein Unfall? Aber der Martin schaufelt doch so früh keinen Schnee, ohne Jacke und bei der Kälte. Bärle, ich bekomme da gar keine guten Schwingungen rein, da stimmt was nicht! Soll ich das mal auspendeln?«

»Bettina! Nein! Das mit deiner Pendelei ist doch alles ein Schmarrn«, hielt Hansi seine Frau von einer Sitzung mit dem Pendel ab.

Bettina zog einen Schmollmund, wusste aber, dass es Hansi nicht böse meinte. Er akzeptierte ihre alternative Lebensweise ansonsten absolut.

»Ich hab ja auch ein total komisches Gefühl bei der Sache. Eben weil er nicht richtig angezogen war. Kannst du dir den Martin vorstellen, der eh immer gedacht hat, er wird gleich krank, wie er ohne Mütze, Handschuhe und dicke Winterjacke Schnee räumt? Niemals. Der hat sich ja eigentlich den ganzen Tag von oben bis unten selber desinfiziert, weil er so Angst gehabt hat, krank zu werden. Der war ja direkt so ein Hypo... Hypodingsda, weißt schon.«

»Hypochonder, Bärle«, half ihm Bettina bei der Wortfindung.

»Ja, aber wenn es kein Unfall war, Hansi, was war es denn dann? Du glaubst doch nicht, dass dem Apotheker jemand was tun wollte? Das war ja so ein Lieber«, sagte Bettina ein wenig aufgeregt.

»Mei, wer weiß? Kannst du reinschauen in einen Menschen, was der sonst noch alles so treibt? Wer weiß, ob er nicht ein dunkles Geheimnis gehabt hat«, sinnierte Hansi vor sich hin.

Als die Scharnagls alle zusammen beim Abendessen saßen, war der Leichenfund des Familienoberhaupts natürlich das Hauptthema beim Tischgespräch.

»Mei Papa, du warst ja heute der Held im Friseursalon. Alle haben von dir gesprochen, wie mutig du doch warst und dass du keine Angst gehabt hast. Mein Papa!«, schwärmte Isabelle sichtlich stolz auf ihren Vater.

»Aber Leute, da stimmt doch irgendwas nicht? Dass ein Mensch einfach so stürzt und dann auch noch genau auf eine Zaunlatte ... das ist ja schon direkt Murphy's Law. Solche Zufälle gibt es ja gar nicht wirklich«, tat Indira ihre Meinung zu dem Fall kund.

»Murphy's was? Mei, Indira, du immer mit deinen neumodischen Fremdwörtern. Ich glaub ja auch, dass da irgendwas nicht stimmt. Aber wer würde denn dem Apotheker etwas antun? Das ist halt die Frage«, teilte Hansi seine Überlegungen mit der Familie.

»Also die Frau Hornung, glaub ich, war jetzt nicht mehr direkt verliebt in ihren Mann, die hat schon ab und zu mal recht geschimpft über ihren Martin. Jeden Dienstag beim Waschen und Legen«, plauderte Isabelle aus dem Friseur-Tratsch-Nähkästchen.

Bettina war erstaunt. »Wirklich? Warum denn? Die haben doch immer so harmonisch gewirkt, die beiden.«

»Ich glaube, weil er immer so anstrengend war und gedacht hat, er wird gleich krank. Das ist bei einem Apotheker, der ja eigentlich immer mit Kranken zu tun hat, schon irgendwie schwierig. Es musste halt daheim immer alles keimfrei sein, und er hatte wohl einen Waschzwang und so. Ich glaube, das ist der Elvira einfach auf den Geist gegangen. Stellt euch das mal vor, das kann schon anstrengend sein, wenn deinem Mann ständig was nicht passt und nicht sauber genug ist. Da bekommst du ja einen Vogel«, steigerte sich Isabelle jetzt direkt in das Thema hinein. »Mei, und wisst ihr, was heut noch so das Thema beim Friseur war? Die Hinkhofer Berta hat anscheinend jetzt einen Freund«, lachte Isabelle mehr, als dass sie erzählte.

»Waaas???«, riefen alle anderen Scharnagls gleichzeitig, fast ein wenig geschockt, aber auch belustigt.

»Wer soll denn jetzt das sein?«, fragte Bettina recht ungläubig. »Doch ich hab mir schon gedacht, warum die Hinkhofer Berta letzte Woche beim Kamasutra-Kurs war. Irgendwie hat der Ashanti überhaupt ziemlich viel Zulauf in letzter Zeit bei diesem Kurs. Aber kein Wunder bei dem Motto: Das lange Liebesspiel der Ekstase«, warf Bettina ganz ungeniert ins Gespräch ein und schob sich noch einen großen Löffel Couscous verführerisch in den Mund, während Hansi seine Frau ein wenig verlegen aus dem Augenwinkel ansah.

Das Tagesgericht Couscous war natürlich wieder von fast allen Scharnagls mit *nicht appetitlich* bewertet worden, aber der Hunger war beim Abendessen einfach zu groß, so war das Thema auch gleich abgehakt und alle aßen ihre Teller leer, sehr zur Freude von Bettina.

»Also das ist heute ein komischer Tag: Der Papa findet eine Leiche und in Unterfilzbach ist über Nacht bei allen der zweite Frühling ausgebrochen. Alles wirklich komisch. Nur ich hab meine Traumfrau noch nicht gefunden. Aber vielleicht liegt ja was in der Luft«, stellte Hansi junior mit spürbarer Hoffnung in der Stimme fest.

»Oh, Hansi. Dann musst vielleicht auch einmal mit einer Frau reden und nicht immer alle nur anschauen wie ein Maikäfer«, beratschlagte Indira ihren Bruder, ohne diesen auch nur eines Blickes zu würdigen.

»Warum zweiter Frühling in Unterfilzbach? Nur weil die Hinkhofer Berta einen Freund haben soll? Das ist sowieso bestimmt nur ein Gerücht. Wenn gar nichts los ist, dann kommt das immer. Hatten wir schon öfter, aber nie war was dran«, stellte Bettina resolut klar.

»Mei, heute waren wir beim Huberbauern. Die Huber Traudl hatte sich für ihr Schlafzimmer eine neue Sternenhimmelbeleuchtung bestellt und die sollten wir installieren. Der Termin war auch schon lange ausgemacht. Es hat dann keiner aufgemacht, aber die Tür ist ja bei einem Bauernhof immer offen, und der Meister hat dann gesagt, wir gehen da jetzt einfach rein, weil er ja weiß, wo das Schlafzimmer ist. Und dann haben wir den Huberbauern und seine Frau erwischt, wie sie grad … na, ihr wisst schon«, erzählte der Scharnagl-Sohn peinlich berührt.

»Ach geh, der Huberbauer? Das kann ich mir gar nicht vorstellen, mitten am helllichten Tag. So ein Schlingel.« Bettina schüttelte den Kopf mit einem leichten Grinsen auf den Lippen.

»Ja was weiß ich. Ich meinte ja nur, dass etwas in der Luft liegt«, sagte der Elektriker-Azubi und schaufelte weiter sein Couscous in sich hinein. Ein saftiges Schnitzel wäre ihm zwar jetzt lieber gewesen, aber ein Handwerker hat nach Feierabend Hunger. Und wenn es nur Couscous gibt, wird halt auch das gegessen.

Ein paar Tage vergingen und Hansis Gedanken um den toten Apotheker drehten sich weiter und weiter. Außerdem vermisste er ihn, vor allem beim Schafkopfen. Er war wirklich ein guter Kerl und als Kartenspieler einfach eine Granate gewesen. Nicht umsonst sprach man in Unterfilzbach immer vom *Apotheker-Schafkopf*. Martin Hornung hatte schon einen gewissen Ruf in der Schafkopf-Szene gehabt.

Die Beerdigung vom Martin war sehr staatstragend. Seine Frau Elvira kam im schwarzen Leinensari aus Schurwolle, begleitet von Ashanti; was natürlich in der Dorfbevölkerung der Startschuss für weiteres Getratsche war. So schnell nach dem Tod ihres Mannes hatte sich die Witwe einen Tröster gesucht? Das war schon ein komisches Bild, wie Elvira

Hornung und Ashanti am Friedhof bei der Beerdigung die Trauer »weggeatmet« haben.

Warum untersuchte die Polizei das denn nicht näher? Hansi verstand die Welt nicht mehr. Aber der Baumgartner Josef bereitete sich wohl schon seelisch auf die Pensionierung vor, der war ja auch nimmer der Jüngste. Vielleicht wollte er einfach seine Fälle gleich abschließen. *Mei, auf die bayerische Polizei ist auch kein Verlass mehr,* dachte Hansi noch, als er wieder einmal seine Runden mit dem »Snow-Magic-Hero 1000« drehte. Er würde den Winter wohl doch bald vermissen, wenn es jetzt dann Frühling wird. Seine Kollegen hatten schon diskutiert, dass im nächsten Winter ein anderer das neue top ausgestattete Räum- und Streufahrzeug fahren darf, aber da würde Hansi schon noch ein Wörtchen mitreden, denn auch wenn er ein friedliebender Mensch war, das war jetzt sein Arbeitsgerät und würde es auch in der nächsten Wintersaison bleiben – Punkt.

KAPITEL 3

Lüngerl to go

Nachdem sich die Unterfilzbacher ein wenig vom tragischen Tod des Apothekers erholt und beruhigt hatten, nahm das Dorfleben wieder seinen gewohnten Lauf. Der Frühling war schon zu spüren und Wiggerl wurde auch wieder deutlich entspannter. Wobei er jetzt bereits auf der Suche nach Straßenschäden war, die der strenge Winter verursacht hatte und an manchen Stellen den Teer hatte aufspringen lassen. Auch die Dorfstraße war betroffen.

Die Straubmeier Franziska war nämlich kürzlich wieder mal gestürzt, mit Rollator natürlich. Wobei eigentlich keiner wirklich wusste, warum sie den ständig mitrollen ließ, denn im Prinzip war sie eigentlich noch recht rüstig, sie ging sogar zum Ü80-Yoga beim Ashanti. Die »ledige Fannerl« forderte Wiggerl nach dem Vorkommnis vehement dazu auf, er solle gefälligst diese ganzen »Blow-ups« in Unterfilzbach reparieren, ansonsten würde sie ihn verklagen. Daraufhin hatte sich Wiggerl gleich einmal zu einem Seminar über »Blow-ups« angemeldet. Nun wusste er endlich auch, was ein »Blow-up« überhaupt war, und fand es ganz toll, wenn er ständig so englische Fachausdrücke verwenden und seine Bauhofmänner damit nerven konnte.

Beim morgendlichen Frühstück erzählte Hansis Zuckerschoaserl vom gestrigen Kamasutra-Kurs und den Überraschungsteilnehmern. Zuckerschoaserl – diesen Kosenamen mochte Bettina nicht so besonders, denn übersetzt heißt das so viel wie »wohlriechender Pups«, aber so sagte ihr Bärle halt schon seit 25 Jahren zu ihr und das würde sie ihm wohl nicht mehr abgewöhnen können. Jedenfalls hatte anscheinend auch der Wiggerl irgendwie Frühlingsgefühle bekommen, denn Bettina erzählte amüsiert, dass er und seine Hilde gestern auch dabei waren, beim Kamasutra. Aber als sich Hansi dieses Bild im Kopf vorstellte, schüttelte es ihn direkt ein wenig.

Also, eines stand fest, dieser Kamasutra-Kurs würde den Scharnagl Hansi sicher nicht sehen. Und jetzt schon erst recht nicht mehr, wenn da auch noch der Wiggerl mit seiner Hilde gewisse Stellungen ausprobierte. *Jessas na, dieses Bild muss ich gleich wieder aus meinem Kopf bekommen,* versuchte sich Hansi zu konzentrieren.

Aber nicht nur der Wiggerl schien auf den Geschmack gekommen zu sein. Gleich ein paar Männer konnte Ashanti in der letzten Zeit beim Unterfilzbach-Kamasutra als Neuzugänge begrüßen, erzählte Bettina und schob sich einen großen Löffel ayurvedischen Frühstücksbrei in ihren Mund. Sogar ein paar Gemeinderatsmitglieder, der Bürgermeister höchstpersönlich und ein paar Feuerwehrkameraden waren gerade sehr angetan von der Nachhilfe in Liebesdingen beim Ashanti-Loisl. *Nein, nein, nein, das brauch ich wirklich nicht, dachte sich Hansi, das ist auch sicher nicht so gut für mein Kreuz.* Wenn er sich da an den gebastelten Kamasutra-Adventskalender zurückerinnerte, spürte er sofort wieder ein Ziehen in seinem unteren Rückenbereich. Außerdem war er ja immer noch nicht unzufrieden mit seinem Liebesleben. Er brauchte da eigentlich keinen »neuen Schwung« hineinbringen. Das passt schon, sinnierte der Scharnagl Hans, als er Bettina vor dem KaufGut-Supermarkt absetzte und in den Bauhof weiterfuhr.

Im KaufGut war diesen Donnerstag das Aktionsthema »Wellness, Massage und Entspannung zu zweit« angesagt. Bettina befürchtete wieder mal Schlimmstes, und dann ging es erwartungsgemäß tatsächlich rund. Die Kundinnen standen bereits ab 7.30 Uhr mit Einkaufswagerl »bewaffnet« Schlange vor der Tür, die ja immer erst pünktlich um 8.00 Uhr geöffnet wurde.

Es war schon narrisch, dachte sich Bettina, als sie so schweigend von ihrer Kasse aus zusah, wie die Damen des Ortes sich auf die Donnerstags-Aktionsregale mit Massageölen, Massagestäben, Liebestees, Duftkerzen – welche die Libido anregen sollen – und noch anderen Entspannungsschnickschnack stürzten. So ging es sonst eigentlich nur zu, wenn es die Kinderstrumpfhosen gab. Gut, dass sich Bettina schon mal ihre ausgewählten Aktionsangebote beiseitegelegt hatte. Denn auch die Scharnagls hatte dieses Unterfilzbacher Frühlingsgefühl angesteckt, zumindest Bettina. Den Hansi würde sie davon schon überzeugen. *Heute Abend wird er schauen, der Bärle, wenn ich das anregende Schaumbad* Wilder Hengst *in der Scharnagl'schen Badewanne vorbereite. Hoffentlich geht es dem Kreuz von meinem Bärle schon besser, damit er auch ein wenig in Wallung kommt …*, dachte sich Bettina gerade so verträumt, als die ersten Kundinnen ein wenig abgekämpft und sichtlich außer Atem mit ihren ergatterten Wellness- und Liebesausrüstungen zur Kasse kamen.

Der Vormittag von Hansi Scharnagl verging recht flott, denn der Wiggerl hatte angeordnet, schnellstmöglich die Weihnachtsbeleuchtung abzumontieren, die er ganz vergessen hatte. Die Bauhofmänner hatten sich schon ins Fäustchen gelacht, weil der Bauhofkapo vor lauter »Blow-ups« die regelmäßigen Arbeiten wohl übersehen hatte. Dazu gehörte es eigentlich auch, die Weihnachtsbeleuchtung abzumontieren, spätestens im Januar.

Aber der Wiggerl konnte es gar nicht leiden, wenn seine Untergebenen auch mal auf Arbeiten hinwiesen. *Das ist mein Job,* sagte er dann immer. Er war ja der mit der Logik, nur dass diese halt manchmal erst etwas zeitverzögert einsetzte. Nun war es bereits März und die Unterfilzbacher witzelten schon, dass es dieses Jahr wohl eine Osterbeleuchtung geben würde. Nach einem Anruf vom Bürgermeister sagte der Wiggerl am Morgen mit hochroten Kopf und sichtlich beschämt ganz leise zu Sepp und Hansi, sie mögen doch ganz unauffällig und schnell die Beleuchtung abmontieren.

So unauffällig es ging, fuhren also Sepp und Hansi mit dem großen roten Feuerwehr-Drehleiterwagen durch den Ortskern und montierten die großen beleuchtbaren Sterne und Girlanden ab. Dass das jetzt unauffällig war, konnte man nicht wirklich behaupten, aber so wurde das halt schon immer gemacht. Wie sollten sie denn auch sonst an die Beleuchtung herankommen, die zum Teil an den Dachrinnen der Häuser befestigt war? So war es am einfachsten und praktischsten. Leider kam Sepp manchmal versehentlich an den Knopf für die Feuerwehrsirene, sodass jeder Unterfilzbacher, der in Hör- und Sichtweite war, das Spektakel *Weihnachtsbeleuchtungsentfernung* bemerkt haben dürfte. Dass hier und da mal einer beim Vorbeikommen einen Spruch losließ, störte die Männer nicht so sehr, denn alle kannten Wiggerl und wussten, wie hektisch und zerstreut er manchmal war.

Als sie gerade auf Höhe der Metzgerei Aschenbrenner die letzte Weihnachtsgirlande auf ihren Unimog aufgelegt hatten, beschlossen die beiden Kollegen in Kommunalorange, sich doch eine kleine Schüssel frisches saures Lüngerl in der Metzgerei zu gönnen, schließlich waren sie den Vormittag über schon sehr fleißig gewesen.

Gesagt, getan. Sepp und Hansi standen gerade beim »Lüngerl to go« – obwohl sie es heute mal an Ort und Stelle aßen und nicht im Brotzeitkammerl –, als Kriminalhauptkommissar Josef Baumgartner zur Tür hereinkam.

Gerade dachte sich Hansi noch, dass ihn das gar nicht wunderte, denn das Lüngerl vom Metzgermeister Reiner Aschenbrenner war ja wirklich saugut, und da war es schon verständlich, dass auch die Polizei hier einkehrte. Aber der Kommissar ging schnurstracks gleich hinter die Wursttheke in Richtung Kühlhaus.

Da stimmt doch was nicht, ging es Hansi durch den Kopf. Und sofort hatte er wieder die Bilder vom Leichenfund des Apothekers ein paar Wochen zuvor im Kopf. Das ganze Geschehen, diese Bilder, alles, was damals passiert war, ließ ihm absolut keine Ruhe mehr. Tagtäglich dachte er daran und stellte sich so manche Frage, die sich der Möchtegern-Sherlock-Holmes aus der Kreisstadt seltsamerweise nicht zu stellen schien.

Ein ganz komisches Gefühl drückte plötzlich in Hansis Magengegend und das kam jetzt bestimmt nicht vom saugguten sauren Lüngerl. Er konnte nicht anders und folgte dem Kommissar in Richtung Kühlhaus.

Sepp wartete lieber. Die Verkäuferinnen verzogen nicht mal eine Miene, denn die Metzgerei war rappelvoll. Das frische Lüngerl, das es jeden Donnerstag gab, war einfach ein Verkaufsschlager, und so hatten die Damen alle Hände voll zu tun. Hansi bemerkten sie gar nicht wirklich, als er an ihnen vorbeiging.

Ein käseweißer Metzgermeister Reiner Aschenbrenner, eine aufgeregte Maria Aschenbrenner und der niederbayerische Schimanski-Verschnitt alias Josef Baumgartner standen vor der offenen Tür zum Gefrierraum und blickten gleichzeitig wortlos hinein. Reiner konnte wohl nicht mehr stehen und saß auf einer großen roten Plastikwanne, in der normalerweise die Metzgereierzeugnisse ausgeliefert wurden.

Hansi zögerte ein wenig, aber er musste jetzt einfach wissen, was da los war. Er näherte sich dem Trio und sah auf dem Gefrierraumboden einen vereisten Frauenkörper in einer Aschenbrenner-Verkaufsschürze liegen.

Ja do legst di nieder, das ist ja die Sandra!!!

Trotz der Kälte, die aus dem Gefrierraum kam, wurde es Hansi ganz heiß und das Lüngerl machte Anstalten, wieder den Rückwärtsgang einlegen zu wollen.

Der Metzgermeister, den Hansi eigentlich auch recht gut vom gemeinsamen Schafkopf-Stammtisch beim Dorfwirt kannte, saß fassungslos auf seiner roten Wanne vor dem Gefrierhaus und war anscheinend in Schockstarre gefallen. Seine Frau redete jetzt ohne Ende, das war ja bei der Metzgersgattin eigentlich immer so, aber heute war sie besonders aufgeregt und rannte wie eine wild gackernde Henne von der Wurstküche zum Schlachthaus und wieder zur Fundstelle und redete und gackerte und redete und gackerte.

»Ja um Himmels willen, bei *uns* eine Tote, des gibt's ja nicht. Was sollen denn die Kunden denken? Die kaufen nie wieder eine einzige Wurstsemmel bei uns. Wie kann denn das sein? Die Sandra! Ja du lieber Gott, wie kann die nur so blöd sein. Wenn das die Metzgerinnung mitbekommt, das wird bestimmt gleich das Gesundheitsamt erfahren und dann kommt der Kontrolleur wieder ständig daher.«

Und so ging es ohne Punkt und Komma weiter.

Der Kommissar sagte bisher noch gar nichts. Er schaute sich nur ganz »g'schaftig« im Gefrierraum um. Sandra lag zwischen den Schweinehälften und den Haxen und den unter anderen Umständen eigentlich schon leckeren Köstlichkeiten, die die Metzgerei Aschenbrenner zu bieten hatte. Ab und zu brummte der Kommissar Unverständliches und kniete sich vor die tote Metzgereifachverkäuferin auf den kalten Boden, schaute sie aus allen Richtungen an und erweckte den Eindruck, als ob er eine Röntgen-Obduktion allein mit seinen Augen durchführen könnte.

Das ging so circa zehn Minuten. Reiner Aschenbrenner hatte immer noch kein Wort gesagt und seine Gesichtsfarbe war auch noch keine andere geworden. Eindeutig immer noch der Schock, analysierte Hansi.

Hansis Hitzewallungen waren inzwischen verschwunden und sein Hirn schien langsam wieder auf Normaltemperatur seinen Denkbetrieb aufzunehmen. Also zwei Tote in so kurzer Zeit in Unterfilzbach, das war sicher kein Zufall. *Da fress ich ja einen Besen, wenn jetzt der Baumgartner wieder mit einem Unfall daherkommt,* dachte sich Hansi. Seit er denken konnte, hatte es in seinem Heimatdorf noch nie eine Leiche unter so eigenartigen Umständen gegeben. Erst der Apotheker und nun die Sandra.

Sandra Wolf war schon lange in der Metzgerei Aschenbrenner an der Wursttheke tätig gewesen, seit ihrer Ausbildung. Sie war eine etwas spröde Schönheit, mit ziemlich weiblichen Rundungen und anständig *Holz vor der Hütt'n* und ein wenig derb im Humor. Bei ihren Witzen, die sie gern zwischen Salami und weißem Presssack erzählte, wurden selbst die härtesten Stammtischbrüder rot. Sie konnte fast alle Männer unter den Tisch trinken, was sie auch alljährlich beim Filzer Goldfest unter Beweis stellte. Sandra war mit ihren 28 Jahren eine gestandene alleinstehende, unabhängige Frau mit gewissem Drang zu Höherem. Fleißig, patent und anpackend und dadurch überall gern gesehen. Die Männer mochten sie für ihre zünftige Art und die Frauen sahen von ihr keine Gefahr bezüglich der Unterfilzbacher Männerwelt ausgehen. Sie war mit Leib und Seele Metzgereifachverkäuferin und ein Aushängeschild im Betrieb der Aschenbrenners. Sollte es jemals eine »Leberkäskönigin« zur Wahl geben, wäre Sandra sicherlich eine geeignete Kandidatin gewesen. Aber nun lag sie da auf dem Boden des Gefrierraums und war sichtlich nicht mehr zu schweinischen Witzen aufgelegt.

Maria erzählte in ihrem blitzschnellen Redeschwall auch, dass Sandra gestern Abend Reiner noch eine SMS geschrieben hatte, dass sie einen ganz wichtigen Termin erledigen müsse und heute nicht arbeiten könne. Darüber hatte sich jedoch keiner besonders gewundert. Vielleicht ärgerte sich die Maria ein wenig, weil ja Donnerstag Lüngerltag war, aber ab und zu nahm sich die Sandra auch mal frei. Das kam zwar nicht oft vor, aber zwei- bis dreimal im Jahr schon. Heute Morgen dann, als Reiner den Gefrierraum öffnete, machte er die grausige Entdeckung.

Der Herr Kommissar meldete sich nun zu Wort:

»Also, so wie ich das sehe, ist das hier ganz klar ein Unfall. Die Frau Wolf hatte sich wohl im Gefrierraum aufgehalten, die Tür ist zugefallen und der Notöffnungsknopf hier ist wohl locker gewesen und ließ sich nicht mehr öffnen. Tragisch, aber so ist halt das Leben. Wir werden das als Unfall zu Protokoll nehmen und dann kann man den Tatort … ähm, pardon, die Unfallstelle wieder freigeben.«

Wie bitte? Ein Unfall? Also den Baumgartner haben sie als Kind wohl zu heiß gebadet, oder wie? Das ist ja der größte Volltrottel-Polizist, den es in ganz Bayern gibt. Also beim Leben meiner drei Kinder darf ich auf der Stelle mausetot umfallen, wenn das hier ein Unfall gewesen sein soll, ärgerte sich Hansi innerlich. Er platzte fast vor Aufregung.

»Ähm, also Josef«, räusperte er sich vorsichtig, »du bist aber schon noch ganz sauber, oder?«

Der Kommissar schaute den Bauhofmitarbeiter in seiner Latzhose mit großen Augen an. »Wie bitte, Herr Scharnagl?«, entgegnete er noch in einem ruhigen Tonfall.

»Also beim Hornung Martin war es ja schon komisch, dass du da sofort ohne so Spurenleute oder die, die im Fernsehen immer in den weißen Anzügen an einen Tatort kommen, gleich gesagt hast, es wäre ein Unfall, aber hier ist es doch wohl total klar, dass was nicht stimmt.«

Man konnte sehr gut beobachten, wie eine Ader auf der Polizistenstirn langsam gefährlich anschwoll. Es war Hansi tatsächlich gelungen, den Herrn Baumgartner aus der Fassung zu bringen.

Mit einem festen, sehr tiefen lauten Tonfall, wie dem eines Opernsängers, sang – oder vielmehr schrie – Baumgartner den immer kleiner werdenden Hansi an: »Also, erstens bin ich im Dienst und für Sie dann immer noch HERR Baumgartner, HERR Scharnagl! Und zweitens, was haben SIE überhaupt hier zu suchen? Was bilden SIE sich ein, hier einfach dreinzureden und mir zu sagen, wie ich meine Arbeit machen soll? Das war beim letzten Mal, als der Apotheker Hornung von IHNEN gefunden wurde, schon sehr gewagt, meine These anzuzweifeln. Kümmern SIE sich lieber um IHRE Weihnachtsbeleuchtung im Frühling und überlassen SIE mir meine Arbeit. Da hört sich ja alles auf, Herrschaftszeiten kruzifix da herin.«

Der Kommissar atmete tief durch und sagte dann wieder in einer normalen, aber immer noch tiefen Tonlage zu den Aschenbrenners: »Kommen Sie morgen auf die Dienststelle und unterschreiben Sie das Protokoll und dann ist die Sache erledigt. Wiederschauen die Herrschaften.« Dann rauschte er davon.

Kurz herrschte Stille im Raum, man konnte nur entfernt das Getümmel aus dem Verkaufsraum hören.

Maria Aschenbrenner war die Erste, die die Stille unterbrach. »Also ich glaube auch, dass das ein Unfall war, wer soll denn der Sandra was Böses wollen? Und dann noch hier bei uns in der Metzgerei? Also ich glaube auch, wie der Josef, dass das hier einfach tragisch war. Es ist halt blöd, weil wir jetzt wieder eine neue Verkäuferin brauchen, und die sind eh so schwer zu finden. Aber es hilft ja nix.«

Der Metzgermeister hatte inzwischen wieder Farbe im Gesicht und schaute seine Frau an, dann erhob er sich von seiner Lieferkiste und sagte mit zitternder Stimme: »Was bist du nur für ein eiskaltes Weiberleut? Die Sandra ist ein ganz liebes Mädel gewesen, die ist hier bei uns heute in unserem Gefrierraum gestorben. Verstehst du mich? Ge-stor-ben! Und du? Du überlegst, wie du gleich eine neue Verkäuferin bekommst?«

Hansi lauschte den ehelichen Auseinandersetzungen der Aschenbrenners und dachte sich kurz, dass *eiskaltes Weiberleut* im Moment auch auf die Sandra zutraf, verwarf diesen Gedankengang aber gleich wieder. Doch auch Hansi war sehr überrascht, wie Maria da jetzt sofort ans Geschäft denken konnte und so gar kein Gefühl zeigte. Beleidigt drehte sich Maria um und stapfte in Richtung Verkaufsraum der Metzgerei.

Reiner stand da und sah wirklich verzweifelt aus, fand Hansi. Es war ihm sogar, als ob er ein wenig feuchte Augen hatte. Aber seit er vor Kurzen gesagt bekommen hatte, dass er eigentlich eine Gleitsichtbrille bräuchte, war er sich da nicht immer sicher, was er so den ganzen Tag sah.

So recht wusste Hansi jetzt auch nicht, was er sagen sollte. Sollte er mit Reiner diskutieren, ob er diese Baumgartner-Unfalltheorie auch anzweifelte? Aber es schien so, als bräuchte der Metzgermeister, der anscheinend doch recht sensibel war, ein wenig Trost. Wobei das bei einem Metzger doch dann auch was Besonderes ist, denn so einem kleinen niedlichen Ferkelchen mit seinen großen Augen und seinem herzzerreißenden Gefiepe kann er ja ohne zu zögern den Schussapparat an das kleine rosarote Köpfchen halten und abdrücken. Hansi schaute sich kurz um, ob ihn jemand sah, dann nahm er Reiner in den Arm, der daraufhin wirklich schluchzend zu weinen begann. Bettina sagte immer: »Umarmungen können Dämme der Gefühle brechen.« Warum hatte Hansi daran nicht gedacht? Mei, hoffentlich sah ihn hier jetzt keiner, wie er so den Metzgermeister im Arm hutschte. Aber der Tod seiner Verkäuferin schien Reiner Aschenbrenner sehr getroffen zu haben.

Irgendwann überließ dann Hansi den Metzger wieder seiner Trauer und fuhr mit Sepp den Feuerwehrleiterwagen ins Feuerwehrhaus und die abmontierte Weihnachtsbeleuchtung zur Sommerruhe in das Bauhoflager zurück.

Als er Sepp die Vorkommnisse in der Metzgerei und seine Abwesenheit erklärte, schlackerte auch dieser förmlich mit den Ohren und bezweifelte augenblicklich, dass so ein Notöffnungsknopf einer Gefrierhausinnentür einfach abbrechen könne. Und der Sepp musste so was schon wissen, der war nämlich ein Tüftler. Man sah es ihm nicht an, aber der Sepp hatte sage und schreibe fünf Semester Chemie und dann noch vier Semester Maschinenbau studiert. So wirklich wusste eigentlich keiner, was damals genau passiert war und wieso er seine Akademikerkarriere an den Nagel gehängt hatte, bevor sie überhaupt begann. Darüber redete er auch nicht. Er war damals ein paar Jahre weg aus Unterfilzbach gewesen und hatte sich vor einigen Jahren einfach beim Bauhof auf eine ausgeschriebene Stelle beworben. Und dann war er wieder da, der Sepp. Seitdem waren der Hansi und er richtig gute Spezln. Jedenfalls war der Sepp fast so was wie der Daniel Düsentrieb aus Unterfilzbach. Er sammelte alles, was nicht niet- und nagelfest war oder irgendwer weggeschmissen hatte. Da brauchte man aber jetzt nicht glauben, dass beim Sepp daheim keine Ordnung herrschte, im Gegenteil sogar. Da war es nicht so wie bei einem Messie, nein, ganz und gar nicht.

Er hatte damals das uralte kleine Häuschen seiner Eltern geerbt, was eher als Bruchbude zu bezeichnen war und schon ein paar Jahre nach deren Tod leer gestanden hatte. Jeder andere Bauherr hätte diese Ruine sicher »über den Haufen geschoben« und abgerissen und dann da ein Fertighaus im Toskana-Stil hingezaubert, wie es ja jetzt so Mode war. Aber der Sepp hat sehr viel Geduld und war so was von begabt als Handwerker, fast ein Künstler. Das 150 Jahre alte Bayerwald-Häuserl hatte er ganz allein renoviert (also bei den schwereren Arbeiten hatten ihm der kleine und der große Scharnagl schon ein paar Mal ein bisserl geholfen).

Jetzt strahlte es mit seinem Krüppelwalmdach und der inzwischen gewachsenen grünen Schutzpatina schon von Weitem. Sogar die Holzschindeln hatte er in sehr langer, aber liebevoller Kleinarbeit alle selber gemacht. Alles war so, wie es damals erbaut worden war, nur halt mit heutigem Wohnkomfort. Ein Kunsthistoriker hätte ihm wahrscheinlich einen Orden verliehen. Nicht selten kam es vor, dass vorbeifahrende Autos kurz anhielten, um das Haus zu fotografieren. Die Lage am Waldesrand und das schöne kleine Gemüsegärtchen vor dem Haus taten ihr Übriges, das Bilderbuchidyll zu komplettieren. Vor vier Jahren war sogar mal ein Fernsehteam vom dritten Programm dagewesen. Also vom Bayerischen Rundfunk quasi, aber in Unterfilzbach und im sonstigen Bayern wird der Bayerische Rundfunk wohl ewig »das Dritte« bleiben, so ist es und so war es und so bleibt es auch. Ganz egal, auf welchem Sendeplatz er eingestellt ist, beim »Dritten« weiß einfach jeder Bescheid, was gemeint ist. Jedenfalls wurden in einer Sendung, bei der es um gelungene Hausrenovierungen ging, der Sepp und sein Bauwerk vorgestellt. Damals hat er eine Woche lang gestrahlt wie ein neues Fuchzgerl, so stolz war er da. Leider wohnte er allein in seiner fernsehbekannten Bayerwald-Villa, weil er keine Familie hatte, obwohl er schon eine Frau gemocht hätte, wenn er eine bekommen hätte, wenn es eine gescheite gewesen wäre. Aber der Markt an Singlefrauen war in Unterfilzbach recht überschaubar und recht viel weiter raus kam der Sepp halt nicht.

Hinter dem Haus hatte er seine Bastelhütte mit dem Ersatzteillager stehen. Wenn etwas kaputt war, dann brachte es der Hansi eigentlich immer erst einmal zum Sepp und meistens funktionierte es danach auch wieder, ab und zu sogar besser als vorher. Bettinas Staubsauger zum Beispiel, der hatte nach der Überholung in Sepps Werkstatt tatsächlich mal den halben Wohnzimmerteppich mit eingesaugt, obwohl der richtig verlegt war mit Kleber und so – er hat den Staubsauger da fast ein wenig zu stark frisiert. Tunen und mehr Power einbauen konnte der Sepp besonders gut. Jedenfalls waren der Scharnagl Hansi und der Müller Sepp ein sehr harmonisches Duo und sie teilten sogar den gleichen, manchmal schwarzen Humor. Eine richtige Männerfreundschaft eben.

Das Einzige, worin sich die zwei nicht ganz einig waren, war ihr Musikgeschmack. Der Sepp mochte es nämlich schon ein wenig wilder, zumindest musikalisch. Also seine Lieblingsband war die Bläsertruppe LaBrassBanda, ein paar junge Burschen aus dem Oberland, die Blasmusik ein wenig anders interpretieren, um nicht zu sagen: rocken. Da konnte der Sepp tanzen … der Wahnsinn. Einmal, da hat der Sepp den Hansi auf ein Konzert von diesen LaBrass-Bandas mitgenommen. Der Hansi dachte echt, da wäre wirklich eine Schlägerei ausgebrochen, und hat sich gleich so erschrocken. Dabei haben die da »getanzt«, hatte ihm der Sepp später erklärt. Bayerischer Pop oder Rock waren absolut dem Sepp sein Ding. Sein Traum war es ja, einmal auf das »Heimatsound Festival« in Oberammergau zu gehen, das wäre mal was, dachte sich der Sepp oft. Aber er hatte ja keinen, der da mitgehen würde. Der Hansi begleitete ihn da sicher nicht mehr, weil ihm das auf jeden Fall zu

»damisch« wäre, nach dieser Erfahrung beim ersten Konzert mit Sepp. Deshalb blieb ihm im Moment nix anderes übrig, als davon zu träumen.

Der Hansi hingegen war musikalisch eher ... sagen wir mal, romantisch veranlagt. Seine absolute Lieblingssängerin war Helene Fischer. Mei, da bekam der Hansi immer große Augen, wenn er sich ihre Drei-Stunden-Galas im Fernsehen anschaute. Die anderen Scharnagls suchten da immer gleich das Weite, wenn das Familienoberhaupt die blonde Schlagerkönigin den ganzen Abend lang am Bildschirm anschmachtete. Wenn der Hansi so richtig gut drauf war, dann hörte man manchmal durch den Opel Astra der Scharnagl-Familie die Helene und den Hansi im Duett »Atemlos« singen, auch wenn die Fenster geschlossen waren. Dann drehte er die Lautstärke bis auf Anschlag. Aber diese kleine Verschiedenheit störte die zwei Spezln nicht und sie freuten sich einfach, dass sie so gut zusammenpassten.

Den ganzen restlichen Arbeitstag über grübelte Hansi so vor sich hin und war so weit weg mit seinen Gedanken, dass er dabei mindestens zehn Spezialglühbirnen beim Stapeln der Weihnachtsgirlanden zerbrochen hatte. Das durfte der Wiggerl natürlich nicht sehen, sonst war der die ganze restliche Woche wieder unausstehlich. Seine Gedanken waren bei der neuen Leiche aus dem Gefrierhaus. Er zweifelte ja manchmal selber ein bisserl an seiner Intelligenz, weil jetzt der Kriminaler nicht mal auf die Idee kam, da genauer hinzuschauen. *Ich bin ja nicht der Gescheiteste, aber ein wenig logisch denken kann ich schon, das muss man ja als Handwerker auch. Aber verrenn ich mich da jetzt in irgendwas?* Hansi hatte absolut kein gutes Gefühl.

So ging es den ganzen Tag in seinem Gehirn hin und her. Es ließ ihm keine Ruhe und nach Feierabend schaute er noch mal bei der Metzgerei Aschenbrenner vorbei. Den Sepp nahm er auch mit. Die zwei gingen hinten durch den Schlachthauseingang und trafen gleich auf Reiner Aschenbrenner. Noch immer konnte man ihm ansehen, wie sehr er betroffen war vom morgendlichen Geschehen und wahrscheinlich vom Verlust seiner besten Arbeitskraft.

»Du Reiner, könnt ich mir mal die Notverriegelung in deinem Gefrierhaus anschauen? Ich kann das einfach ums Verrecken nicht glauben, dass das ein Unfall gewesen sein soll, so wie der großkopferte Baumgartner heute in der Früh einfach so festgestellt hat.«

Der Metzger war gerade dabei, frische Weißwürste abzudrehen, aber so engagiert und leidenschaftlich wie sonst wirkte er dabei nicht.

»Ja freilich, Hansi. Mir lässt das ja auch keine Ruhe. Ich kann auch an nix anderes mehr denken. Die Berufsgenossenschaft war ja erst da und hat da nix festgestellt, dass an der Tür was gefehlt hätte. Das ist zwar nicht mehr das neueste Modell, aber es ist da alles in Ordnung gewesen, da passe ich ja immer gut auf«, sagte der Metzger Aschenbrenner mit überzeugender Stimme.

Hansi hatte sich sogar extra noch schnell seine Lesebrille von daheim geholt, die er seit circa einem Jahr brauchte, aber partout nicht leiden konnte, und nun inspizierten er und Sepp das Gefrierhaus. Sepp hatte selbstverständlich auch seinen Werkzeugkasten dabei und schraubte gleich mal den Türöffner auseinander. Gefühlt hundert Schrauben, Muttern, Federn, Gummiringe und sonstige undefinierbare Kleinteile lagen in Windeseile auf dem Boden verteilt. Hansi und vor allem Sepp sahen sich jedes einzelne davon ganz genau an. Hansi musste sich das Anschauungsobjekt immer erst auf die richtige Entfernung für die entsprechend scharfe Sicht einrichten. Jedes Mal, wenn er was in die Hand nahm, brauchte er erst einmal 30 Sekunden, in denen er seinen Arm vor und zurück bewegte, um dann das Scharnagl-Adlerauge auch über den zu prüfenden Gegenstand schweifen lassen zu können. *Herrschaftszeiten, das wird ja echt nicht besser mit meinen Augen,* dachte er und ärgerte sich. *Aber der Optiker meinte ja, ab 45 setzt halt die Alterskurzsichtigkeit ein, hilft ja nix,* schob er seinen Unmut beiseite und widmete sich dann wieder seinen kriminalistischen Recherchen.

»Ja verreck, schau mal her, Hansi!«

Als wenn er die Nadel im Heuhaufen gefunden hätte, hielt Sepp voller Freude Hansi einen kleinen Metallstift unter die Nase. Hansi betrachtet das Objekt, konnte aber nix Ungewöhnliches feststellen.

»Ähm, ja, was ist damit, Sepp?«

»Siehst du das da nicht? Schau mal genau hin und setz deine Brille richtig auf«, sagte Sepp verwundert darüber, dass Hansi seine Entdeckung nicht gleich gesehen hatte.

Nachdem Hansi seine Hand mehrmals in verschiedenen Varianten vor seinen Augen positioniert hatte, sah man nach einer Weile, wie die Erkenntnis in seinem Gesicht aufging.

»Ich hab es doch gewusst! Das ist der Beweis! Reiner, schau mal da ganz genau hin!«, triumphierte Hansi euphorisch.

Da war doch tatsächlich der kleine Metallstift angesägt worden, der zum Öffnen den Mechanismus der Tür betätigen sollte, und dann wahrscheinlich abgebrochen ist, als Sandra daran gerüttelt hatte. Das war ja echt ein starkes Stück. Also war es kein Unfall! Hansi freute sich über diese Feststellung sehr, hatte er doch wirklich an seinem Bauchgefühl gezweifelt, das die letzten 45 Jahre bisher eigentlich ein recht guter Ratgeber gewesen war.

»Das müssen wir jetzt der Polizei sagen, Hansi«, meinte Sepp pflichtbewusst.

»Hmmm, ich weiß nicht, Sepp. Meinst du wirklich?«

Betretene Stille in der Metzgerei. Wieder einmal war der Metzgermeister, der noch gar nicht vom morgendlichen Schock zu sich gekommen war, sprachlos und käseweiß. Die Stille schien unendlich zu sein. Aber Hansis Hirn lief jetzt auf Hochtouren. Sollten sie das dem Kommissar Baumgartner sagen oder nicht? Was würde er dann tun? Eigentlich war es ja vorher fast schon eindeutig gewesen, dass es hier nicht mit rechten Dingen zuging, und der Polizist hatte sich trotzdem auf einen Unfall rausgeredet. Der Baumgartner war ja schon 63 Jahre alt und ganz knapp vor der Pensionierung. Irgendwo hatte Hansi gehört, dass der bereits die letzten zwei Jahre nicht mehr viel getan hatte und sich gedanklich auf seinen Ruhestand vorbereitete. Hansi Scharnagl begann ernsthaft zu zweifeln, ob Hauptkommissar

Baumgartner diesem eindeutigen Beweis wirklich nachgehen und den Fall richtig untersuchen würde. Vielleicht sollten Hansi und Sepp das jetzt erst einmal für sich behalten. Warum sollten die zwei Bauhof-Detektive nicht auf eigene Spurensuche gehen? Wahrscheinlich wäre das viel effektiver und vielleicht konnten sie dieses Verbrechen – es war eines, davon war Hansi inzwischen überzeugt – sogar aufklären. So wie die ganzen Helden in seinen Heimatkrimis, die er abends vor dem Schlafen geradezu verschlang. Dem Metzgermeister müssten sie das halt noch klarmachen, vielleicht konnte er ihnen ja bei der Aufklärung helfen.

»Ich glaub nicht, dass der Baumgartner den Fall aufklären würde, der ist ja zu allem zu bequem. Der ist einfach geistig schon aus der Polizei ausgeschieden. Männer, ich glaub, da müssen wir jetzt selber ermitteln!«, sagte Hansi und strotzte geradezu vor Selbstbewusstsein in seiner Latzhose.

Langsam erst drangen Hansis Worte in den Verstand von Sepp Müller und Reiner Aschenbrenner durch. Man konnte ihnen direkt beim Denken zuschauen.

»Ich weiß nicht, Hansi, das gibt bestimmt viel Ärger und ich will ja eigentlich nur meine Ruhe.« Sepp schien ein wenig unsicher.

»Geh, Sepp, wir zwei sind doch ein super Team. Freilich packen wir das. Wir haben zwar nicht studiert, also du schon, ein bisserl zumindest, aber wir sind auf jeden Fall zumindest bauernschlau. Und wir haben Geschick, wir konnten uns doch immer weiterhelfen. Geh, Sepp, das probieren wir jetzt. Zur Polizei können wir dann immer noch gehen.«

Dem Sepp schien der Vorschlag dann doch langsam zu gefallen, endlich ein wenig Abenteuer in seinem Leben.

»Gut, Hansi, probieren wir's.«

Reiner war immer noch fast sprachlos. Er fügte dem Beschluss der zwei Hobby-Derricks nur hinzu: »Wenn ihr meint.«

Als Hansi den Sepp zu Hause absetzte, schaute er auf sein Klapphandy, das er die meiste Zeit im Auto vergaß. 16 Anrufe in Abwesenheit. Alle von Bettina. *Oha, da muss ich jetzt aber wirklich schauen, dass ich heimkomme,* dachte er.

Zu Hause angekommen, waren bereits alle Scharnagls um ein vegetarisches Seitan-Geschnetzeltes mit Kichererbsen versammelt.

Gerade hatte Hansi noch den Duft der frischen Weißwürste und allgemein den rauchigen Geschmack der Wurstkuchl der Metzgerei Aschenbrenner in der Nase gehabt. *Mei, so ein schön angebratener Leberkäs mit Spiegelei und Kartoffelsalat, das wäre jetzt eine Sache.*

Nach diesem ereignisreichen Tag hatte Hansi einen Bärenhunger – oder quasi einen Bärle-Hunger. Da war es ihm jetzt fast wurscht, wenn er keine Wurst bekam. Er ging pfeifend in die Küche und sah in vier höchst angespannte Augenpaare. Bettina sprang ihn förmlich an.

»Bärle, kannst du vielleicht mal an dein Telefon gehen? In Unterfilzbach ist die Hölle los wegen dir, und du meldest dich nicht mal. Im KaufGut sind sie heute fast alle durchgedreht und wollten von mir wissen, was passiert ist, und ich … ich konnte gar nix dazu sagen. Stimmt es, dass sie die Sandra an einem Fleischerhaken gefunden haben?«

»Ah geh, ich hab im Salon gehört, dass sie mit dem Fleischerbeil in der Mitte auseinandergeteilt worden ist. So wie wenn es Schlachtschüssel gibt«, platzte es aus Isabelle heraus.

»Das ist ja der Wahnsinn, bei uns in Unterfilzbach so was Blutrünstiges, und du, Papa, du bist dazugekommen und hast den Mörder verfolgt, hat die Hinkhofer Berta erzählt«, ergänzte Isa weiter und schien schon auch ein wenig stolz auf ihren Vater.

Hansi hörte sich die Gerüchte, die sich anscheinend zu überschlagen schienen, fast ein wenig amüsiert an, bevor er dann doch zu erzählen begann.

»Mei o mei, das ist ja schon wieder typisch für unsere Dorfratschen, dass sie alles dramatisieren und durcheinanderbringen.«

Dann folgte aber ausführlich die wirkliche Beschreibung der Geschehnisse des vergangenen Tages aus Hansis Mund. Jedoch erzählte er seiner Familie nicht, dass er erhebliche Zweifel an der Unfalltheorie des Kommissars Baumgartner hatte, und auch nichts von der Entdeckung, die Sepp, Reiner und er bei der Untersuchung der Gefrierraumtür gemacht hatten. Er war ja jetzt schließlich »undercover« unterwegs.

»Warum denn ein Unfall, Bärle?«, fragte Bettina sehr verwundert. »Im KaufGut war das heute für jeden klar, dass die Sandra ermordet wurde. Da sieht man wieder, was die Leute für einen Schmarrn erzählen, wenn sie es gar nicht wissen. Und du bist einfach nur dabei gewesen, als die Polizei kam, oder wie?«, war Hansis Zuckerschoaserl nun fast ein wenig enttäuscht. »Also nix mit Verfolgungsjagd?«, fügte sie dann noch leise hinzu.

»Ja, Bettina, ich bin nur ein einfacher Bauhofarbeiter und nicht der Held des Tages. Bist jetzt enttäuscht?«

»Nein, Bärle, ich lieb dich trotzdem. Das weißt ja«, entgegnete Bettina und drückte ihrem Hansi einen Schmatzer auf den Mund.

»Aber wisst ihr, was ich jetzt wirklich schon öfter gehört hab? Die Sandra hatte wohl was am Laufen mit dem Markus Schaller. Ihr wisst schon, der letztes Jahr pleite gegangen ist. Der Feuerwehrkommandant aus Oberfilzbach«, wollte Isabelle die Gerüchteküche wieder anheizen.

Aber nachdem heute alle vier restlichen Scharnagls genug von den Unterfilzbacher Tratschereien hatten, wollte keiner mehr so recht drauf eingehen. Damit widmeten sich Isabelle, Hansi junior, Indira, Bettina und Hansi Scharnagl wieder ihrem Seitan-Geschnetzelten mit Kichererbsen, denn hungrig waren sie trotz alledem.

KAPITEL 4

Die Fahnenweihe

Das kleine Dörfchen Unterfilzbach lag sehr idyllisch in weiß-blauer Traumkulisse inmitten ursprünglicher Natur, duftenden gewaltigen Wäldern inmitten des Bayerischen Waldes. Gleich daneben lag das ebenso idyllische Dörfchen Oberfilzbach. Wenn es nach den Oberfilzbacher Bürgern ging, hatte ihr Heimatort noch ursprünglichere Natur, noch duftendere, noch gewaltigere Wälder. Getrennt wurden die zwei Orte durch das kleine Flüsschen … oder eher Bächlein … oder man könnte auch Rinnsal sagen … den Filzbach.

Der Sage nach wurde vor mehr als 150 Jahren in eben diesem Filzbach Gold gefunden. Und beide angrenzenden Dörfer erhoben Anspruch auf die Schätze des Baches. Ob es dieses Gold wirklich gegeben hat und was dann daraus geworden war, wusste eigentlich keiner so genau. Historisch gab es da vage bis gar keine Hinweise. Aber wohl seit dieser Zeit tobte ein erbitterter Konkurrenzkampf zwischen Ober- und Unterfilzbach. Geschichtliche Hinweise besagten sogar, dass die beiden Dörfer früher einmal zu einem Dorf vereint gewesen waren. Irgendwie war es fast wie beim geteilten Deutschland, bis auf die Mauer, die fehlte bisher noch. Wobei eigentlich die beiden kleinen Biogasanlagen, die direkt an die jeweiligen Ortsgrenzen gebaut worden waren, fast so was Ähnliches wie eine Mauer darstellten.

Seit sich Unterfilzbach dazu entschieden hatte, eine gemeindliche Biogasanlage zu bauen, war im Gemeinderat eigentlich recht schnell klar, wohin diese kommen sollte. Natürlich an die Gemeindegrenze zu Oberfilzbach. Eigentlich war das eine super Sache, so eine Biogasanlage, vor allem weil es in dieser Gegend ja noch einige landwirtschaftliche Betriebe gab, die genügend Brennmaterial liefern konnten. Ein Problem wurde das aber dann, wenn die Biogasanlage ab und zu technische Störungen hatte und die entweichenden Gase aus topografischen Gründen meistens Richtung Oberfilzbach wehten. Das war von den Unterfilzbachern ursprünglich gar nicht mal so beabsichtigt, aber ein bisserl Schadenfreude konnte sich der ein oder andere nicht verkneifen, wenn wieder mal ein kleines Lüftchen ins Nachbardorf wehte. Dieses Lüftchen konnte in verschiedenen Duftnoten variieren. Sie reichten von »leichte Landbrise« bis hin zu »Stinktier- und Odelaroma-Therapie«.

Die Oberfilzbacher konterten den Bau der Unterfilzbacher Biogasanlage mit einem sehr geschickten Projekt: Sie bauten ebenfalls eine Biogasanlage. Gleich neben der bestehenden. Eigentlich ja eine gute Sache, wegen der vielen Landwirtschaft in der Umgebung und so weiter. Ein Schelm, wer Böses dabei denkt … Man konnte jetzt als Unterfilzbacher mutmaßen, dass die Oberfilzbacher beabsichtigten, dass auch ein »frischer Wind« durch Unterfilzbach wehte. Aber: Die Topografie änderte sich auch mit dem Bau der zweiten Biogasanlage nicht und auch in der Oberfilzbacher Biogasanlage gab es von Zeit zu Zeit ein kleines technisches Problem. Was zum Ergebnis hatte, dass die Duftskala in Oberfilzbach nach oben offen wurde, bis hin zur Duftnote »Hundsdreck, verreckter – lass uns das Haus verkaufen, wir ziehen hier weg«. Die Oberfilzbacher hätten sich in den A… beißen können, aber das hätten sie natürlich niiiiieeeeemals zugegeben.

Für die zwischenmenschlichen und kommunalpolitischen Beziehungen der beiden Dörfer war diese ganze Biogasangelegenheit nicht gerade förderlich. Und so ging das halt immer so dahin. Das Schicksal meinte es auch irgendwie nicht versöhnlich mit den zwei verfeindeten Dörfern, immer wieder gab es neuen Anlass für Konflikte.

In Unterfilzbach lagen vereinzelt noch versteckt die letzten Schneereste herum, aber man konnte diese weiß-schwarzgrauen Klumpen auch für einfachen, banalen Dreck halten. Aber wenn diese Zeit kam, die die Einheimischen hier als »wenn es Aper (gesprochen: Awar) wird« bezeichneten, dann spürte man den Frühling schon kommen. Die Anzeichen waren unübersehbar. Die Bäume ließen kleine Blätter sprießen, die Tage wurden länger und wärmer. Und anscheinend machte sich das auch hormonell bemerkbar. Denn der Kamasutra-Kurs vom Ashanti war inzwischen aufgrund der großen Nachfrage erweitert worden. Zuerst waren ein Anfänger- und ein Fortgeschrittenenkurs geplant. Die Einteilung, die der Loisl – alias Ashanti – bei all seinen Teilnehmern vorgesehen hatte, wäre entsprechend dem Grundwissen nach passiert. Was aber dann recht unglücklich gewesen wäre, denn dann wären fast alle Frauen im Fortgeschrittenen- und die Männer im Anfängerkurs gelandet. Ashanti hat auch eingesehen, dass dies vielleicht nicht so optimal gewesen wäre. Nun gab es zwei Kurse für Halbprofis.

Eine weitere Neuerung hatte Ashanti ebenfalls beschlossen. Künftig wurden nur noch Paare zugelassen. Als die Hinkhofer Berta dies mitgeteilt bekam, war sie mehr als aufgebracht. Sie hatte eine wütende Schimpftirade auf Ashanti niederprasseln lassen, von wegen sie würde total diskriminiert und das sicher beim Frauenbund besprechen und dann würde sie eine Unterschriftenliste initiieren. Ashanti hat sie daraufhin umarmt und mit ihr ein paar Atemübungen gemacht.

Begründet war diese Zulassungsbeschränkung damit, dass Ashanti sich vor ein paar Wochen einen dermaßen schmerzhaften Hexenschuss zugezogen hatte, als er beim Kurs den fehlenden Teil – also den männlichen – innerhalb einer komplexen Übung übernommen hatte. Als ehemaliger Versicherungsvertreter war er ja schon ein wenig vorgeschädigt aufgrund seiner jahrelangen Sitztätigkeit. Da hat wohl auch das ganze Yoga nix mehr retten können.

Aber mit dem reinen Paarkurs war Unterfilzbach nun erst recht voll im Kamasutra-Fieber. Die Männer waren trotz anfänglicher Bedenken jetzt wohl doch auf den Geschmack gekommen und nun wurde in den heimischen Schlafzimmern – oder vielleicht auch woanders – eifrig experimentiert, was die Paare im Kurs in der Turnhalle der Schule gelernt hatten. Das wird sicher auch so manch eine Ehe wieder beflügelt haben.

Dies schlug sich irgendwie auch auf die Grundstimmung unter den Menschen nieder, fand Bettina. Seit einiger

Zeit waren alle recht freundlich und gut gelaunt. Bettina freute sich, dass ihr Bärle auch endlich zum Kurs mit angemeldet war. In einer schwachen Stunde, bei der das Aktions-Schaumbad »Wilder Hengst« eine wichtige Rolle gespielt hatte, hat sie ihn überredet – und dann gab es kein Zurück mehr.

Was Sepp und Hansi betraf, waren sie voller Tatendrang, den vermeintlichen Mörder von der ehemals zünftigen Sandra zu finden. Die letzten Wochen als Undercover-Bauhofagenten hatten aber irgendwie keinerlei heiße Spur hervorgebracht. Außer, dass das Duo ihrem Chef ein wenig suspekt vorgekommen war. Wiggerl meinte schon, sie tuschelten über ihn, weil die beiden in letzter Zeit immer so miteinander flüsterten. Und Wiggerl war halt leider einfach paranoid. Einmal zur Brotzeit fragte der Wiggerl den Hansi, als er ihn auf der Bauhoftoilette allein angetroffen hatte, ob er was gegen ihn hätte, weil er das Gefühl habe, Sepp und Hansi würden über ihn lästern. Hansi musste spontan innerlich weinen vor Lachen. Der Bauhofchef und seine Paranoia waren einfach immer wieder für Überraschungen gut, dachte er sich, sehr darum bemüht, nicht gleich wirklich loszuprusten.

»Weißt du, Wiggerl, der Sepp und ich haben uns nur gefragt, wie viel du wohl zugenommen hast. Irgendwie wirkt deine Latzhose in letzter Zeit so eng«, plapperte er einfach gedankenfrei drauflos.

Der Wiggerl war schon überrascht, dass Hansi ihm anscheinend wirklich einen Grund für seinen Verdacht lieferte und nicht einfach alles abstritt. Ein wenig unsicher blieb er in der Herrentoilette zurück und Hansi verließ schmunzelnd den Raum. Dabei ahnte Hansi gar nicht, was er damit bei seinem Vorgesetzten ausgelöst hatte.

Ende April freute sich Unterfilzbach schon auf das erste Volksfest der Saison. In diesem Jahr war das die Fahnenweihe der Nagelbrunner Feuerwehr. Zum 150-jährigen Vereinsbestehen hatten sich die Nachbarfeuerwehrler eine neue Fahne gegönnt und feierten ihr Jubiläum gleich vier Tage mit einem richtigen Volksfest, wie es in Bayern üblich war.

Die Kameraden aus Unterfilzbach ließen es sich nicht nehmen, mit einer großen Abordnung zum feierlichen Festsonntag in das zwölf Kilometer entfernte Dorf zu fahren. Dafür wurde extra ein Bus vom Reisebüro Sallinger gechartert.

Ein selten schöner Gottesdienst, den der Nagelbrunner Pfarrer da auf dem Fußballfeld abgehalten hatte, schwärmte die Unterfilzbacher Feuerwehr-Fahnenmutter Ilse, die natürlich auch mitgefahren war. Diesmal konnten sich die Feuerwehrler nicht gleich in die »Vorbeikirche« schleichen, was in Bayern so viel bedeutete, wie wenn man nach einem Kirchenumzug der Vereine, der in der Regel *in* die Kirche führte, gleich weiter zum nächsten Wirtshaus zum vorgezogenen Frühschoppen wanderte.

Da zu diesem Jubiläum mehr als dreißig Feuerwehren aus dem ganzen Landkreis und der Umgebung gekommen waren, war die Dorfkirche in Nagelbrunn zu klein, und so wurde der Gottesdienst kurzerhand auf das Fußballfeld zu einem sogenannten Feldgottesdienst verlegt. Den Altar hatten sie im Elf-Meter-Raum aufgebaut, was irgendwie ganz lustig aussah, fand Hansi, denn die Eckfahnen und das Tor hatten die Nagelbrunner vergessen abzubauen.

Jedoch war keine Gastwirtschaft in umliegender Nähe, sodass tatsächlich der gesamte Festzug der Vereine bei den geistlichen Feierlichkeiten teilnehmen musste. Auf jeden Fall war alles sehr feierlich und festlich – und sehr lange. Der Durst der Männer und Frauen wuchs damit natürlich auch von Minute zu Minute. Nach dem Gottesdienst führte ein wiederum feierlicher Festumzug aller teilnehmenden Feuerwehren und Nagelbrunner Vereine durch den Ort. Mit dabei waren auch historische Löschfahrzeuge, Schirmherren aus der kommunalen Politik in Pferdekutschen und alles was dazugehörte. Mit einem Wort – feierlich!

Der Festumzug hatte dann das große Bierzelt zum Ziel. Dort konnten – Gottseidank – die zahlreichen durstigen Festteilnehmer endlich eine frische Maß Radler oder Bier bei den eifrigen Bedienungen bestellen. Für das leibliche Wohl wurde natürlich auch noch in Form von Rollbraten, Leberkäs mit Kartoffelsalat und Bratwürstln gesorgt. Wunderbare – und sehr lange – Festreden wurden gehalten, beeindruckende – und sehr viele – Erinnerungsgeschenke in Form von Bierkrügen und Wappen wurden überreicht und rundeten den Festakt in Nagelbrunn dann gegen Nachmittag ab.

Nach so einem feierlichen Ereignis und dem gestillten Durst konnte es schon mal vorkommen, dass so manch ein

Feuerwehrmann auf lustige Ideen kam. Die Freiwillige Feuerwehr Unterfilzbach wurde im Festzelt direkt neben der Freiwilligen Feuerwehr Oberfilzbach platziert, was beide Wehren nicht ganz so toll fanden. Hansi und Sepp waren selbstverständlich mit von der Partie. Sepp war in seiner Doppelfunktion als Gerätewart *und* 1. Kommandant der Unterfilzbacher Feuerwehr – er hatte ja auch viel Zeit – quasi bei solchen Anlässen zur Teilnahme verpflichtet, und Hansi als Löschmeister natürlich auch.

Die beiden Spezln hatten während des ganzen Tages ihre Adleraugen schon auf Markus Schaller gerichtet. Die Gerüchteküche in Unterfilzbach um die verstorbene Sandra Wolf brodelte nach wie vor und von einer Affäre zwischen ihr und Markus Schaller war immer wieder die Rede. Markus Schaller war ein recht schneidiger, großer, dunkelhaariger Mann und bekleidete seinerseits das Amt des 1. Kommandanten in Oberfilzbach. Kürzlich war auch immer wieder die Rede von der Insolvenz seiner kleinen Baufirma. Es hatten ihn wohl ein paar Bauherren nicht rechtzeitig bezahlt, und so nahm das Unglück seinen Lauf und er ging pleite. Hansi mochte ihn sogar ein wenig – obwohl er ein Oberfilzbacher war. Manche Menschen hatten halt einfach Pech im Leben, bedauerte Hansi ihn ein wenig. Eigentlich konnten sich das Hansi und Sepp nicht vorstellen, dass die Gerüchte um die Affäre stimmten. Denn soviel sie wussten, war Markus Schaller glücklich verheiratet und hatte zwei Kinder.

Heute sah der Oberfilzbacher Kommandant nicht mehr ganz so taufrisch aus. Der lange Aufenthalt im Bierzelt hatte ihm wohl nicht gutgetan. Aber beim Rundumblick bemerkte Hansi, dass es einige seiner Kameraden vielleicht auch ein wenig übertrieben hatten mit dem Löschen – ihres Durstes. Die Stimmung war jedenfalls prächtig und alle hatten eine rechte Gaudi.

In Bayern hatte fast jeder Verein eine Fahne und sogar eine Art Namenstafel, auf der die Bezeichnung des Vereins eingraviert oder geschnitzt war. Dieses »Taferl« wurde quasi zur Ankündigung in einem Festzug vor der Fahne getragen. Dazugehörig zum »Taferl« gab es meistens einen »Taferl-Buam«, also einen jugendlichen Vereinszugehörigen, der diese Tafel trug. Der Oberfilzbacher »Taferl-Bua« Toni hatte wohl den Ausflug nach Nagelbrunn dazu genutzt, um auch einmal eine oder zwei Maß zu probieren. Der vierzehnjährige Toni hätte im aktuellen Zustand sein »Taferl« wohl nicht mehr tragen können, er schlief nämlich sichtlich erschöpft vom »Biertest« auf der Bierbank nebenan. Ein paar Unterfilzbacher kamen nun auf die glorreiche Idee, die unbeaufsichtigte Tafel vom Nachbartisch zu entwenden. Es war nämlich ein ungeschriebenes Gesetz, dass bei einem solchen »Diebstahl« das Taferl dem Eigentümerverein erst durch eine Auslöse, meistens in alkoholischer Währung, wieder zurückgegeben wurde. Bekanntlich waren ja die beiden Nachbardörfer verfeindet und jeder war dadurch ständig auf der Suche nach kleinen Gemeinheiten, um die jeweils anderen zu ärgern.

Das Schicksal spielte den Unterfilzbachern in die Hände, als plötzlich alle Feuerwehrpiepser der Oberfilzbacher Alarm schlugen. Trotz der geschätzten 2,2 Promille pro

Mann sprangen die Feuerwehrler von der Nebenbierbank wie von der Tarantel gestochen auf und liefen – manche wankten auch – Richtung Zeltausgang. Dabei vergaßen sie im Eifer des Gefechts sogar ihren Toni, der immer noch ruhig weiterschlief. So ein Piepser störte ihn jetzt da nicht dabei. *Das wird sicher mal ein ganz guter Feuerwehmann,* dachte sich Hansi bei diesem Anblick mit einer gewissen Portion Ironie.

Natürlich nutzte der Unterfilzbacher Zweite Kommandant und Jugendbeauftragte Andi gleich die Gunst der Stunde und vereinnahmte das »Taferl«, das der arme Toni aufgrund seines Tiefschlafes nicht mehr ausreichend bewachen konnte. Die gesamte Unterfilzbacher Feuerwehr freute sich wie bei einem Kindergeburtstag und diskutierte sogleich über die Höhe der Auslöse, als keine Viertelstunde später die gesamte Oberfilzbacher Feuerwehr wieder in das Zelt zurückkam. Fehlalarm! Die Männer setzten sich, ein wenig erschöpft vom nachlassenden Adrenalinstoß, wieder auf ihre Bierbänke und bestellten erst einmal eine frische Runde.

Ein bisserl überrascht, aber doch auch amüsiert wurden die zurückgekehrten Kameraden von der Nachbarbank aus beobachtet. Es dauerte eine Weile, bis der Diebstahl bemerkt wurde. Und das eigentlich auch nur, weil der Toni sich das verköstigte Bier noch mal »durch den Kopf gehen lassen musste«, und er, als er durch sein »Unwohlsein« erwachte, recht zügig aus dem Zelt eilte.

Markus Schaller schrie wütend: »He, Männer, die Unterfilzbacher haben unser Taferl gestohlen!«

Dann ging alles sehr schnell. Die Oberfilzbacher stürzten sich auf die Unterfilzbacher und im Nu war die schönste Schlägerei im Gange. Die Feuerwehr-Tellerkappen (weil beim Festzug geht man natürlich nicht mit Helm, sondern in ordentlicher Festtagsuniform) flogen nur so durch die Gegend, Bierbänke wurden umgestoßen, gutes Bier ausgeschüttet – ein riesiges Remmidemmi.

Hansi hatte sich ein wenig zurückgezogen und beobachtete das Geschehen aus sicherer Entfernung. Zum einen war er ein sehr friedliebender Mensch und zum anderen war gestern der Kamasutra-Kurs gewesen. Er hatte einen Wahnsinns-Mörder-Muskelkater und konnte sich nicht mehr so agil bewegen, wie es für eine Schlägerei nötig gewesen wäre. Aber seine Beobachtungen waren sehr interessant. Es fiel ihm zum Beispiel auf, dass der Schaller Markus vor Wut nicht mehr zu bremsen war. Wie ein wild gewordenes Tier schnappte er sich einen Unterfilzbacher nach dem anderen und war geradezu brutal. Fast erschrocken sah Hansi das mit an. Das sah dem Schaller überhaupt nicht ähnlich.

Feuerwehrmänner waren eigentlich grundsätzlich nicht so. Das waren zwar zünftige, gestandene Männer, aber durch ihren Leitspruch »retten – löschen – bergen – schützen« von Natur aus schon »die Guten«. Die Feuerwehren waren in Bayern und sicher auch in der restlichen Welt sehr angesehen, weil es ja eine gehörige Portion Mut und Hilfsbereitschaft erforderte, sich hier, zum Teil ehrenamtlich, zu engagieren.

Fassungslos versuchte sich Hansi diese Gewaltexplosion des Oberfilzbacher Ersten Kommandanten zu erklären.

Vielleicht ist ja doch etwas dran an den Gerüchten um die Affäre mit der Sandra, überlegte er angestrengt. Die Firmenpleite war sicher auch nicht spurlos an dem sonst rechtschaffenen Mann vorübergegangen. Vielleicht hatte er jetzt, wo Sandra tot war, Liebeskummer, weil er sie so vermisste? Oder seine Frau hatte diese außereheliche Liaison entdeckt und drohte ihm jetzt mit Scheidung? Da konnte man schon mal vom rechten Weg abkommen. Männer waren vielleicht so, dass sie sich eher ein körperliches Ventil suchten, versuchte sich Hansi in die Lage hineinzuversetzen. Sehr verwunderlich war das aber auf jeden Fall. Hansi nahm sich vor, dem Gerücht um die Affäre nachzugehen.

Die Schlägerei, wie sie kein Bud-Spencer-Film besser in Szene hätte setzen können, löste sich auf, nachdem die restlichen Feuerwehren eingeschritten waren. Das »Taferl« wurde brav wieder an die Oberfilzbacher zurückgegeben und ein paar Rot-Kreuzler versorgten die Wunden der Beteiligten. Sepp hatte bei diesem Gefecht leider einen Zahn aus seiner Prothese als Verlust verbuchen müssen. Ansonsten wurde – Gottseidank – niemand schwerer verletzt. Ein paar Platzwunden und der ausgeschlagene Zahn waren zum Glück alles, was dieses Spektakel an Folgen nach sich zog.

Auf der Heimfahrt versuchte der Hansi den Sepp zu überreden, doch zum Zahnarzt zu gehen. Der Tüftler überlegte angestrengt, wie er seine Zahnprothese selber wieder reparieren könnte. Wer ansonsten alles reparieren kann, der konnte doch wohl auch diesen kleinen Zahn wieder ankleben, war der Sepp überzeugt. Aber seine Kameraden plapperten auf ihn ein, um ihm diese Schnapsidee wieder auszureden. Dabei amüsierten sie sich köstlich darüber, dass Sepp nun aufgrund seines nicht mehr vorhandenen Schneidezahns lispelte wie die Sau. Wer den Schaden hat, braucht für den Spott nicht zu sorgen. Und so fuhr die Freiwillige Feuerwehr Unterfilzbach nach einem ereignisreichen Tag im wirklich komfortablen Sallinger-Reisebus wieder in Richtung Heimat.

Hansi hatte gerade den Rasenmäher abgestellt, setzte sich auf die Scharnagl'sche Terrasse und gönnte sich eine Tasse Kaffee in der warmen Frühlingssonne. Eine kurze Pause konnte er schon mal machen, dachte er sich. Es war schließlich Samstagnachmittag und Hansi arbeitete Bettinas To-do-Liste für die angeordneten hausmeisterlichen Tätigkeiten daheim ab. Isabelle sonnte ihren Luxuskörper in einem durchaus knappen goldenen Bikini im Liegestuhl. *Meine Tochter ist schon eine Augenweide,* sinnierte Hansi stolz vor sich hin. Die väterlichen Schutzinstinkte, die er immer hatte, wenn er an die zahlreichen Bewerber um Isas Gunst dachte, stellte er heute einmal ab.

Als Hansi junior seinen Vater sitzen sah, beschloss auch er, kurz zu pausieren. Auf der To-do-Liste, die auch der Sohn von Mama Bettina überreicht bekommen hatte, stand nämlich »Rindenmulch im Garten verteilen«, und das war im Garten der Scharnagls keine gar so chillige Angelegenheit, wie der kleine Hansi fand. Ebenfalls mit einer Tasse Kaffee in der Hand setzte sich der Stammhalter an den Tisch zu seinem Vater.

»Du, Isa-Mäuschen, glaubst du, da ist was dran an dem Gerücht um die Sandra und den Schaller Markus?«, versuchte Hansi seine detektivischen Recherchen wiederaufzunehmen.

»Papa, sag doch nicht immer Isa-Mäuschen! Ich bin keine fünf mehr. Das ist ja peinlich. Wenn das jemand hört!«, entgegnete Isabelle kopfschüttelnd und erhob sich vom Liegestuhl, um sich auch zu ihrem Vater und ihrem Bruder an den Tisch zu gesellen. »Keine Ahnung, Papa, gehört hab ich das jetzt schon öfter. Aber gesehen hab ich die zwei auch nicht wirklich beim Poppen«, antwortete Isabelle sehr direkt.

»ISABELLE! Wie redest du denn?«, war Hansi direkt ein wenig beschämt über die unverblümte Ausdrucksweise seiner Tochter.

»Mei, Papa, jetzt sei doch nicht immer so prüde. Du brauchst ja grad reden, die Mama und du lasst es ja im Moment auch ganz schön krachen, ihr und euer Kamasutra. Ihr glaubt vielleicht, wir bekommen das nicht mit. Aber süß seid ihr zwei ja schon«, versuchte die schöne Isabelle ihrem Vater gleich den Wind aus den Segeln zu nehmen.

Hansi wusste nicht gleich, was er darauf antworten sollte. Er entschied sich lieber, diese peinliche Situation mit hochrotem Kopf und an der Tasse Kaffee nippend auszusitzen.

»Aber ich«, kam es jetzt kurz und trocken aus dem Mund vom kleinen Hansi.

Isabelle und ihrem Vater fielen gleichzeitig die Kinnladen herunter und sie sahen ihren Bruder beziehungsweise Sohn an, als wenn er gerade die Lösung für den Weltfrieden entdeckt hätte.

»Wie meinst jetzt das?«, fand Isabelle als Erste ihre Worte wieder.

»Ja, ich hab sie halt mal dabei gesehen. Was habt ihr jetzt da dran nicht verstanden?«, entgegnete Hansi junior immer noch staubtrocken und sehr regungslos.

»Ja und warum erzählst du das denn nicht?« Hansi wurde jetzt fast ein wenig grantig, weil er sich gerade fühlte, als wenn ihm wichtige Hinweise in seinem Fall vorenthalten würden.

»Ich wusste ja nicht, dass euch so was interessiert, außerdem hat mich keiner gefragt.«

Mein Sohn! Das ist echt manchmal so ein Hirsch, ging es Hansi durch den Kopf, als er gleichzeitig einen tiefen Seufzer ausstieß.

»Mensch, Hansi, du Depp, jetzt lass dir doch nicht alles aus der Nase ziehen!«, bohrte Isa weiter in Richtung ihres Bruders, um diesen 1a-Friseursalontratsch natürlich gleich in der Arbeit verbreiten zu können.

»Letzten Sommer halt, beim Volksfest hab ich sie gesehen.«

»Ja und? Jetzt red' halt endlich, Herrschaftszeiten!«, drängte Isabelle ihren Bruder und sah aus, als ob sie gleich vor Neugier platzen würde.

»Mei, ich bin aus dem Bierzelt zum Pieseln gegangen, und weil vor dem Toilettenwagen so eine lange Schlange stand, bin ich ein wenig weiter in Richtung des alten Holzlagers am Festplatz vorgegangen. Und da lag die Sandra halt auf einem Holzstapel und der Schaller stand vor ihr«, erzählte der Elektriker-Azubi immer noch recht unaufgeregt.

»Und da haben sie dann quasi geschnackselt«, vollendete Isabelle dann endlich diese Erzählung, als wenn es ein lang ersehntes Happy End gewesen wäre.

»Aber mit dem Aschenbrenner-Metzger hatte sie ja auch was«, setzte der achtzehnjährige Scharnagl in seiner unnachahmlich staubtrockenen Art noch eins drauf, als wenn die erste Information nicht schon sensationell genug gewesen wäre.

»Ja geh, hau doch ab, war die Sandra so a Flitscherl? Das hätt ich ihr gar nicht zugetraut. Und jetzt sagst uns aber gleich in ganzen Sätzen, woher du das mit dem Reiner auch noch weißt, gell! Sonst werd ich jetzt dann langsam grantig!«, entfuhr es Isabelle recht zickig.

»Die zwei hab ich versehentlich erwischt, als der Meister und ich vor ein paar Monaten die neue Räucherkammer beim Aschenbrenner repariert haben. Da waren wir sehr früh dran und ich hab den Meister gesucht, weil ich ihn was fragen musste. Ich hab aus der Wurstkuchl Geräusche gehört und bin rein. Und da sah ich die Sandra halt auf dem Hackstock liegen und der Reiner stand vor ihr.«

Eine Millisekunde ging Hansi im Kopf kurz die bisher »erlernten« Kamasutra-Stellungen durch und vermutete, dass es sich bei diesen zwei Beischlafaktionen von Sandra wohl um den »betörenden Schmetterling« handeln musste. Diese Stellung hatten Bettina und er erst kürzlich im letzten Kurs bei Ashanti erklärt bekommen.

Aber sogleich schob er diese Vorstellung wieder beiseite und verarbeitete langsam die neu gewonnenen Informationen.

Das ist ja ein starkes Stück, dachte sich Hansi, und sofort strömte wieder eine gehörige Portion Adrenalin durch seine Adern, denn er wollte diese ganzen Ungereimtheiten aufdecken. Er, Johann Scharnagl, würde schon noch dahinterkommen, was mit der Sandra und auch mit dem Apotheker Hornung genau passiert war.

Beim Rasenmähen konnte Hansi immer recht gut nachdenken, und als er später seine Tätigkeiten im heimischen Garten wieder fortführte, grübelte er über diese neuen Erkenntnisse nach und überlegte in alle verschiedenen Richtungen. Aber auch so manch anderes ging ihm durch den Kopf. Sein Sohn machte ihm ein wenig Sorgen. Seit ein paar Wochen schon war er so bedrückt, fiel ihm rückblickend auf. Er war ja immer schon recht still gewesen, aber in letzter Zeit lachte er gar nicht mehr viel. Und auch jetzt gerade beim Tratsch mit seinen zwei älteren Kindern war es, als ob er gespürt hätte, dass seinem Sohn etwas auf dem Herzen lag. Und so grübelte er noch bis zur Heimkehr von Bettina weiter und zeigte seinem Zuckerschoaserl stolz, dass er – trotz der Pause – alles auf seiner To-do-Liste für heute abhaken konnte.

KAPITEL 5

Die Sauerkrautdiät

Ein großer Tag am Bauhof in Unterfilzbach! Der neue Aufsitzrasenmäher »Graskiller 4.0« wurde geliefert. Eine gewisse Aufregung war bei der Brotzeit vor diesem denkwürdigen Ereignis schon zu spüren. Die Ausstattung in Sachen Grünanlagenpflege war in den letzten Jahren in Unterfilzbach nicht die beste gewesen, und nun hatte endlich der kleine, alte, lahme Mähtraktor »Rasen-Nanny 2« das Zeitliche gesegnet. In einer flammenden Rede konnte Wiggerl den Bürgermeister samt Gemeinderat – ohne Gegenstimme! – davon überzeugen, neue Arbeitsgeräte für die Mäharbeiten am Unterfilzbacher Badeweiher, dem kleinen Park und sonstigen Grünanlagen im Ort anzuschaffen. Er hatte dafür extra eine Power-Point-Präsentation vorbereitet. Wozu war er schließlich auf dem Seminar »Überzeugen – Argumentieren – Durchsetzen« gewesen ? Dort gab es auch einen Crash-Kurs in Sachen medialer Aufbereitung, und dafür hatte Wiggerl wohl Talent. Er erreichte mit seiner wortgewandten Darbietung nicht nur den Kauf eines neuen Aufsitzrasenmähers, sondern auch noch den der neuen Motorsense »Sensen-Man 500« und eines Mulchers. Beim Mulchgerät hatte ihm die kommunalpolitische Führung Unterfilzbachs aber nur ein gebrauchtes Gerät zugestanden, und so musste Wiggerl den »Kleinen Mulcher-Prinz« über das Internet ersteigern, was für das ohnehin schwache Nervenkostüm vom Bauhofchef eine nicht gerade einfache

Aufgabe war. Dennoch hatte er bei der Versteigerung gewonnen und somit auch noch einen neuen kleinen Mulcher für den Bauhof erstanden.

Der Wiggerl war generell seit ein paar Tagen irgendwie komisch. So ruhig, nachdenklich, direkt in sich gekehrt. Er hatte seit Neuestem immer seine eigene Brotzeitbox dabei und sich nicht mehr an der Gemeinschaftsbestellung beteiligt. Außerdem war er grundsätzlich ziemlich schlecht gelaunt. Normalerweise wurde ab 9.00 Uhr über den Bauhof-Funk schon mit dem Brotzeit-Brainstorming begonnen. Es wurden Ideen für die Auswahl der Metzgerei oder auch des Wirtshauses eingebracht, das heute vielleicht besondere Schmankerl im Tagesangebot hatte. Jeder gab quasi *seinen Senf dazu,* was im Großen und Ganzen die bayerische Übersetzung für Brainstorming war. Schließlich wurde dann der Mitarbeiter zum Einkauf der Gemeinschaftsbrotzeit geschickt, der sich gerade in unmittelbarer Umgebung des jeweiligen Lebensmittelhändlers oder Gastronomen befand. In der Regel mischte der Wiggerl bei diesem nicht unwichtigen Bestandteil des Bauhof-Arbeitsalltags schon auch mit. Aber seit ein paar Tagen kam per Funk immer nur: »Nein, danke. Für mich braucht ihr nix mitnehmen, ich muss ein bisserl auf meine Gesundheit achten.«

Morgens um halb zehn wurde in Unterfilzbach dann zur Brotzeit angerichtet. Und weil der Wiggerl ja heute auch die frische Sülze vom Dorfwirt ausgeschlagen hatte, öffnete er seine Box, die er ganz offensichtlich von seinem Enkel Max ausgeliehen hatte, denn darauf grinsten drei

Minion-Männchen frech vom gelben Plastikdeckel. Recht zügig erfüllte ein beißender Geruch das Brotzeitstüberl, der Wiggerl hatte nämlich von seiner Hilde Sauerkraut eingepackt bekommen, und wie Sauerkraut morgens um halb zehn unappetitlich riecht, kann man sich vorstellen. Jedenfalls wurde sein »Genießerblick« bei der Nahrungsaufnahme des Menüs, das Hilde ihm zusammengestellt hatte, von Tag zu Tag etwas verzerrter. Nach einem Radieserlbrot mit Schnittlauch und rohen Gemüsesticks mit Quark-Dip folgte heute eben eine Portion Sauerkraut. Und das war auch noch kalt.

Nach ein paar Tagen der Stichelei gab der Wiggerl dann zu, dass er eine Sauerkrautdiät machte. Was jetzt für den Wiggerl, der ja ca. 1,65 Meter groß war und eigentlich zeit seines 58-jährigen Lebens schon immer mit einem sportlichen, relativ kugeligen, aber knackigen Bäuchlein gesegnet war, eine völlig neue Situation darstellte. Das »Wiggerl-Onepack« gehörte einfach zu ihm. Ein Wiggerl ohne Wamperl war irgendwie wie der Bauhof ohne Orange. Seitdem er vermutete, dass sich seine Kollegen über ihn lustig machten, hatte er sich wohl vorgenommen, mehr Wert auf sein Äußeres zu legen. Ein paar Kilo müssten auf jeden Fall runter - war seine ehrgeizige Devise.

Dass jetzt so eine Sauerkrautdiät so manche Gasentwicklung mit sich brachte, war eine recht natürliche Sache. Aber da es ja grad Sommer war und der Wiggerl und seine Mannen meistens Open Air unterwegs waren, schob er diese manchmal unangenehmen Gerüche, die ihm nicht unbemerkt – beziehungsweise ungerochen – entwichen, auf die örtliche Biogasanlage. Bis zu seinem heutigen Sauerkraut-Geständnis hatte ihm das auch jeder geglaubt.

Sepp und Hansi witzelten schon wieder im Flüsterton, dass sie wohl mal eine Bemerkung über seinen kreisrunden Haarausfall machen sollten, und dann abwarten würden, was passierte.

Nach der fachkundigen Einweisung in den Gebrauch des neuen »Graskiller 4.0« standen natürlich gleich die überfälligen Mäharbeiten auf dem Arbeitsplan. Sepp schnappte sich den Aufsitzrasenmäher und testete ihn auf Abschnittsauberkeit, Schnittqualität, Schnittbreite, Auffangkorbmenge und so weiter, aber auch auf Kurvenlage, Schnelligkeit und Hangtauglichkeit. Den Test der Hangtauglichkeit hatte der »Graskiller 4.0« bis zu 30 Prozent Gefälle einwandfrei bestanden. Die Böschung beim Badeweiher hatte aber circa 31 Prozent Gefälle.

Als Hansi mit dem »Sensen-Man 500« kurz pausierte, hörte er ein Wimmern aus dem Graben hinter ihm. Eh klar, dass er da gleich nachschaute, nicht dass vielleicht ein Tier die Böschung nicht mehr hochkam, vermutlich ein kleiner Hase oder so. Aber Hansi fand den Sepp am Böschungsende und der »Graskiller 4.0« lag zum Teil auf ihm. Sofort eilte Hansi zu seinem Kollegen und befreite ihn aus der Rasenmäherfalle. Zum Glück gab es keine Verletzungen. Das fehlte noch, denn Sepp war immer noch zu gewissen Teilen zahnlos, gut sichtbar, wenn er grinste. Nachdem Sepp vergeblich versucht hatte, den Zahn erst mit Sekundenkleber, dann mit Silikon, dann mit Gips und schließlich mit

Zement wieder an seiner Prothese anzukleben, hatte er es aufgegeben und schließlich doch seinen Zahnarzt konsultiert. Leider hatte Dr. Herzinger für den Tag nach Sepps Besuch in der Sprechstunde eine sechswöchige USA-Reise gebucht, und deshalb lag seine künftige neue Prothese halbfertig in dessen Praxis.

Die zwei Bauhofler prüften das nigelnagelneue Arbeitsgerät sofort auf dessen Zustand. Nachdem erst einmal keine äußeren Schäden festgestellt werden konnten, war aber leider klar, dass es maschinell nicht ganz so glimpflich ausgegangen war. Denn der »Graskiller 4.0« machte keinen Mucks mehr, als der Anlasser betätigt wurde. Hansi und Sepp sahen sich gedanklich schon in Wiggerls Büro mit ihrem Kündigungsschreiben in der Hand. Da half jetzt nur noch eins – das kaputte Gerät musste sofort in Sepps Werkstatt, quasi in die Notaufnahme. Zum Glück war gerade Feierabend und sie konnten den Transport mithilfe ihres Spezls, dem Huberbauern, und dessen außergewöhnlichem Fuhrpark gleich arrangieren.

Nachdem Hansi seiner Bettina kurz per SMS geschrieben hatte, dass er heute einen Notfall-Werkstatteinsatz hatte und wohl nicht zum geplanten gemeinsamen Romantikabend nach Hause kommen könne, beschloss Bettina – leicht verärgert –, spontan in den neuen Entgiftungs-Yogakurs beim Ashanti zu gehen. Ein spannendes Thema, wie sie fand, das würde dem Hansi auch mal guttun.

Als Erstes sah sie beim Eingang zur Tür überraschenderweise den Wiggerl und seine Hilde, die sich anscheinend inmitten einer totalen Lebensumstellung befanden. Auch Elvira Hornung, die Witwe des Apothekers, nahm am Entgiftungs-Yoga teil. Sie kam gemeinsam mit Ashanti in den Nebenraum der Schul-Turnhalle, in dem die kleineren Kurse für die Volkshochschule abgehalten wurden. Für den Kamasutra-Kurs brauchte Ashanti inzwischen die große Halle.

Ein wirklich toller Kurs und so belebend, dachte sich Bettina nach zehn Minuten, als sie die ersten Asanas bewältigt hatte. Nach und nach legte sich ein immer extremer werdender Duft über die Räucherkerzen-Patschuli-Note im Yoga-Raum. Alle Teilnehmer sahen sich argwöhnisch um und jeder verdächtigte insgeheim ein wenig seinen Nachbarn, der Urheber des heutigen Raumduftes zu sein. Nach einer Dreiviertelstunde verließen sogar zwei Teilnehmer den Kurs. Es war schon sehr schwer auszuhalten.

Bei der Übung »gedrehter Held« war plötzlich ein deutliches und lautes Furzgeräusch zu hören. Nach einer viersekündigen Stille im Raum war damit für jeden der Urheber ausgemacht und alle Augenpaare richteten sich auf Ludwig Hackl alias Wiggerl. Fortan bis zum Kursende machte er seine Asanas mit einem hochroten Kopf, der auch seine Färbung bei den unentbehrlichen Yoga-Atemübungen nicht änderte. *Da schau her, beim Wiggerl funktioniert die Entgiftung mit Yogaübungen sehr gut,* dachte sich Bettina und freute sich mit dem Chef ihres Mannes über seine Erfolge.

Nach den letzten Entspannungsübungen löste sich der Kurs nach kurzem Small Talk der Teilnehmer auf. Bettina fiel allerdings ganz nebenbei auf, dass Ashanti und Elvira sehr vertraut miteinander umgingen. Diese engere

Bekanntschaft war ihr bisher gar nicht bewusst gewesen, obwohl Ashanti die Elvira schon damals zur Beerdigung ihres Mannes begleitet hatte und natürlich Gerüchte aufkamen. Aber Gerüchte waren für Bettina nicht immer etwas, was sie glaubte. Schließlich beobachtete sie, wie die beiden gemeinsam wieder in Elviras neues schnittiges Cabrio stiegen und davonbrausten.

Also, sie sieht jetzt nicht unbedingt wie der Prototyp einer trauernden Witwe aus, spekulierte Bettina, während sie in Richtung trautes Heim die Dorfstraße hinunterradelte. *Es ist schon sehr seltsam, wie schnell Elvira ihren Mann Martin vergessen zu haben scheint,* dachte Bettina mit Bedauern. *Jetzt ist der Martin noch nicht mal ein halbes Jahr tot und da turtelt Elvira schon mit einem anderen, noch dazu mit Ashanti.*

Elvira war mit ihren 60 Jahren noch immer eine attraktive Frau. Sie war ja aber auch gelernte Kosmetikerin, da ist das irgendwie recht leicht, sich entsprechend jung zu schminken, dachte Bettina. Sie selbst hielt nicht viel von Make-up, was ihre große Tochter äußerst seltsam und unnormal fand. Aber die ganzen Tierversuche und diese Chemie, die sie da auf ihre Haut »bazen« müsste … nein, das war nichts für den Esoterik- und Bewusster-leben-Fan Bettina Scharnagl.

Die Ehe der Hornungs galt nach außen hin eigentlich immer als glücklich. Wobei man jetzt, nach dem tragischen Tod, immer wieder gerüchteweise hörte, dass der Apotheker recht anstrengend gewesen sein soll. Ständig musste er alles kontrollieren, die Mülltrennung, die Haushaltskasse, den Kilometerstand am Auto, die Sauberkeit in Haus und Garten und so weiter. Die Angestellten und seine Frau mussten angeblich ziemlich unter den Eigenarten des Apothekers leiden. *Aber in eine Ehe kann man nicht reinschauen,* dachte sich Bettina, als sie zu Hause von ihrem Rad abstieg.

Ein kleiner Sojadrink, quasi Bettinas »Feierabend-Halbe«, rundete ihren Tag ab und sie legte sich in ihr leeres Ehebett. Ein wenig grübelte sie noch, wo denn Hansi wohl so lange bliebe und auch über die Ehe der Hornungs, bevor sie einschlief.

Am nächsten Morgen beim Frühstück, natürlich mit grünem Tee und Leinöl-Quark, musste Bettina diese bedauerlichen Beobachtungen von gestern Abend gleich mit ihrem Bärle besprechen. »Das Bärle« war allerdings noch ziemlich erledigt von der Nachtschicht in Sepps Werkstatt.

Hansi hatte um 2.00 Uhr morgens abgebrochen und war daheim todmüde in sein Bett gefallen. Aber ein schlechtes Gewissen hatte er schon, weil er Sepp nicht bis zum Schluss geholfen hatte. Hoffentlich hatte Sepp den Aufsitzrasenmäher wieder reparieren können. *Nicht auszudenken, wie der Wiggerl toben würde,* überlegte Hansi, als er immer noch sehr erschöpft und unausgeschlafen in die Küche kam.

»Bärle, weißt du, was gestern im Yoga-Kurs wirklich komisch war?«

Gottseidank war sein Zuckerschoaserl nicht mehr grantig, fiel es Hansi jetzt wieder ein. Aber um sie nicht an ihren gestrig ausgefallenen Romantikabend zu erinnern, musste er jetzt Interesse am neuesten Tratsch aus dem Yoga-Kurs vortäuschen. *Nur keine Angriffsfläche bieten,* dachte sich der brave Ehemann.

»Nein, Bettinalein, was denn?«, säuselte Hansi sogleich zuckersüß.

»Also, die Elvira und der Ashanti, gell, ich glaub, die haben was miteinander. Die sind gestern gemeinsam zum Kurs gekommen. Und hast du übrigens schon Elviras neues Auto gesehen? Ein rotes Cabrio. Seitdem der Apotheker tot ist, scheint es, als sei Elvira im zweiten Frühling. Sehr traurig wirkt sie nicht! Und der Ashanti, der schmeißt sich dermaßen ran an die Elvira. Direkt peinlich. Der könnte doch fast ihr Sohn sein, der ist doch sicher fünfzehn Jahre jünger. Wo sie jetzt die Apotheke verkauft hat, ist sie wirklich eine ganz andere geworden. Ganz schlimm ist das. Der arme Apotheker – Gott selig«, schoss es aufgeregt aus Bettina heraus.

Kurz musste Hansi die Flut an Informationen sacken lassen, die seine Ehefrau in einem Atemzug in die Scharnagl'sche Küche »gespült« hatte, vor allem weil Teile seines Gehirns noch in der Aufwachphase zu sein schienen.

Isabelle, die sich inzwischen an den Frühstückstisch gesetzt hatte, konnte natürlich gleich mit ein paar Hintergrundinformationen aus dem Friseursalon zu diesem Thema aufwarten.

»Ja, die Hornung war vor ein paar Tagen im Salon und wollte eine Typveränderung. Sie war eigentlich schon recht gut drauf. Ich hab mich auch ein wenig gewundert. Aber sie sagte, das Leben sei so kurz, sie will jetzt ihr Restleben genießen. Vom Ashanti hat sie auch erzählt. Wie er sie doch inspiriert und ihr zu ihrer Selbstliebe verhilft und so. Und dass er, also der Ashanti, sich von allen irdischen Reichtümern verabschiedet hat und jetzt nur von Meditation und der Lehre Buddhas leben wollte. Sie will jetzt, dass der Ashanti bei ihr ins Haus einzieht, weil er ihr so guttut. Die ist total auf dem Esoterik-Trip, Leute. Total krass. Sie wollte sich nicht mal mehr ihren Ansatz färben lassen. Jetzt will sie die grauen Haare rauswachsen lassen, so natürlich wie möglich. Furchtbar! Weil der Ashanti zu ihr gesagt hat, ihre »innere Schönheit« strahle von ganz allein und man bräuchte keinen kosmetischen Schmuck. Also der Loisl hat einen riesigen Vogel, das sag ich euch.«

Isabelle redete sich förmlich in Rage und gab ihr Gespräch von Elviras Typveränderung nun für die inzwischen vollständig versammelte Familie Scharnagl wieder.

»Wisst ihr eigentlich, dass Ashanti ein weiblicher Vorname ist?«, beteiligte sich nun auch Indira am Gespräch. »Das bedeutet große, kräftige Frau. Ich hab das mal gegoogelt. Der Ashanti hat letzte Woche im Altenheim Prospekte verteilt, ganz groß geschrieben, damit die alten Leute es auch gut lesen können. Da steht seine ganze Lebensgeschichte drin, zumindest wie er es wohl gern gehabt hätte. Und dass er den Bewohnern doch helfen möchte, dass sie auch so erleuchtet werden wie er, bevor sie ins große Nirwana gehen. Der große Ashanti. Boah! Mir ist gleich schlecht geworden, als ich das gelesen hab. Ich finde den Typen allmählich wirklich auch nicht mehr ganz sauber!« Indira redete sich jetzt so richtig in Rage. »Ein paar Mal hab ich ihn schon getroffen, als er sich im *Ewigen Licht* bei den Bewohnern eingeschleimt hat. Die Dankesreiter Rosa zum Beispiel, die hat er letzten Montag bearbeitet, dass sie ihm doch ihr Haus überschreiben soll. Er wolle dann ein spirituelles

Zentrum daraus machen, und für die Rosa wäre das insofern gut, weil sie ja dann im Nirwana sagen könnte, sie hat sich von allen irdischen Reichtümern befreit. Ich hab mit dem alten Dr. Hiller am Nebentisch Schach gespielt, und da hab ich es mitangehört. Wenn ich keine Lady wäre, dann hätt ich ihm gleich eine runtergehauen. Aber ich hab mir so einen Ashanti-Flyer geschnappt und mal ein bisserl recherchiert.« Indira konnte natürlich auch gleich mit Ergebnissen ihrer Recherche aufwarten. »Jetzt stellt euch mal vor, diesen Ashram, in dem er angeblich »erleuchtet« wurde, den gibt es gar nicht. Ich glaub sogar, der war nie in Indien. Wenn er sich selbst einen indischen Namen gibt und nicht mal weiß, dass es ein Frauenname ist, dann hat er ganz klar gar keine Ahnung, der Vollknaller. Außerdem hab ich bei seiner ehemaligen Versicherung angerufen, wo er früher gearbeitet hat. Natürlich unter falschem Namen. Ich hab gesagt, ich bin von der Arbeitsagentur, und hab denen eine Story von der wilden Sau erzählt, ich hab ja Köpfchen. Und wisst ihr, was ich dann da rausgefunden habe? Den Loisl haben sie rausgeschmissen damals, und zwar hochkant, weil er Geld unterschlagen hatte. Und angezeigt haben sie ihn auch und verklagt. Das ist ja schon über 16 Jahre her. Ich glaube, sein »Indien« war eher die Justizvollzugsanstalt. Und jetzt braucht er Geld und »sackelt« die alten Leute und die Möchtegern-Esoterik-Luxus-Ladys aus. So schaut's aus, Mama, ich hab es dir ja immer schon gesagt.«

Indira hatte Bettina tatsächlich schon oft gewarnt, sie sollte bei diesem Loisl doch ein wenig vorsichtig sein.

»Nach zwei Monaten in einem Ashram kann man auch nicht erwarten, die Yoga-Lehre und alles, was dazugehört, wirklich erlernt zu haben. Oida, das ist ein absolut komplexes Thema. Manche studieren das jahrzehntelang. Vielleicht hat er sich ja ein Yoga-Tutorial angeschaut oder er hat einen Yoga-Kanal auf YouTube abonniert, aber mehr Ahnung hat er bestimmt nicht. Reden kann er ja. Und schon sind alle eingewickelt, wenn man eine große Klappe hat und jedem ein wenig schöntut. Das ist das Versicherungsvertreter-Gen.«

Das Ganze war Indira ja schon länger suspekt. Sie war nicht leicht zu überzeugen und wollte sich immer ihre eigene Meinung bilden. So sehr Bettina jetzt auch enttäuscht war, weil ihr großer »weiser Held« entzaubert wurde, genauso stolz war sie gleichzeitig auf ihr Nesthäkchen. Alle Achtung, und das mit fünfzehn Jahren, einfach den Dingen, an denen man zweifelt, auf den Grund zu gehen und sie zu hinterfragen. Und dann noch eine so geschickte Vorgehensweise. Bettina wusste gar nicht, ob sie weinen oder lachen sollte bei dem, was gerade in der Küche der Scharnagls so alles aufgedeckt worden war. Wenn es um ihre »Alten« im Seniorenheim ging, war Indira immer besonders empfindlich. Sie entwickelte dann einen richtigen Beschützerinstinkt. So kühl sie manchmal auch wirken mochte, Indira war eine richtige »Anwältin für die Gerechtigkeit«. Bettina traf diese ganze »Er-« beziehungsweise »Beleuchtung« von Ashanti alias Alois Amberger aber dennoch sehr hart. Er musste wirklich ein guter Redner sein, denn sonst hätte er ja nicht die ganzen Unterfilzbacher so überzeugen können.

Und der Kamasutra-Kurs platzte ja förmlich aus allen Nähten vor Teilnehmern. Bettina brauchte noch eine Weile, bis sie ihr Weltbild wieder geraderücken konnte.

Hansi war nach all den neuen Fakten und Erkenntnissen inzwischen mehr als hellwach. *Der Ashanti, da schau her! Meine Tochter, die hat halt ihren Kriminalinstinkt direkt vom Vater geerbt,* war auch Hansi stolz auf seine Indira. *Aber langsam ergibt das vielleicht einen Sinn,* dachte Hansi. Der Ashanti könnte ja schon länger den Plan verfolgt haben, sich am Apothekerreichtum zu bedienen. Die Hornungs waren ja offensichtlich keine armen Schlucker. Und Elvira war immer schon ein wenig empfänglich für Schmeicheleien, denn der Apotheker muss wohl auch kein einfacher Mensch gewesen sein. Zumindest hat er seine Frau nicht unbedingt auf Händen getragen. Langsam hat sich Ashanti vielleicht an die Elvira rangepirscht. Eventuell hatte er das schon länger geplant? Hatte er sogar wirklich etwas mit dem Tod vom Apotheker zu tun? Hatte der Loisl den Apotheker auf dem Gewissen? Und vielleicht sogar auch noch die Sandra? Aber was hatte der Loisl mit der Sandra zu tun? Ob sie mit ihm auch ein Verhältnis gehabt haben könnte? Das passte ja so gar nicht zusammen. Aber Hansi war ja auch mehr als überrascht gewesen, als er von ihren »Gspusis«, wie der Bayer die Liebschaften nennt, mit dem Metzger und dem Schaller Markus gehört hatte. *Sodom und Gomorrha in Unterfilzbach,* dachte sich Hansi ein wenig erschüttert. Was war nur aus der Moral in seinem Heimatdorf geworden?

Sein einziger Sohn war wieder sehr still beim Frühstück. Er sah wirklich nicht so glücklich aus in der letzten Zeit.

Hansi hatte fast das Gefühl, als wenn er ein wenig abgenommen hätte, und das, obwohl Hansi junior für sein Leben gern aß. Das gefiel Hansi gar nicht, und er nahm sich vor, das dringend mal mit der Mutter seiner Kinder zu besprechen. Und auch mit seinem Kompagnon in Sachen Mordaufklärung musste er gleich heute dringend eine richtige Strategie austüfteln, logisch und handfest, wie halt die Männer am Bauhof sind.

Apropos Bauhof, Hansi war spät dran und musste schnell zur Arbeit. Jetzt wo der Wiggerl im Abnehmfieber war, war seine Laune ja nicht die beste, und Hansi wollte seinen Chef wirklich nicht reizen, sonst bekam er wieder die Strafjobs, die keiner so gern machte, wie zum Beispiel »Hundetoiletten« ausleeren. Das war wirklich keine schöne Aufgabe. Die Unterfilzbacher Hundebesitzer taten sich ja generell schwer, die Hinterlassenschaften ihrer Wuffis und Bellos zu verräumen. Da lag so eine »Wurst« schon manchmal einfach auf dem Gehweg rum. Schon ekelhaft, fand Hansi. Wenn es dann doch mal ein Herrchen geschafft hatte, die »Wurst« in eine Tüte zu packen, dann vergaß er vielleicht, die Tüte zuzuknoten, und zack fasste man als unschuldiger kleiner Bauhofarbeiter direkt in einen Hundehaufen oder das, was davon ausgelaufen war. Besonders schlimm war es, wenn die Köter dann auch noch Dünnpfiff hatten, da war der Tag dann gelaufen. Hansi und seine Kollegen mochten es gar nicht, aber wer konnte ihnen den Graus verdenken, wenn auf dem persönlichen Tagesplan – oder wie Wiggerl seit Neuestem sagte: Task Schedule – in großen Buchstaben HT für Hundetoilette stand.

In seinem Astra sitzend und Helene Fischer hörend, rief er auf dem Weg zur Arbeit gleich noch den Sepp an und erkundigte sich, ob er den Aufsitzrasenmäher gestern noch hatte reparieren können. Aber der Sepp war ja ein Schlitzohr, dachte Hansi gleich, als ihm der Tüftler am Telefon stolz und in einer sehr fröhlichen Tonlage in den Apparat flötete, dass der Rasenmäher jetzt sogar noch besser funktionierte als vorher. Man konnte am Telefon seine Begeisterung förmlich hören.

In Wiggerls Büro angekommen, freuten sich Sepp und Hansi richtig, dass sie heute wieder zur Grünpflege eingeteilt waren. Nachdem Hansi ja wusste, dass Sepp den »Graskiller 4.0« wieder hinbekommen hatte, stand einem angenehmen Arbeitstag nichts im Wege. Die Sonne schien und die beiden Freunde und Arbeitskollegen hatten eigentlich recht angenehme Arbeitsaufträge bekommen, die sie zusammen erledigen konnten. Hansi nahm sich vor, dass sie heute auch ganz ausführlich die neuesten Informationen über Ashanti und die Apothekerwitwe besprechen mussten. Endlich bewegte sich mal was, endlich hatte er mal handfeste Hinweise bekommen, denen er nachgehen konnte. Er spürte die Lösung schon näherrücken. Aber das immer noch absolut unlösbare Rätsel schien der Tod von Sandra Wolf zu sein. Was hatte Sandra wohl mit dem Apotheker zu tun gehabt? Hingen diese zwei Fälle überhaupt zusammen? Oder waren das zwei ganz eigene Geschichten? Oh je, womöglich gab es in Unterfilzbach gleich zwei Mörder. *Mei oh mei, was ist nur aus meinem Unterfilzbach geworden,* dachte Hansi mit trotzig aufkeimendem Kampfgeist. Aber Sepp und er würden schon für Recht und Ordnung sorgen. Das wäre ja gelacht.

Der Wiggerl war heute nicht so positiv gestimmt wie die zwei Hobby-Detektive in Vorfreude auf ihren heutigen Arbeitstag. Entweder lag es daran, dass er von seiner Hilde angeblich zwei Wochen ausschließlich Sauerkraut verordnet bekommen hatte, oder die daraus resultierenden Blähungen machten ihm mehr zu schaffen, als ihm lieb war. Oder es war ihm peinlich, was gestern im Yoga-Kurs passiert war.

Dem Wiggerl war natürlich absolut bewusst, dass diese Furz-Geschichte im Yoga-Kurs vom Vortag sofort die Runde im Dorf machte. Wahrscheinlich würde er diese Geschichte selber weitertratschen, wäre er nicht der Betroffene gewesen. Ja, das würde er sogar ganz bestimmt tun, der Wiggerl war nämlich eine kleine Läster-Schwester. Somit musste er das jetzt auch mal andersrum aushalten. Er hatte aber leider nicht die nötige Selbstironie, um mit so kleinen Peinlichkeiten umgehen zu können. Beim Wiggerl musste immer alles passen und sicher sein. Vor allem bei ihm selber.

Die Bauhof-Männer hatten »Blut geleckt«, was die neuen Lebensumstellungen ihres Chefs betraf. Seit der Hansi den Wiggerl nun in eine kleine Midlife-Crisis gestürzt hatte, als er auf der Bauhof-Toilette gedankenlos von sich gegeben hatte, dass der sichtbar zugenommen hatte, überlegten sich die Männer noch weitere Sticheleien, die den Wiggerl noch mehr verunsichern sollten. Alle waren sehr überrascht, wie eitel ihr Chef auf einmal sein konnte.

Heute fragte Franz, der Maler vom Bauhof-Team, den Wiggerl tatsächlich bei der morgendlichen Arbeitseinteilung – oder wie Wiggerl sie seit seinem letzten Seminar »Strukturen schaffen – Erfolge erzielen« nun nannte: Task Meeting –, ob er noch nicht wisse, dass man sich auch als Mann inzwischen die Augenbrauen zupfen ließe, und dass das bei ihm unglaublich ungepflegt aussehen würde. So ließ der Franz dann den Wiggerl einfach stehen, wieder einmal total verunsichert, nun aber wegen seiner Augenbrauen. Draußen vor dem Büro lachten sich Franz und seine Kollegen halb kaputt und überlegten, ob der Wiggerl denn heute noch zur Kosmetikerin eilen und morgen im Augenbrauenbereich geschniegelt und gestriegelt zur Arbeit kommen würde.

Oh je, was hatte der Hansi da angerichtet. Langsam tat ihm sein Vorgesetzter fast ein wenig leid.

Donnerstagfrüh im KaufGut, Angebots-Aktion der Woche: Ayurvedische Küche. Bettina hatte am Mittwochabend schon Einschlafprobleme. Früher hätte sie sich ja keine großen Sorgen gemacht bei so einem exotischen Themenangebot, aber ganz Unterfilzbach war halt im Moment auf dem Kamasutra-Trip und das zog seine Kreise schon langsam in die restlichen Bereiche des Lebens – vor allem bei den Unterfilzbacher Hausfrauen. Seit Indira ihrer Mutter die entblößte Wahrheit über den potenziellen Hochstapler Ashanti geschildert hatte, versuchte Bettina wieder auf den Boden der Tatsachen zurückzukommen. Noch vor ein paar Tagen hätte sie am liebsten das ganze Regal leergekauft, aber vielleicht war es besser, wenn man doch manchmal Dinge hinterfragte. Bettina nahm sich vor, sich an ihrer Jüngsten ein Beispiel zu nehmen.

Und so saß Bettina an ihrer Kasse und überlegte beim erwarteten »Ansturm«, ob sie sich jetzt doch noch mit Flohsamenschalen oder Tripala Ghee eindecken sollte oder nicht. So ganz musste man ja seine gewohnte Lebensweise auch nicht aufgeben, nur weil es – wie überall – auch hier ein paar schwarze Schafe gab.

Die nächsten Kunden hatten das Fließband über und über vollgeladen. Da wurde wirklich das ganze Sortiment des Ayurveda-Aktionsangebots aus den Regalen eingesammelt. Bettina schaute von ihrem Scannerfeld auf und sah die kaufwütigen Kunden. Es waren Elvira und Ashanti. So ein Zufall aber auch.

»Ja grüß euch. Gell, da haben wir diese Woche eine ganz tolle Aktion mit dem Ayurveda-Thema. Da muss man schon zuschlagen«, eröffnete Bettina den Supermarkt-Small-Talk.

»Absolut richtig, Bettina, die normalen Märkte haben sich ja inzwischen auch schon dem Qualitätsniveau angepasst. Wobei ich zu Elvira gerade gesagt habe, wenn die Qualität nicht so ist, wie es die Beschreibung verspricht, dann bestellen wir wieder vom richtigen Internet-Shop aus Indien«, konterte Ashanti gleich.

»Meinst du, dass das Zeug aus dem Internet automatisch immer besser ist? Das kann man ja auch nicht immer sagen. Unsere Qualität im KaufGut ist schon ganz in Ordnung«, verteidigte Bettina ihren Arbeitgeber.

»Geht's weiter, streitet doch nicht, das bringt die Seele aus dem Gleichgewicht. Und das Leben ist doch viel zu kurz für solche negativen Strömungen«, säuselte Elvira zuckersüß. »Ich hab eh gerade zu Ashanti gesagt, jeden Tag sollen wir genießen. Alles wegschieben, was negativ ist, und nur noch das Leben spüren. Jede Minute genießen. Wir fliegen demnächst nach Dubai. Ashanti wollte sich die Kultur da unten mal anschauen. Das wird bestimmt interessant«, gab Elvira Einblick in ihre Urlaubspläne.

»Ach was? Nach Dubai fahrt ihr? Das ist aber auch nicht gerade billig«, wollte es jetzt die Kassiererin schon noch genau wissen und zog dabei ein Produkt nach dem anderen über den Kassenscanner.

»Weißt du, Bettina, was will ich mir das Geld denn aufheben? Jetzt kann ich damit was Schönes machen, gell, Ashanti? Ich, oder besser gesagt, wir haben uns auch überlegt, unser Haus komplett nach Feng Shui umzubauen.«

»*Euer* Haus?«, platzte es aus Bettina heraus.

»In meinem Haus sind die Menschen immer willkommen, die mir wichtig sind. Es soll ein Haus der Begegnung werden, gell, Ashanti? Das wird ein spirituelles Zentrum bei uns daheim. Ashanti ist schon bei mir eingezogen. Ich kann ja so viel von seiner Weisheit lernen«, schwärmte die Apothekerwitwe geradezu von ihrem neuen Mitbewohner.

»Das macht dann 319,40 Euro«, gab die KaufGut-Mitarbeiterin an der Kasse den Rechnungsbetrag mit einem kleinen Grinsen im Gesicht bekannt.

Elvira zahlte mit der goldenen Kreditkarte und die zwei zogen mit einem überquellenden Einkaufswagen davon.

Bettina war nun absolut davon überzeugt, dass Ashanti nicht die Lichtgestalt war, für die sie ihn gehalten hatte, und ärgerte sich ein wenig über ihre eigene Naivität. Aber aus Fehlern lernt man, sagte ihre kleine Tochter immer. Und wieder einmal musste sie ihrem Nesthäkchen recht geben.

KAPITEL 6

Stammtisch

Eine wirklich wichtige und unabdingbare Einrichtung innerhalb eines jeden Dorflebens in Bayern, aber wahrscheinlich auch im Rest der Welt, ist – der Stammtisch. Leider ist das Image dieser Institution in der Gesellschaft nicht das allerbeste. Sogar im Sprachgebrauch zeigt sich diese negative Behaftung zum Beispiel durch Wörter wie »Stammtischniveau« oder »Stammtischparolen«. Dabei ist bei genauerer Betrachtung ein gut besuchter Stammtisch, von denen es leider immer weniger gibt, eine Art gesellschaftliches Kompetenzzentrum. Der Stammtisch war schon lange vor Facebook, Twitter oder WhatsApp ein »soziales Medium«. Diskussionsrunden zu allen möglichen Themen, Erfahrungsaustausch, Flohmarkt, Werbeanzeigen, Produktempfehlungen, Selbsthilfegruppe, Kalender- und Mutmachsprüche, Klatsch und Tratsch, Veranstaltungshinweise bis hin zu Partnerbörsen … das alles gibt und gab es schon immer an einem Stammtisch. Man könnte sogar behaupten, dass so manch ein Abend an einem Stammtisch ein paar Semester eines Philosophie- oder Politikstudiums sparen würde.

Seit Indira genau dieses Thema – »Entstehung und Vergleiche von sozialen Medien« – für ein Referat erörtert hatte, war das generationsübergreifende Verständnis in Sachen Social Media vs. Stammtisch in der Familie Scharnagl sehr gewachsen. Indira hatte ihren Vortrag anhand eines

Vergleiches dieser zwei »gesellschaftlichen Phänomene«, also Stammtisch und soziale Medien, aufgebaut.

Für Hansi war Indiras Referat insofern gut, als dass er jetzt auch endlich wusste, wofür dieses ganze Snapchat und Instagram, oder wie auch immer diese Programme auf den »Wischer-Handys« (Hansis Bezeichnung für Smartphones) seiner Kinder auch heißen mochten, alles brauchbar war. Er konnte jetzt mit der Jugend mitreden, was ihn sehr freute. Das gab ihm geradezu ein »modernes« Gefühl. Er hatte sich unter Anleitung von Indira sogar einen Facebook-Account zugelegt.

Was sowohl auf Facebook als auch am Stammtisch möglich war: Man konnte Spiele spielen. Hansi zog das Spielen am Stammtisch allerdings eindeutig vor. Insbesondere das Schafkopfen. Heute schaute er mal wieder beim Dorfwirt vorbei und freute sich auf eine zünftige Runde mit ein paar Spezln aus dem Dorf. Beim Betreten der Dorfwirtschaft wurde es ihm allerdings ein wenig schwer ums Herz. Wie oft hatte er viele lustige Stunden beim Kartenspielen mit dem Apotheker – Gott selig – verbracht. Er war doch ein feiner Kerl gewesen, Hansi hatte ihn zumindest gemocht.

Das Gute bei einer Dorfwirt-Schafkopfrunde war, dass man sich nicht verabreden brauchte, es war eigentlich immer jemand vor Ort. Und da eine »Spielbesatzung« aus nur vier Mann bestand, ging eigentlich auch immer was zusammen. Der Huberbauer, Metzgermeister Reiner Aschenbrenner, Sepp und Hansi waren die Kartler für die heutige abendliche Partie. Wer jetzt dachte, Schafkopf wäre ein langweiliges Kartenspiel, der hatte sich aber gründlich getäuscht. Es dauerte manchmal Jahre, bis die Spielregeln und die Fachausdrücke durchblickt und beherrscht wurden. Und gedanklich musste man auch hochkonzentriert bei der Sache bleiben. Hansi fand es sogar schwieriger als Schach. Er hatte zwar nicht mal ansatzweise Ahnung von Schach, aber da er sich immer so sehr konzentrieren musste beim Schafkopfen, vermutete er, dass Schach nicht schlimmer sein könne. Vielleicht sollte Indira diesen Vergleich für ihr nächstes Referat wählen.

Nachdem das Quartett die »Hehn« – es würde den Rahmen sprengen, näher auf den komplexen Aufbau eines Schafkopfspiels einzugehen – ausgespielt hatte und Hansi sich sehr über seinen Spielgewinn von 15 Euro freute, gab er zur Feier des Tages noch eine Bärwurz-Runde aus. Wie meistens revanchierten sich dann die Mitspieler für die Gewinner-Schnapsrunde, und so wurden aus einer Bärwurz-Runde vier. Darauf revanchierte sich Hansi wiederum – und das Ganze ging von vorne los.

Der Huberbauer wurde leider nach der achten Runde Bärwurz von seiner Frau Traudl via Handy sehr zeitnah in den Stall beordert, da seine ergiebigste Milchkuh Isolde kalbte und Traudl doch ganz froh über Unterstützung bei der Entbindung gewesen wäre. Gut, dass der Huberbauer viel vertragen konnte, denn die Unterfilzbacher Hebamme Birgit wäre wahrscheinlich nach acht Bärwurz und vier halben Bier keine große Hilfe im Kreißsaal mehr gewesen.

Es war bereits Mitternacht und die Stammtischrunde beim Dorfwirt hatte sich fast vollständig aufgelöst. Eigentlich waren nur noch der Metzgermeister Aschenbrenner,

Sepp und Hansi um den großen runden Eichentisch in der urigen alten Gaststube versammelt – abgesehen von Herbert, dem Dorfwirt höchstselbst, der Gläser polierend hinter der Theke stand. Reiner steckte Alkoholkonsum in diesen Mengen nicht ganz so gut weg wie der Huberbauer und sein Gemütszustand rutschte gerade in eine sehr sentimentale Phase ab.

»Mei, um die Sandra ist es wirklich schad. Das war so eine liebe, warmherzige Frau. Und so fleißig und verlässlich … und so warmherzig und verständnisvoll«, betrauerte Reiner plötzlich wie aus dem Nichts seine verstorbene Mitarbeiterin. Aus dem anfänglichen Jammern wurde langsam ein regelrechtes Schluchzen. »Sie fehlt mir schon, mit ihr konnte ich wirklich reden. Meine Maria denkt ja immer nur ans Geld … und die Sandra war ja so verständnisvoll.«

Reiner steigerte sich so sehr in diese Trauer hinein, dass er sich Hansi förmlich in die Arme stürzte und sich richtig an seiner Schulter ausheulte. Leider war dann akustisch nicht mehr alles gut zu verstehen.

»Die Saaaaandraaa … so verständnisvoll …« – *Schluchzen* – »… zärtlich … war … so warm und weich … zärtlich.«

Ach stimmte ja, fiel es Hansi in seinem Zustand erst zeitverzögert wieder ein. Sein Sohn hatte ihm ja von seinem Erlebnis erzählt, als er den Metzger und seine Verkäuferin bei einem *tête-à-tête* in der Wurstkuchl beobachtet hatte. So wie der Reiner die Sandra betrauerte, musste das Abenteuer mit der Metzgereifachverkäuferin wohl eher eine Liebelei mit ernsthaften Gefühlen gewesen sein. Hansis Hemd war an der Schulter schon ganz durchnässt von den Metzgertränen.

»Jetzt mal ehrlich, Reiner. Gell, du und die Sandra, ihr habt doch was gehabt miteinander?«, unterbrach Hansi das Jammern und versuchte gleichzeitig, Reiner wieder in eine aufrechte Sitzposition zu manövrieren.

»Hansi, du hast ja die Bettina, das ist ja auch eine verständnisvolle, wahrscheinlich zärtliche Frau. Aber meine Maria … ich sag dir, die ist so eiskalt geworden. Da ist es doch kein Wunder, wenn man sich an eine warme Brust kuscheln will.«

So wie Hansi Maria kennengelernt hatte, konnte er Reiner sogar verstehen. Maria wirkte schon immer sehr unnahbar und kühl. Die Sandra hingegen war eigentlich immer für einen Spaß zu haben, konnte lachen und war fast jedem auf Anhieb sympathisch. Und außerdem hatte sie ja wirklich eine volle und sicher auch warme und weiche Brust gehabt, die Sandra, sinnierte Hansi und stellte sich gedanklich Sandras Oberweite in ihrer weiß-rot gestreiften Aschenbrenner-Schürze vor.

»Weißt du, Scharnagl, die Sandra wollte immer, dass ich es der Maria sage. Dass ich mich trenne von meiner Frau, aber das wäre wahrscheinlich mein Ruin gewesen. Dann hätte ich die Metzgerei verkaufen müssen. Und ich habe ja viel gearbeitet für mein Geschäft. Die Maria aber auch. Ich hätte ihr bestimmt einen Haufen auszahlen müssen«, erzählte der Metzgermeister wieder ein wenig sachlicher.

»Also Reiner, ich muss dir gestehen, ich wusste von deiner Affäre mit Sandra. Mein Junior hat euch in der Wurstkuchl gesehen, als er bei dir etwas repariert hat«, gestand nun Hansi, ein wenig beschämt durch das Kopfkino von der Wurstkuchl-Situation.

Auch Reiner war dieses Geständnis von Hansis Mitwissen sichtlich peinlich und das Gespräch mündete in eine Schweigeminute. Sepp war inzwischen eingeschlafen und der Wirt räumte in seiner Gaststube auf. Hansi überlegte weiter und teilte seine Gedanken zeitgleich Reiner mit.

»Wie lange ging das denn mit euch zwei schon? Reiner, ich meine, wenn ihr da nicht vorsichtig gewesen seid, könnte euch ja auch jemand anderer mal gesehen haben? Deine Frau zum Beispiel?«

Die Nüchternheit zog bei beiden Stammtischbrüdern durch den intensiven Gebrauch des Gehirns wieder ein.

»Meinst du, die Maria wusste davon? Oh je, Hansi. Sie kann eine Furie sein. Wenn sie das gewusst hätte, ich glaube, sie hätte die Sandra umgebracht!«

Nachdem Reiner diesen Satz ausgesprochen hatte, den Hansi gerade im Kopf gedacht hatte, sahen sich beide mit großen Augen an und waren schlagartig wieder stocknüchtern.

»So, Männer, Feierabend. Auch ein Wirt muss mal schlafen. Es ist ja schon fast ein Uhr. Geht's heim in euer Bett«, unterbrach Herbert die angespannte Stille.

Hansi brauchte circa zehn Minuten, bis er Sepp endlich aufwecken konnte. Wenn der mal schlief, der Müller Sepp, dann konnte ihn nix mehr stören, aber mit kaltem Wasser ging es dann doch. Und so verließen die drei letzten Gäste den Dorfwirt – zwei davon waren allerdings nun schlagartig nicht mehr müde und nicht mehr betrunken. Sie grübelten noch bis spät in die Nacht angestrengt über das heute Abend Gesprochene.

Ein neuer Tag in Unterfilzbach. Ein sonniger, heißer Sommertag brach an. Hansi war heute mit dem alten ausrangierten Feuerwehrauto unterwegs und goss die Blumen rund um die Kirche und in der Dorfstraße. Die Temperaturen waren die letzten Tage schon über 30 Grad geklettert. Da musste natürlich auch der Blumenschmuck in Unterfilzbach gepflegt werden, denn der Wiggerl hatte auch ein Gefühl für das Schöne und Feine, manchmal war er fast ein wenig feminin.

Es war halb neun und die heutige Brotzeitdiskussion war via Bauhoffunk schon recht hitzig zugange. Die Temperatur wirkte anscheinend für viele beeinflussend auf ihre Essgewohnheiten und -gelüste. Donnerstags war ja ein Aschenbrenner-Züngerl fast schon Standard bei der Brotzeit, aber manche, also eigentlich nur der Wiggerl, konnten nichts Heißes essen, wenn es so warm war. Er hatte sich mehrmals sehr dominant für einen Obstteller ausgesprochen.

»Da könnten wir ja dann alle gemeinsam verschiedenes Obst aufschneiden, das wäre doch mal was anderes und viel gesünder fürs Cholesterin und auch für den Wasserhaushalt bei der Hitze«, versuchte Wiggerl seine Männer zu überzeugen.

Als sich die Bauhofmänner vor lauter Lachen beruhigt hatten, sprach Hansi ein Machtwort, sonst würde das heute nix mehr mit der Brotzeit.

»Also, ich geh jetzt zum Aschenbrenner und hol acht Portionen Züngerl und du, Wiggerl, kaufst dir, was du willst, weil ich bin ja schließlich kein Lieferdienst. Ich stehe eh grad beim Blumengießen vor der Metzgerei, da spring ich schnell rein.«

Das passte Hansi im Übrigen ganz gut, dann konnte er mit Reiner noch mal über Sandra und den gestrigen Verdacht gegen dessen Frau sprechen. Hoffentlich war er irgendwo im Hof unterwegs und nicht grad im Schlachthaus. Da war Hansi doch ein wenig zart besaitet, wenn er die halben Schweinehälften so rumhängen sah. Da fühlte er immer irgendwie leichte Beklemmungen.

Aber Reiner kam gleich aus der Metzgerei, als Hansi das Blumenlöschfahrzeug abgestellt hatte. Der MAN-Feuerwehr-Oldtimer Baujahr 1970 war aber auch nicht zu überhören und brummte wie der riesige John-Deere-6R-Traktor vom Huberbauern, wenn der Motor lief.

»Mei Hansi, gut, dass du kommst, ich wollte dich heute schon anrufen. Ich habe die ganze Nacht über unser Gespräch gestern nachgedacht. Wir müssen da was tun. Sollen wir vielleicht mal in Sandras Wohnung nachschauen? Vielleicht finden wir ja irgendwas.«

Die ehemalige Metzgereiangestellte hatte eine kleine Zwei-Zimmer-Wohnung über dem Schlachthof bewohnt. Und logischerweise hatte Reiner als Hausherr auch einen Schlüssel.

»Ja, sind denn ihre Sachen noch da? Sie ist ja jetzt schon drei Monate tot. Hat die Wohnung noch keiner ausgeräumt?«, fragte Hansi mit dem Schlauch in der Hand und ging von Blumenkübel zu Blumenkübel, um die Blumen zu »löschen«.

»Bei der Beerdigung war Sandras Mutter als einzige ihrer Verwandten da, vielleicht hatte sie auch nicht mehr. Erzählt hat Sandra davon nie etwas. Ihre Mutter sagte, sie kommt in ein paar Wochen und holt ihre Sachen ab. Die wohnt irgendwo in Oberbayern. Die Maria schimpft sowieso schon, weil man die Wohnung ja längst wieder vermieten könnte. Am liebsten hätte sie Sandras Sachen gleich nach der Beerdigung ausgeräumt, aber ich hab jetzt alle Schlüssel an mich genommen. Und überhaupt, als ob über dem Schlachthaus unbedingt jemand wohnen möchte … pfffff«, sagte der Metzger jetzt ein wenig ungeduldig. »Hansi komm, wir schauen uns in der Wohnung ein wenig um. Ich kann da nicht alleine reingehen, das ist so traurig … so viele Erinnerungen. Hast du kurz Zeit?«

»Ich bestell bei dir im Laden schnell noch acht Lüngerl to go für die Brotzeit und dann schauen wir mal rein, ein bisserl Zeit hab ich.«

Die Neugier war schon groß und Hansi hoffte, einen Hinweis zu finden. Für was, wusste er selber nicht genau.

Die Wohnung von Sandra Wolf war eigentlich recht gemütlich. Klein, aber ganz praktisch und aufgeräumt. Als wenn direkt jemand geputzt hätte. Reiner kannte sich wohl hier aus, denn er ging gleich von Schrank zu Kommode und von Schublade zu Kiste, als wäre er öfter hier gewesen.

Hansi nahm sich den Kleiderschrank vor. Neben zahlreichen Schürzen und Arbeitsshirts mit dem Aschenbrenner-»A« drauf, hatte Sandra auch viele Röcke, Dirndl und Lederhosen besessen. Dazu noch eine größere Anzahl von passenden Taschen, Tüchern und Accessoires im Landhausstil, die sie alle an einem Filzkleiderbügel im Schrank aufgehängt hatte. Grün mochte sie wohl besonders. So kannte

Hansi Sandra auch, wenn sie mal in »zivil« unterwegs war. Das passte zu ihr. Sandra hatte keine Modelmaße gehabt, obwohl sie vielleicht sogar wirklich als Plus-Size-Model durchgegangen wäre. In ihrem hübschen, freundlichen Gesicht strahlte meistens ein nettes Lächeln und ihre weiblichen Rundungen vervollständigten das Gesamtbild. Unbedarft schaute Hansi alle Fächer durch, bis er zur Unterwäscheschublade kam.

»Ja sappradi, holla die Waldfee, die Sandra hatte ja heiße Teile in ihrer Kurzwarenabteilung. Da sag ich mal Dessous zu so was.« Hansi war begeistert und hielt einen feuerroten Spitzen-BH in Größe 85F in die Luft.

Reiner stürzte sofort auf Hansi zu und riss ihm den BH aus der Hand.

»Die arme Sandra – Gott selig. Das ist jetzt auch nicht so in Ordnung, wenn wir hier in ihren intimen Sachen rumwühlen.« Reiner war offensichtlich peinlich berührt von dieser Unterwäsche-Situation.

»Also Reiner, wenn wir was finden wollen, dann müssen wir schon überall suchen. Oder meinst du, die Sandra hat ihre »Geheimnisse« auf dem Küchentisch liegen lassen?«

Hansi war sehr professionell bei der Sache. Am liebsten hätte er ja noch Handschuhe angezogen, weil er das immer Sonntagabend im Tatort sah, wegen der Fingerabdrücke und so. Leider hatte er nur die ölverschmierten Handschuhe von der Rasenmäherreparatur dabei und dachte, das wäre vielleicht nicht ganz so passend.

Reiner sah dann schon ein, dass sie wirklich gründlich suchen mussten, auch wenn es ihm sehr unangenehm war.

Hansi kam jetzt so richtig in Fahrt und er sah sich jeden Slip, jeden BH, jeden Straps, jedes Baby-Doll und jede Korsage, ob Spitze, Lack oder Leder, ganz genau an. Sandra hatte wirklich viel davon besessen. Als dann die halbe Beate-Uhse-Kollektion auf dem Boden lag, waren die Männer ziemlich beeindruckt. Diese neue Seite von Sandra hätte Hansi wirklich niemals vermutet. Ganz nebenbei befand sich unter der Reizwäsche auch noch eine kleine schwarze Plastiktüte in der »Wunderschublade« und Hansi freute sich schon auf den Inhalt.

»Jetzt gibt es endlich die heiße Spur zur Lösung von Sandras Ermordung.«

Der Fund war dann zwar »heiß«, aber kein Indiz für ein Verbrechen. Das Gleitgel und die ganzen restlichen pikanten Spielzeuge schob Hansi mit spitzen Fingern gleich wieder zurück in die Tüte. Dabei ärgerte er sich, dass er nicht doch die Rasenmäherreparatur-Handschuhe angezogen hatte. Reiner trippelte währenddessen hoch errötet von einem Fuß auf den anderen wie ein vierzehnjähriger pubertierender Schuljunge und schaffte es nicht, Hansi in diesem Moment in die Augen zu schauen.

Also, Kamasutra war ja ganz okay, wenn auch anstrengend, aber *so was* würde Hansi vielleicht auch mal gefallen, sinnierte er so vor sich hin. Nur mal so, zum Ausprobieren, und nicht mit gebrauchtem Spielzeug natürlich, und selbstverständlich nur mit seiner Bettina. Er ließ seiner Fantasie gedanklich kurz freien Lauf und überlegte ernsthaft, wie er Bettina mal zu solch einem Experiment überreden könnte.

DONK!

Was war das für ein dumpfes Geräusch? Als Hansi die schwarze Tüte wieder nach hinten in die Schublade schob, rutschte ein schwarzer Vibrator mit dem Aufdruck »Black Hammer« heraus und rollte an die Rückwand. Dabei machte das Brett der Rückwand ein dumpfes, verdächtiges Geräusch.

»Da! Da ist was, Reiner! Da ist ein Geheimfach, das ist hohl«, freute sich Hansi.

Es fehlte gerade noch, dass er einen Luftsprung machte. Augenblicklich riss er voller Überschwang die gesamte Schublade heraus und verursachte dadurch im wahrsten Sinne des Wortes einen Geldregen. Lauter Geldscheine flogen nur so durch die Gegend. Reiner und Hansi standen da und trauten ihren Augen nicht. Das mussten sicher 5.000 Euro sein, überschlugen die beiden kurz, als die Scheine auf sie herunter segelten.

Ein schriller und ziemlich nerviger Piepton des Bauhof-Funks unterbrach diese surreale Szene und holte die Unterfilzbacher Detektive wieder in die Realität zurück.

»Hansi, ja sag mal, wo bist denn du?« *Rauschen.* »Hat dich jemand entführt oder was?« *Rauschen. Pfeifton.* »Schau mal auf die Uhr! Es ist schon fünf nach halb zehn und die Brotzeit ist noch nicht da! Wo bist du denn, Kruzifünferl?« *Pfeifton.* »Ich hab so dermaßen Hunger. Ich beiß gleich vom Wiggerl seinem Obstteller ab. Meld dich jetzt sofort!«, schimpfte ein wütender, offensichtlich total ausgehungerter Sepp aus Hansis Funkgerät.

Jesus und Maria, das Lüngerl!, schoss es Hansi durch den Kopf. Panisch stopften er und der Metzgermeister das Geld schnell wieder in die Rückwand der Schublade und Hansi stürzte förmlich aus der Wohnung. Angesteckt von Hansis Hysterie tat es ihm Reiner gleich. Im Treppenhaus verabredeten sie noch auf Zurufen, dass sie ihre Suche doch am Nachmittag nach Feierabend weiterführen sollten. In der Hektik wäre Hansi sogar fast noch in eine kleine Schlägerei verwickelt worden. Als er nämlich mit seinen acht Lüngerl, die inzwischen schon lauwarm waren, aus der Metzgerei rannte, stieß er mit einem ebenfalls recht hektischen Markus Schaller zusammen. Leider hatte das Schaller-Sakko dabei ein paar Spritzer Lüngerl abbekommen. Hansi hatte sofort ein wenig Panik, denn augenblicklich waren die Erinnerungen an die Fahnenweih-Schlägerei wieder da, als der wütende Markus wild um sich geschlagen hatte. Und noch eine Verzögerung konnte er sich gegenüber der Brotzeit-Zeit jetzt nicht erlauben, auch nicht wegen einer Schlägerei. Das Eintreffen im Brotzeitstüberl würde jetzt sowieso gleich sehr unangenehm mit seinen Kollegen.

Um 9.45 Uhr erreichte Hansi mit acht Portionen lauwarmem bis kaltem Lüngerl und abgehetzt das Brotzeitstüberl am Bauhof. Die Stimmung war eisig. Wenn die Bauhofler nicht pünktlich ihre Brotzeit bekamen, waren sie wie auf Entzug, mit fatalen Folgen. Das war einfach ein ungeschriebenes Gesetz und wurde nicht gebrochen. Große Bauhof-Ehre! Gerüchten zufolge war es bisher höchstens acht Mal in ganz Bayern gebrochen worden, aber heute brach es Hansi zum neunten Mal.

Er konnte es verstehen, für ihn wäre das genauso schlimm gewesen. Die ganze Pause über sprach keiner ein Wort und alle löffelten stumm ihr sehr köstliches, aber leider lauwarmes bis kaltes Lüngerl. Das hatte es eigentlich im Brotzeitstüberl noch nie gegeben, dass keine schmutzigen Witze gemacht wurden oder Gerüchte verbreitet oder einfach geratscht.

Hoffentlich beruhigen sie sich wieder, dachte Hansi. Aber es half ja nichts, es war ja irgendwie »Gefahr im Verzug« oder wie das die Sonntags-Tatort-Kommissare immer nannten. Diesen Satz wollte Hansi immer schon mal gebrauchen und beruhigte sich damit innerlich selber, auch um das schlechte Gewissen einzudämmen, das sich in ihm ausbreitete.

Nach Feierabend fuhr er noch mal zu Reiner in die Metzgerei Aschenbrenner, um ihre Durchsuchung zu vollenden. Und jetzt wurde die ganze Sache wirklich unheimlich. Als Reiner und Hansi wieder in die Wohnung zurückkamen und gleich ihr entdecktes Geheimversteck in der Schubladenrückwand öffneten, fiel ihnen beiden gleichzeitig die Kinnlade runter. Das Geld war weg! Das Fach leer!

»Wer hat denn noch einen Schlüssel zu der Wohnung?«, stotterte Hansi gleich ganz aufgeregt.

»Ja niemand, ich sag ja, ich hab alle Schlüssel genommen, nicht dass die Maria noch raufkommt und hier herumschnüffelt«, antwortete der Metzgermeister und prompt bildeten sich leichte Schweißperlen auf seiner hohen Stirn.

»Und wer hat dann das Geld genommen? Und wie ist dieser Jemand hier reingekommen? Reiner, musst du mir vielleicht was sagen?«, erhob Hansi seine Stimme, als würde der Nikolaus zum kleinen Reiner sprechen.

»Ja sag mal, spinnst jetzt, Scharnagl? Meinst du, ich bestell dich hierher zum Wohnungsdurchsuchen und dann verräum ich das Geld, das wir zusammen gefunden haben? Bist jetzt noch ganz gescheit?«, empörte sich der Aschenbrenner.

Ja okay, dachte Hansi, *das ist jetzt schon glaubwürdig. Der Reiner hat das Geld wohl nicht genommen.*

»Hast du denn heute Vormittag wieder zugesperrt, als wir weg sind?«, versuchte Hansi mit strategischen Fragen der Sache auf den Grund zu gehen.

Reiner überlegte sichtlich angestrengt. Er überlegte wirklich sehr genau. Sah immer mal wieder zur Tür und dann wieder zum Schrank.

»Hm, ich glaub, es könnte vielleicht sein, dass ich die Tür nicht ganz zugezogen hab. Aber daran bist du schuld! Du bist aufgesprungen, als dich der Sepp angefunkt hat, und bist wie die Feuerwehr abgehauen. Da bin ich irgendwie auch so schnell weg. Das war, als ob uns jemand verfolgen würde, so panisch warst du. Vielleicht hab ich da die Tür nicht richtig erwischt«, sagte er mit immer leiser werdender Stimme.

»Das heißt aber auch, dass hier jemand genau aufpasst, was in der Wohnung passiert. Jemand wusste von dem Geld. Hat es sich geholt … oder wiedergeholt. Ob wir jetzt noch was finden? Jetzt, wo wahrscheinlich alles schon verräumt wurde?«, fragte Hansi und blickte in der Wohnung umher.

Aber die beiden schauten sich dann doch noch genauer um, wäre ja jetzt auch blöd gewesen, wenn sie nicht zumindest zu Ende gesucht hätten.

Wie erwartet wurde nichts Spektakuläres mehr gefunden. Es blieben nunmehr viele Fragen und zwei ziemlich verwirrte Männer übrig.

Hansi wollte vor dem Heimweg noch kurz beim Sepp vorbeischauen. Er musste mit irgendjemand über diese ganze Sache reden. Und wer wäre da besser geeignet als sein bester Freund.

Auf der Fahrt hatte er irgendwie das Gefühl, er würde beobachtet, und schaute sich ständig um, ob vielleicht ein verdächtiges Auto hinter ihm fuhr. *Mei Scharnagl, jetzt bekommst du schon einen Verfolgungswahn,* sagte er zu sich selber und schüttelte über sein Verhalten innerlich den Kopf. Sogar Helene konnte seine Stimmung heute nicht aufheitern, trotz voll aufgedrehter Lautstärke. Er hatte nicht mal Lust mitzusingen. Es war wirklich ein saublöder Tag.

Leider war der Müller Sepp nicht anwesend und so setzte sich Hansi enttäuscht wieder in seinen Opel Astra Richtung Casa Scharnagl.

Kurz nach Sepps schmuckem Häuschen, das ja am idyllischen Waldrand stand, fuhr total überraschend ein brummender, tiefergelegter VW Golf V in einem schimmernden Metallic-Lila und mit kunstvollem Airbrush-Skorpion auf der Kühlerhaube direkt vor Hansi aus dem Wald. Man konnte gar keine einmündende Straße oder einen Weg erkennen. Das Auto kam quasi aus dem Nichts. Hansi zuckte vor Schreck gleich zusammen. Aber bei genauem Hinschauen war er dann von diesem coolen Gefährt sofort angetan und der kurzzeitige Adrenalinstoß verschwand augenblicklich wieder. So was wollte er in seiner Jugend auch immer haben. Ein wenig verträumt und in Erinnerungen schwelgend beobachtete er das laute Auto vor ihm. Wie der Fahrer jedem Gullydeckel und jedem noch so winzigen Schlagloch auswich. Der Golf fuhr vor ihm her, bis zur Birkenstraße, in der die Scharnagls wohnten. Das Traumauto bog doch tatsächlich in die Einfahrt seines Hauses ein und sein eigener Sohn stieg auf der Beifahrerseite aus. Hansi hatte das Gefühl, dass sich Hansi junior ein wenig ertappt vorkam. Er huschte schnell ins Haus und der Golf stieß mit einem Satz rückwärts wieder aus der Einfahrt und brauste davon. Den Fahrer konnte Hansi nicht erkennen.

Das gab ihm jetzt noch den Rest. Er war sowieso schon nicht gut gelaunt. Er fühlte regelrecht einen Druck auf seinen Schultern und seinem Gemüt. So viele Fragen gingen ihm im Kopf herum. Sandra, das Geld, der Apotheker und welchen Umgang sein Sohn seit Neuestem hatte.

»Wer war denn das mit dem aufgemotzten Golf grad eben?«, fragte Hansi seinen Sprössling, als er mit seinen Hausschuhen in die Küche zur Kaffeemaschine schlappte.

»Ach, der Jo. Der hat mir nur was gezeigt, nix Wichtiges«, erklärte Hansi junior seinem Vater und wirkte dabei, wie immer in letzter Zeit, recht niedergeschlagen.

»Sag mal, Bub, was ist eigentlich los mit dir?«, versuchte Hansi ein Gespräch über die vermuteten Sorgen seines Juniors zu beginnen.

»Nix, was soll denn los sein?«

»Du lachst nicht mehr, bist noch stiller als sonst. Ich merk doch, dass dich was bedrückt. Hast du denn was angestellt?«

»Ach nein, Papa, passt schon. Es ist nix«, versuchte der kleine Hansi zu beschwichtigen und suchte schnell das Weite.

Also nun vermutete Hansi ernsthaft, dass etwas mit seinem Sohn nicht stimmte. Aber wie konnte er da nur an ihn rankommen? Das war jetzt noch der Abschluss eines obersaublöden Tages.

Hansi setzte sich auf seine Hausbank und trank vier anstatt normalerweise eine Hausbank-Halbe und wartete, bis Bettina vom Kochkurs »Volkers Vegane Vitalküche« heimkam.

Sorgenvoll berichtete er seiner Frau seine Gedanken über ihren Sohn und Bettina konnte ihm nur zustimmen. Auch sie machte sich Sorgen. Stumm und grübelnd saßen sie da noch eine ganze Weile, die Scharnagls.

Recht unausgeschlafen, aber dennoch motiviert nahm Hansi am nächsten Tag seine Arbeitsaufträge entgegen. Er erwartete wieder mal irgendeinen Mäh-Auftrag, was ja eigentlich auch schöne Arbeiten waren, jetzt wo der Bauhof dafür top ausgestattet war. Blöderweise hatte der Wiggerl keinen passenden Mähfaden für die neue Motorsense »Sensen-Man 500« bestellt, und so musste Hansi vorher erst einmal in die Kreisstadt zum nächstgelegenen Baumarkt fahren. Das war sozusagen das Gegenteil von Hundetoiletten ausleeren. Besser konnte es gar nicht laufen, als dass ihn der Wiggerl auf Besorgungsfahrten schickte, und dann auch noch in den Baumarkt. Das war das Paradies für Hansi. Welch ein Tag! Das ganze Hochgefühl unterstrich Hansi, indem er im orangefarbenen VW Caddy auf der zehn Kilometer langen Fahrt in Dauerschleife »Atemlos« grölte. Ab und an, wenn kein Auto hinter ihm war, schaltete er sogar kurz seinen »Kasperl« ein – das war nichts Anzügliches, sondern der Bauhof-Fachausdruck für das orangefarbene Rundumlicht auf den Bauhof-Autodächern – und fühlte sich total anarchisch und wild.

Im Baumarkt angekommen, schlenderte er erst einmal ganz gemütlich durch die Abteilung mit den neuesten Kettensägen. Einen neuen Hochdruckreiniger könnte er auch gebrauchen, also schaute er auch in dieser Abteilung vorbei. Und eigentlich könnte er ja jetzt, wo er schon mal da war, noch kurz recherchieren, ob sie gute Gasgrills im Angebot hätten.

In der Grillabteilung traf er den Schaller Markus, der wohl auch ein bisschen nach Schnäppchen Ausschau hielt.

»Servus Markus. Na, brauchst du auch einen neuen Grill?«, begann Hansi ein unverfängliches Gespräch. Hoffentlich war er nicht mehr grantig wegen des Zusammenstoßes mit dem Lüngerl.

»Servus Scharnagl. Heute ganz ohne Lüngerl unterwegs?«, entgegnete Schaller ziemlich unfreundlich.

»Ja, tut mir leid, Markus, aber da hatte ich es wirklich sehr eilig«, sagte Hansi beschämt.

»Ja, ja, is schon recht, Scharnagl. Im Übrigen brauchst du gar nicht so blöd zu fragen, ich brauch jetzt quasi einen kompletten neuen Hausstand, da ist es mit einem Grill nicht ganz getan«, antwortete der 1. Kommandant der Oberfilzbacher Feuerwehr leicht patzig.

Fragend schaute Hansi den Markus an und wusste nicht so recht, ob er jetzt weiter auf das Thema eingehen sollte, aber Markus war sogar ziemlich gesprächig.

»Meine Frau hat mich rausgeschmissen, dieses blöde Weib. Schau, dass du die deine auch bald loswirst. Es ist einfach immer ein Drama mit denen.«

»Ah geh, wirklich, Markus? Warum denn das? Habt ihr euch zerstritten?«, bohrte Hansi gleich mal nach. Denn die Sache mit der Sandra fiel ihm natürlich wieder ein. Vermutlich war seine Frau dahintergekommen. Klare Sache!

»Als wenn du es nicht wissen würdest. Wenn es um Getratsche geht, da seid ihr vom Bauhof ja immer gleich dabei. Ihr mit eurem Wiggerl. Der ist ja noch schlimmer als die Bild-Zeitung. Eine andere hab ich halt gehabt, nix Ernstes. Und da macht sie gleich so eine Szene, meine Alte.«

Aha! Also war die Affäre mit der Sandra Wolf damit quasi bestätigt. Hansi fühlte sich gerade wie Miss Marple, bei seiner gezielten Fragetechnik.

»Na ja, Markus, jetzt wo du es so sagst … ähm … ja, es gab da schon a paar Gerüchte. Aber da halt ich ja nix drauf. Kennst mich doch. Die Sandra vom Aschenbrenner Metzger war es, oder?«, säuselte Hansi furchtbar scheinheilig.

»Ich hab es ja gewusst, dass das gleich wie ein Lauffeuer rumdum geht. Ja freilich, die Sandra, das Flitscherl. Sie hat meiner Frau ja sogar noch einen Brief geschrieben, bevor sie erfroren ist. Aber es ist ja eh besser so, dann hab ich jetzt meine Ruhe und kann tun und lassen, was ich will. So ohne Weibergekeife daheim ist das Leben direkt entspannt«, sagte der Verlassene jetzt fast ein wenig zu cool.

Hansi schaute auf die Uhr und stellte mit Erschrecken fest, dass er sich schon eineinhalb Stunden im Baumarkt rumtrieb. *Oje, jetzt aber schnell. Der Wiggerl wird schon warten. Da kann ich mir wieder was anhören,* befürchtete Hansi.

»Ich muss jetzt leider weiter, Markus, nix für ungut. Ich bin ja schließlich in der Arbeit. Der Wiggerl wartet sicher schon, also Servus«, rief Hansi dem Schaller noch im Weggehen zu.

Innerhalb von vier Minuten waren dann auch noch gleich ein paar neue Mähfäden für die Motorsense, wegen denen er eigentlich gekommen war, eingekauft. Jetzt schnell rein in das Bauhofauto und ab nach Unterfilzbach.

KAPITEL 7

Zitronengelb

Was Hansi am Sommer am meisten liebte, war das Grillen. Er hatte sich kürzlich einen nigelnagelneuen Gasgrill mit extra Wok-Platte und allerhand Schnickschnack zugelegt – den gab es zum Happy-Schnäppi-Preis im Baumarkt – und daran hatte er seine wahre Freude. Was man da alles zaubern konnte! Sogar Bettina war sehr angetan und vergaß dabei, dass sie sich ja eigentlich künftig vegetarisch, wenn nicht sogar vegan ernähren wollte. Es war ein herrlicher Sommer, und Hansi liebte es, wenn er seine Familie verwöhnen konnte, und dann noch mit dem neuen Super-Duper-Grill.

Wieder einmal saßen alle fünf Scharnagls sowie der Müller Sepp auf der Terrasse im Birkenweg und Hansi grillte, was das Zeug hielt. Hansi junior war gerade von der Arbeit heimgekommen und hatte sichtlich Hunger, wie eigentlich sonst auch immer. Nach dem zweiten Wammerl, das Hansi in Ingweröl, Chili und einen Schuss Balsamico eingelegt hatte, und drei scharfen Pfeffer-Würstchen aus der Metzgerei Aschenbrenner war er sogar einmal wieder zu Gesprächen aufgelegt und plauderte über seinen Arbeitstag.

»Wisst ihr schon, dass die Apothekerwitwe das ganze Haus umbaut? Aber das ist alles so komisch neumodern. Ich weiß gar nicht, was das alles werden soll. Und der Ashanti geht mir jetzt wirklich langsam auf die Nerven mit seinen eigenartigen Sonderwünschen. Unser Lagerist, der René, ihr wisst schon, der DDRler, der eh immer so hypernervös ist, der war heute noch mehr durch den Wind also sonst.«

»Ja stimmt, genau, das hat mir die Frau Hornung letztens beim energetischen Haarschnitt erzählt. Das wird jetzt ein *Haus der Begegnung,* meinte sie. Im Erdgeschoss sollen ein paar Gruppenräume entstehen. Alles esoterisch, nach Feng Shui und so. Aber ich hab da nicht ganz genau gewusst, was sie damit meint«, berichtete Isabelle und biss dabei genüsslich von einem knusprigen Maiskolben ab.

Nach einem großen Schluck Weißbier erzählte der Elektriker-Azubi weiter. »Was werden die wohl in den Gruppenräumen machen? Aber nein, ich will es gar nicht wissen. Der Ashanti ist echt eine seltsame Gestalt. Was du bloß an dem findest, Mama. Da sagt der doch zu mir, die neuen Leitungen müssen »geschirmt« sein. Und dann sollen wir die neuen Kabel »strahlenförmig« verlegen, damit das Chi nicht beeinträchtigt wird. Das soll fließen können, das Chi. Habt ihr das schon mal gehört? Der spinnt doch hochgradig, der Typ.«

Die ganze Grillgesellschaft hörte amüsiert zu und Hansi servierte jedem noch eine Kräuter-Grillkartoffel mit der großen Zange, die ihm Bettina zum Geburtstag geschenkt hatte. Sie hatte sogar noch extra »Für mein Grill-Bärle« eingravieren lassen.

»Was soll denn das sein, ein Chi? Das kennt doch kein Mensch. Ich hab dann eben bei René im Lager angerufen, ob er ein Chi da hat. Er hat wirklich das ganze Lager abgesucht und sogar bei unseren Lieferanten angerufen, aber die hatten auch keins. Der war fix und fertig, der arme Kerl.«

Bettina brach in tosendes Gelächter aus und verschluckte sich dabei fast am Knoblauchbrot. »Mei, Bua, ein Chi ist doch nix Elektrisches zum Einbauen. Das Chi kommt ja aus der asiatischen Kultur und steht für Energie, also die Lebensenergie, nicht die mit Strom. Das sieht man nicht – das fühlt man, in der Lebenskraft der Seele. Vielleicht magst ja mal mitgehen zum Yoga, da spürst du es vielleicht dann auch«, sprach Bettina liebevoll zu ihrem Sohn.

»Ganz sicher nicht, Mama! Hör mir bloß auf mit dem Zeug. Und vor allem werde ich nicht zu dem langhaarigen Yoga-Deppen gehen«, entgegnete Hansi junior angewidert.

»Ich hab ja nur gemeint, damit du dann ein wenig reinschnuppern kannst, vielleicht würde es dir guttun.«

Bettina wusste zwar nun um die Zwielichtigkeit von Ashanti, aber das Yoga tat ihr trotzdem gut und sie hatte darin nun eine Lebensweise gefunden, die sie ausglich. Zumindest hatte sie gelernt, nicht mehr blind zu vertrauen, und war Ashanti gegenüber ein wenig vorsichtiger geworden.

»Was baut denn die Elvira noch alles um?«, wollte nun auch der Sepp wissen.

»Der Peter vom Mader-Bau ist heute gekommen und hat gesagt, er muss alle Ecken rund machen, stellt euch das mal vor. Der Ashanti läuft ja selber nicht rund! Der Peter hat ihm auch den Vogel gezeigt.« Langsam redete sich der kleine Hansi in Rage. »Der Wurzer-Schreiner hat erzählt, er darf nur Holz verwenden, das bei Vollmond geschlagen worden ist, und er soll keine metallischen Schrauben und Nägel verwenden. Als wenn es Holznägel gäbe! So ein

Vollpfosten. Sein Hirn ist wahrscheinlich auch aus Holz. Der wenn nicht spinnt , sagt's einmal selber?«

»Das kostet aber dann alles eine ganze Stange Geld. Wer das wohl bezahlt?«, fragte Sepp genüsslich schmatzend in die Runde.

Hansi hörte von seinem Grillplatz aus natürlich alles mit an und hatte sich schon ähnliche Gedanken gemacht wie Sepp.

»Die Elvira hat ja gesagt, sie will jetzt das Leben genießen und nicht mehr aufs Geld schauen, dann wird sie den Umbau wohl auch bezahlen. Wenn der Apotheker noch leben würde, dann wäre die ganze Sache wohl anders. Dann hätte der Ashanti nicht mal ein Dach über dem Kopf«, gab Hansi seine Gedanken preis.

»Also vom Tod des Apothekers hat ja dann eigentlich Ashanti die meisten Vorteile«, dachte er laut weiter.

»Ja aber geh, Bärle, meinst wirklich, der Ashanti könnte jemanden umbringen? Der ist sicher ein Schlitzohr, aber ein Mord ist schon noch mal eine andere Hausnummer. So eiskalt, glaub ich, ist der Loisl doch nicht.«

Indira hatte natürlich auch zugehört und gab wie immer ihren eigenen Senf dazu: »Gestern erst hab ich gelesen, dass letztes Jahr die Rate für Gewaltverbrechen, insbesondere Mord, um 14,3 Prozent gestiegen ist. Und die Neu-Mörder waren alle vorher schon mit dem Gesetz in Konflikt gekommen. Also die meisten kamen aus dem Bereich Betrug und Wirtschaftskriminalität. Als Hobby-Profilerin muss ich euch sagen – Mama sei jetzt stark –, ja, ich glaube, er könnte den Apotheker auf dem Gewissen haben. Schließlich ist er ja auch quasi ein Wirtschaftskrimineller.«

Das war typisch Indira. Wenn sie etwas sagte, dann waren es knallhart recherchierte Fakten, die Hand und Fuß hatten. Jeder aus der Scharnagl-Familie, der mit Indira diskutierte, zog mit Sicherheit den Kürzeren. Diese Charaktereigenschaft, gepaart mit der Mutation zu einem Pubertäts-Zombie, ließ Bettina, die sehr harmoniesüchtig war, manchmal verzweifeln. Am meisten hasste sie den Satz: »Mama, ich weiß manchmal nicht, wer hier wen erzieht.« Da konnte Indira wirklich schon sehr direkt sein.

»Na ja, wenn wir hier schon alle Tatverdächtigen aufführen, dann muss man auch die Elvira anschauen. Sie könnte es ja auch gewesen sein. Denn als der Martin noch da war, da hat sie kein so ausschweifendes Leben geführt. Da war sie immer sehr zurückhaltend und kleinlaut, eine richtig graue Maus war sie da. Jetzt kleidet sie sich nur noch in sonnengelbe Gewänder und dreht richtig auf mit so einem jungen, knackigen Kerl an ihrer Seite. Sie ist schon ein ganz schönes Luder geworden«, stellte Bettina klar. So ganz konnte sie ja zeitweise immer noch nicht glauben, dass sie sich vollständig in ihrem Yoga- und Kamasutra-Guru getäuscht hatte.

»Mei, vielleicht waren sie es ja auch zusammen und haben den Apotheker planmäßig hinüberbefördert. Wie lange kennen sich die zwei eigentlich schon?«, warf Sepp ganz trocken in das Gespräch ein.

»Ja stimmt, Sepp. Das ist wirklich eine gute Frage. Andererseits wäre das auch eine Erklärung. Sie wollte ihre Freiheit und er wollte halt ein schönes Guru-Leben führen. Aber was hat die Sandra damit zu tun? Hat sie denn überhaupt was damit zu tun? So ganz kapier ich das noch nicht«, ergänzte Hansi nun die Recherchegespräche.

Bei einem oder mehreren letzten Bieren ließen die zwei Spezln den herrlichen Sommerabend ausklingen. Aber nicht ohne noch verschiedene Thesen zu den beiden eigenartigen »Unfällen« in Unterfilzbach aufzustellen.

Wieder war ein schöner Sommertag angebrochen und Hansi fuhr gemächlich von seinem kleinen Häuschen durch den Ort zum Bauhofgelände. Was Hansi nach den Besorgungsfahrten für Wiggerl und den Mäharbeiten am drittliebsten in seinem Arbeitsbereich mochte, waren Malertätigkeiten. Und heute ging schon ganz früh ein ganz eiliger Auftrag direkt vom Bürgermeister im Bauhof ein.

»Hansi, wir haben einen Notfall!«, begrüßte Wiggerl ihn gleich an der Eingangstür zur Maschinenhalle. »Der Bürgermeister will unbedingt heute noch das Ortseingangschild bei den Biogasanlagen von Senfgelb auf Zitronengelb umgestrichen haben. Die Farbe bringt er uns gleich vorbei, die hat er selber gekauft. Ich kann dir leider keinen anderen Mann mitgeben, weil wir ja heute die Teerarbeiten an der Dorfstraße und im Lärchenweg haben, da brauch ich alle Hände. Und Hansi, unter uns gesagt, ich weiß ja, dass du eh der Schnellste bist. Du bist mein bester Mann. Es wäre wichtig, dass das heute noch fertig wird. Das schaffst du, gell?!«, redete Wiggerl ganz aufgeregt auf Hansi ein.

»Warum kauft jetzt der Bürgermeister die Farbe selber? Also manchmal muss ich wirklich nicht alles verstehen.«

Mit diesen Worten ließ Hansi den Wiggerl stehen und suchte sich sein Werkzeug zusammen. Wenn der Auftrag ja anscheinend so eine politisch dringende Angelegenheit war, dann würde er heute mal richtig aufs Gas steigen, arbeitstechnisch.

Der Bürgermeister bog dann auch keine fünf Minuten später in den Bauhof ein, als Hansi fast schon abfahrbereit den Unimog beladen hatte. Sportlich sprang das Gemeindeoberhaupt aus seinem Auto und stürmte gleich auf Hansi zu.

»Scharnagl, schau mal. Ich hab hier eine total super Farbe im Internet gekauft. Overnight Express. Das war nicht billig. Die ist fluoreszierend, also weißt schon, die leuchtet im Dunkeln. Die Oberfilzbacher haben das jetzt auch und wir müssen schon zeigen, dass wir nicht hinter dem Mond leben. Das muss unbedingt heute noch fertig werden, Hansi, ich hab nämlich dem Oberfilzbacher Bürgermeister gestern in der Kreistagssitzung erzählt, dass wir das schon seit ein paar Wochen so gestrichen haben. Der hat so dermaßen angegeben, da konnte ich nicht anders und es ist mir einfach so rausgerutscht. Aber jetzt muss das schnell gestrichen werden. Das schaffst du, Hansi, oder? Enttäusch mich nicht. Meine Ehre steht auf dem Spiel! Die Ehre Unterfilzbachs sogar!«

Der erste Bürgermeister der Marktgemeinde Unterfilzbach wirkte schon sehr verzweifelt, und Hansi fühlte sich gar nicht so schlecht dabei, wie er ihn jetzt so anbettelte.

»Mei, weißt du, das ist jetzt schon ein ziemlich großes Schild. Und aus Holz auch noch. Ich muss es ja erst mal abschleifen und grundieren, bevor ich die richtige Farbe streichen kann. Das könnt schon knapp werden«, sprach Hansi leicht hochnäsig und rieb sich dabei bedächtig und recht theatralisch sein Kinn.

»Bitte Hansi, probier's, ich schau auch, dass ich dann mal was für dich tun kann. Nix für ungut. Ich muss jetzt leider zu einem Termin zur Regierung.«

Mit diesen Worten sprang er wieder genauso sportlich in seinen Bürgermeister-BMW und rauschte davon.

Grinsend stand Hansi in der Hofeinfahrt und amüsierte sich innerlich sehr.

Fröhlich pfeifend und beladen mit allen möglichen Pinseln, Flex- und Schleifwerkzeug, Grundierungsfarben, Abdeckkleberollen, Folien und noch so allerhand Krimskrams fuhr Hansi in Richtung Dorfausfahrt zum Ortseingangsbegrüßungsschild. Ein ortsansässiger Künstler, den es wohl irgendwie in jedem Dorf in Bayern als Bewohner gab, hatte dieses Kunstwerk vor circa zehn Jahren entworfen und geschnitzt.

Herzlich willkommen
in der Marktgemeinde Unterfilzbach
Bayerischer Wald

stand in großen blauen Buchstaben gleich oben auf dem trapezförmigen Holzblock, der aktuell noch in Senfgelb an der Einfahrtsstraße thronte. Gleich in der Ortseinfahrt hinter der Kurve nach der Biogasanlage war das »Ding«

platziert, umrahmt von ein paar alten großen Kastanienbäumen. *Eigentlich ein blöder Ort,* dachte sich Hansi, denn man sieht das Schild nur recht kurz. Es stand genau in der Biegung der Kurve und man musste durchaus ein Schnellleser sein, um alle darauf vorhandenen Informationen im Vorbeifahren aufzunehmen.

Das Schild stand schon ein oder zwei Jahre an Ort und Stelle, da fiel dem findigen Bürgermeister ein, man könnte doch darauf auch ein paar Werbeflächen verkaufen. Ein Hund war er ja schon, der Unterfilzbacher Gemeindevorsteher. Immer um Einnahmequellen bemüht. Das »Kunstwerk« wurde dann von oben bis unten mit Werbetafeln der Unterfilzbacher Wirtschaft vollgepflastert, die diese natürlich vorher kaufen musste. Darauf waren zum Beispiel auf einer Werbetafel zwei lustig lachende Ferkel zu sehen, die ein Tattoo mit der Aufschrift »Metzgerei Aschenbrenner – glücklich essen« hatten, nebenan konnte man die Sprechstundenzeiten der Zahnarztpraxis Herzinger lesen oder auch eine Information über den »Extentions Day in Karins Friseur Stüberl«. Es waren quasi die Gelben Seiten – im Moment eben noch die Senfgelben – von Unterfilzbach.

Das Blöde an den verkauften Werbeflächen war aber, dass es dem ortsansässigen Künstler so gar nicht gefallen hatte, dass der Bürgermeister aus diesem herausragenden Kunstwerk eine Art Litfaßsäule gemacht hatte, und deshalb verklagte er die Gemeinde Unterfilzbach. Dieser Streit zog sich nun bereits seit acht Jahren hin und kostete der Marktgemeinde inzwischen schon das vierzehnfache der

Einnahmen aus den Werbetafeln. *Ja, ein Hund ist er schon, der Bürgermeister,* dachte Hansi und lächelte, als er begann, die ersten Tafeln abzumontieren.

Das Tafelabmontieren, Abschleifen, Grundieren und Streichen dauerte genau 94 Minuten. Und Hansi betrachtete sein Werk. Direkt auch so was wie Kunst, fand er. Ein Blick auf die Uhr, als wenn er es gewusst hätte – genau halb zehn. Brotzeit! Aber in den Bauhof wollte er jetzt nicht zurückfahren, um im Brotzeitstüberl etwas zu essen. Da könnte dem Wiggerl vielleicht sogar noch ein anderer Arbeitsauftrag einfallen.

Er hatte sich vorsorglich zwei Schinken- und eine Salamisemmel mit Essiggurkerl beim Aschenbrenner-Metzger geholt, als er durch den Ort zur Einsatzstelle gefahren war. Und so machte er es sich nun vor dem Begrüßungs-Kunstwerk gemütlich und biss kräftig in die knusprige Laugensemmel. *Also so ganz ohne die Werbetafeln schaut dieser Holzblock direkt gut aus,* dachte Hansi, als er das Kunstobjekt in Ruhe auf sich wirken ließ. Die Farbe war zwar jetzt nicht so viel anders als die vorherige, Gelb ist halt einfach Gelb. Aber jetzt, ohne die Tafeln, quasi die Kunst pur, dann war nicht alles so »zugeklebt«. Er musste dem Künstler bei dieser Betrachtung direkt recht geben.

Als er da so saß und seine Brotzeitpause in der Sommersonne genoss, beobachtete er, wer so rein- und rausfuhr nach und aus Unterfilzbach.

Hansis Nachbar hatte wohl verschlafen, weil er mit einem Affenzahn und gleichzeitig Krawatte bindend an ihm vorbeirauschte. Er arbeitete in der Sparkasse im nächsten

Ort und normalerweise ging er gegen halb acht aus dem Haus.

Die Hinkhofer Berta fuhr vierzehntägig auf Besuch zu ihrer Schwester Erna nach Passau und anscheinend war es heute wieder so weit. Frisch frisiert und toupiert und mit ihrem blau-gelb geblümten Sonntagskleid raste die Berta mit sage und schreibe 30 km/h – dem Motorgeräusch nach zu urteilen im zweiten Gang – an Hansi vorbei. Aber sie hatte ihn wohl nicht bemerkt, denn sie sah unglaublich konzentriert aus, wie sie da beim Fahren fast an der Windschutzscheibe klebte. *Na ja, im Alter lässt eben die Sehkraft auch schon nach,* dachte Hansi. Das wusste er ja aus eigener Erfahrung. Wahrscheinlich hatte die Berta deshalb auch nicht bemerkt, dass der vordere linke Scheinwerfer ihres grauen Subaru Justy mit Kuschelfell-Bezügen an Vordersitzen und Lenkrad defekt war. Aber dieses Auto war nicht unbedingt mehr das neueste und hatte schon die ein oder andere Delle. Vielleicht sollte man der Berta mal sagen, dass sie doch demnächst in Erwägung ziehen sollte, einen Sehtest zu machen.

Der Raster Max fuhr wohl im Moment schwarz durch die Gegend, weil Hansi sicher wusste, dass ihm bei einer Verkehrskontrolle der Führerschein wegen Trunkenheit »gezwickt« worden war.

Das ist ja echt viel aufschlussreicher als am Dorfplatz, fand Hansi und beschloss jetzt, das Ortseingangs-Kunstwerk einfach noch mal zu streichen. Das konnte ja nicht schaden, weil sonst wieder alle dachten, beim Bauhof gäbe es keinen Stress.

Es war inzwischen 12.30 Uhr und Hansi hatte das Willkommens-Monument bereits drei Mal gestrichen, als er im ersten Haus der Wohnsiedlung einen großen schwarzen Audi bemerkte. Ein augenscheinlich gut situierter Mann stieg aus dem Wagen und klingelte an der Haustür, die dann vom Schaller Markus geöffnete wurde.

Ach ja, genau, das hatte die Bettina ja gestern beim Grillen erzählt. Die aktuelle Noch-Frau Schaller hatte wohl beim Einkaufen ihrer Wut freien Lauf gelassen und erzählt, dass ihr Noch-Mann von Oberfilzbach nach Unterfilzbach umgezogen sei. Sein neues Domizil war dann wohl in diesem Haus, gleich am Ortseingang. Die Scheidung sei auch schon eingereicht und überhaupt war er der mieseste Kerl, den die Welt je gesehen hat, hatte Frau Schaller gestern im KaufGut an der Kasse kundgetan.

Neben dem Besucher-Audi parkte noch ein BMW Geländewagen vor dem Haus. Dieser musste wohl Markus gehören. Denn er hatte seine Initialen *MS* und sein Geburtsjahr *75* im Kennzeichen. Diese Kennzeichensymbolik war im ländlichen Raum gang und gäbe, genauso wie es auch vielerorts auf dem Land Sitte war, sich ständig und überall aus dem Auto heraus mit Handzeichen zu grüßen. So was wäre in der Stadt ja unmöglich. Auf dem Land gehörte das aber quasi zum Sozialverhalten und spiegelte irgendwie auch den Bekanntheitsgrad wider.

Dafür, dass er mit seiner Firma in Konkurs ging, ist das Auto aber recht protzig, dachte sich Hansi und überlegte nebenbei, wie er seinen Opel Astra noch ein wenig tunen könnte. Dabei kam Hansi unweigerlich auch die Frage in den Kopf, womit der Schaller Markus im Moment denn eigentlich sein Leben finanzierte? Zwei Kinder und eine Frau, die sicher Unterhalt verlangten, eine neue Wohnung und dann so ein Angeberauto? Musste wohl ein guter Job sein, den er jetzt hatte.

Nach etwa zwanzig Minuten fuhr der Audi auch schon wieder davon. Dem Kennzeichen nach war der Fahrer aus dem Nachbarlandkreis.

Keine halbe Stunde später fuhr der Huber Mich alias Huberbauer zum neuen Zuhause des Markus Schaller. Und auch er betrat das Haus und war zehn Minuten später wieder weg. Dasselbe Spiel wiederholte sich ein paar Mal. Immer wieder kamen Herren aus Unterfilzbach und Umgebung und machten kurz halt vor Markus Schallers Haustür, verschwanden dahinter und kamen nach zehn bis zwanzig Minuten wieder heraus. *Was die da wohl alle drin machten? Und dann so kurz? Seltsam, seltsam,* grübelte Hansi, während er bedächtig zum sechsten Mal die Ortseingangskunst strich. In seiner guten Sichtposition, keine 50 Meter von der Schaller'schen Eingangstür entfernt, konnte er sehr gut beobachten, was für seltsame Dinge dort drüben passierten. Allerdings konnte er sich keinen rechten Reim darauf machen, wie die Herrenbesuche hinter der Haustür weitergingen.

Jeder Bauhofmitarbeiter legt sich im Laufe seines Berufslebens eine innere Stempeluhr zu, denn Hansi und seine Kollegen hatten ihren Arbeitsablauf so weit im Griff, dass sie mit ihren Tätigkeiten während des Tages jeweils pünktlich zum Dienstende, also um 16.00 Uhr, fertig wurden. Oder dann zeitweise, ab und zu, eine halbe bis eine ganze Stunde früher. Aber dann rentierte es sich meist nicht mehr, ein neues Projekt zu beginnen.

Hansi hatte jetzt das »Willkommen in Unterfilzbach«-Monument sage und schreibe neun Mal gestrichen. Es strahlte in einem leuchtenden Zitronengelb. *Direkt schön,* fand Hansi stolz. Die Werbetafeln hatte er wieder ordentlich angeschraubt und war schon gespannt, wie die Farbe wohl wirkte, wenn die Dunkelheit über Unterfilzbach hereinbrach. Denn dann sah man wahrscheinlich erst die fluoreszierenden Farbeffekte.

Eine Viertelstunde vor Dienstende hatte Hansi gerade sein Werkzeug auf den Unimog geladen und wollte zum Bauhof aufbrechen, da erreichte ihn ein Funkruf vom Wiggerl.

»Hansi?« *Rauschen.* »Bist du schon fertig? Oder soll ich dir noch helfen? Dem Bürgermeister ist das ganz wichtig.« *Schriller Pfeifton.*

Hansi musste sich jetzt anstrengen, um recht abgehetzt zu wirken, denn sonst würde ihm Wiggerl nächstes Mal mehr Arbeitspensum auftragen.

»Ja, Wiggerl, ich bin Gottseidank fertig geworden.« *Rauschen.* »Grad eben, war ja schon viel mit den ganzen Tafeln und der Grundierung, aber ich komm jetzt eh gleich in den Bauhof.« *Rauschen.*

Kurz darauf war er auch wieder an Ort und Stelle und räumte seine Arbeitsutensilien ordnungsgemäß auf. Er freute sich auf den Feierabend und lud Sepp spontan zu einer Feierabend-Halbe zu den Scharnagls auf die Terrasse ein. Vielleicht fand sich ja noch das ein oder andere Wammerl, das sie zum Bier auf den Grill schmeißen konnten.

KAPITEL 8

Recycling

Die Beobachtungen vor Markus Schallers Haustür am Ortseingang waren für Hansi und Sepp immer noch ein Thema, das sie nicht loslassen wollte. Sie hatten sich in den darauffolgenden beiden Tagen, die seit dem neuen Farbanstrich am Ortseingang vergangen waren, unbewusst angewöhnt, so oft es ging am neuen Zuhause des frisch verlassenen Oberfilzbacher Feuerwehrkommandanten in der Arberstraße vorbeizufahren. Dabei beobachteten sie dann ganz genau, ob ihnen vielleicht wieder etwas Neues auffiel, jedes Detail wurde registriert. Jeder Blumentopf, jede Zeitung, die im Briefkasten steckte, alles wurde analysiert und besprochen. Teilweise beugte sich Hansi von seinem Beifahrersitz aus über Sepp drüber, zur Fahrerseite, um alles ganz genau sehen zu können, denn seine Gleitsichtbrille setzte er immer noch nicht auf.

Von außen betrachtet musste das ein wirklich komisches Bild abgegeben haben, als Sepp und Hansi beide am Seitenfenster ihre Nasen platt drückten und während der Fahrt zu Schallers Haus spähten. Eine richtige Beschattung, die da in der Arberstraße vonstattenging, das FBI war ein Dreck dagegen. Allerdings gab es zwischen der Kripo und den zwei Unterfilzbacher Bauhofdetektiven, die wohl bald bei ihren ganzen kriminalistischen Ermittlungen einen Columbo-Fanklub gründen würden, einen großen Unterschied – einen ganz gravierenden sogar: Das Observationsauto war mit der Farbe Kommunalorange nicht unbedingt die beste Tarnung, aber das Auffälligste war, dass die zwei Ermittlungsgenies die Arberstraße dann auch noch im Schneckentempo von circa 10 km/h passierten. Und das Ganze dazu noch halbstündlich oder manchmal sogar öfter, je nachdem, was sie vom Wiggerl gerade für Aufträge hatten.

Es war eigentlich recht logisch, dass die Anwohner oder sonstige aufmerksame Bürger aus Unterfilzbach dieses komische Verhalten recht bald hinterfragten und die zwei direkt drauf ansprachen. Zum Beispiel die Hinkhofer Berta. Sie war gerade vor dem frisch gestrichenen Ortseingangs-Kunstwerk mit einem Herren in Anzug im Gespräch und schrie den beiden im Vorbeifahren nach.

»He, ihr zwei Super-Bauhofler! Was macht's ihr denn den ganzen Tag? Ihr fahrt jetzt schon zum dritten Mal vorbei und schaut so blöd zu dem Haus rüber. Habt ihr ein Problem? Oder seid ihr unter die Spanner gegangen?«

Hansi und Sepp waren total perplex. Sie hatten das restliche Umfeld gar nicht mehr registriert, so sehr waren sie in ihre Observationen vertieft. Spontan drehten sie um und fuhren zu Berta und ihrem unbekannten Begleiter vor die frisch gestrichene Kunst-Anzeigenwand. Schließlich mussten sie ja über alles im Ort informiert sein, besonders bei der aktuellen Ermittlungssachlage.

»Ja Berta, was hast du denn mit deinem Auto gemacht?«, musste Sepp unweigerlich gleich einmal nachfragen, als er aus dem Pritschenwagen ausstieg.

Er ging um Bertas Justy herum und lachte laut, als er sah, dass die ganze vordere rechte Seite des grauen Kleinwagens komplett eingedrückt war. Hier hatte die Berta wohl im Straßenverkehr etwas Größeres übersehen. Gottseidank hatte die Berta in der Regel jetzt nicht das Wahnsinnstempo drauf. Eigentlich war sie eine furchtbar langsame Autofahrerin, weil sie vermutlich auch schon ziemlich schlecht sah.

Die Berta war allerdings bei diesem Thema oder eigentlich grundsätzlich, wenn es um sie als Person ging, recht schnell reizbar. Und man konnte gleich sehen, wie sie erst auf Abwehr und dann auf Angriff überging. Sogleich stieg ihr die Zornesröte zu Kopf, die sich dann auch in leicht unfreundlicher Kommunikation in Richtung Müller Sepp verbal ihr Ventil suchte.

»Du blöder Depp, du blöder! Ihr seid ja an allem schuld. Ich verklag euch jetzt, ihr Hirschen, dass ihr es nur wisst. Das ist ja gemeingefährlich. Habt ihr schon mal gesehen, wie dieses blöde Holzdingsbums da in der Nacht blendet, wenn man da drauf zufährt? Das ist ja lebensgefährlich! Da kann man ja nicht anders, als das Lenkrad verreißen bei dem Schrecken, den man da bekommt. Als wenn einem jemand die Augen weglasern möcht. Also red' du nicht so blöd daher, Müller. Das könnt ihr dem Wiggerl und auch dem Herrn Bürgermeister ausrichten! Mit mir nicht. Ich lass jetzt ein Gutachten erstellen und dann geht das ab zum Anwalt. Eine Hinkhofer wehrt sich – Punkt«, sprach sie, drehte sich beleidigt um und unterstrich dies nochmals mit einer gekonnten Kopfdrehung nach oben. Das war quasi fast so, als ob sie Hansi und Sepp den Mittelfinger gezeigt hätte, nur mit einer anderen Art von Gestik.

So wie sich die Sache darstellte, war die liebe Berta wohl vor lauter Schreck über das leuchtende Kunstwerk an einen der Kastanienbäume gedonnert, die benachbart am frisch gestrichenen Objekt groß und kräftig angesiedelt waren. Berta und ihr Begleiter, ein mutmaßlicher Gutachter für Verkehrssicherheit, stiegen in den verbeulten Justy und »rasten« nach Hinkhofer-Manier mit 25 km/h und unter beängstigenden Motorengeräuschen davon, die wohl eine Folge des Unfalls waren. Dabei würdigte die sichtlich erzürnte Berta die zwei Männer keines weiteren Blickes.

Als der Hinkhofer-Justy um die Kurve gebogen war, brachen Hansi und Sepp erst einmal in schallendes Gelächter aus. Sie mussten sich förmlich die Bäuche halten.

»Also dann funktioniert diese Leuchtfarbe ja wirklich! Das hätt' ich gar nicht gedacht.« Hansi war sehr erstaunt, als er sich wieder ein wenig beruhigt hatte.

»Was heißt hier funktioniert wirklich? Ich bin gestern Abend auch vorbeigefahren, das blendet wie die Sau. Wie oft hast du denn das Ding gestrichen? So ganz unrecht hat die Hinkhoferin da jetzt gar nicht, es blendet schon ziemlich. Und wenn man erschrickt, ist das vielleicht gar nicht so weit hergeholt, dass sie aus Reflex das Lenkrad rumgerissen hat«, berichtete Sepp von seinen abendlichen Beobachtungen.

»Na ja, vielleicht zwei … drei Mal oder so … also gut, neun Mal«, antwortete Hansi ein wenig kleinlaut.

Sepp belustigte dieses Geständnis sichtlich. »Mei Scharnagl, du bist echt ein Depp. Je mehr reflektierende Pigmente da draufgestrichen sind, desto mehr reflektiert die

Farbe natürlich auch. Also das Oberfilzbacher Schild ist direkt eine kleine Funzel im Vergleich zu unserem. Das wird den Bürgermeister stolz machen. Aber wenn jetzt die Berta mal wieder die Gemeinde verklagt, wie schon so oft, dann könnte dieses Kunstwerk wirklich bald das »Watergate« unseres Bürgermeisters werden.«

»Mei Sepp, jetzt red' halt nicht wieder so geschwollen daher und gib nicht immer so an mit deinen Fremdwörtern, die keiner braucht. Als wenn ich wüsste, was dieses *Wotergait* sein soll. Ist mir auch wurscht«, sagte Hansi ein wenig schnippisch und rempelte seinen Freund am Oberarm an. »Schau mal, Sepp, der Schaller geht aus dem Haus!«

Das war das Stichwort. Die zwei glotzten förmlich in Schallers Richtung, der dies natürlich bemerkte und noch rotzfrech in ihre Richtung winkte, als er in seinen BMW Geländewagen stieg und aus Unterfilzbach davonpreschte, mit unbekanntem Ziel. Beide gafften mit offenem Mund dem vorbeifahrenden schicken Auto nach, in dem der Schaller Markus mit einem arroganten Grinsen auf den Lippen thronte und obendrein auch noch wie die Queen höchstpersönlich die Hand zum Gruß bewegte.

»Meinst du, er hat uns jetzt wirklich gesehen, Sepp? Die ganze Zeit?«

Hansi konnte die Augen gar nicht mehr vom Horizont lassen, auch wenn der BMW längst nicht mehr zu sehen war.

»Wir sind ja zwei solche Affen, Hansi!« Sepp konnte es selber nicht glauben. Es fiel ihm wie Schuppen von den Augen, dass wohl der Schaller die ganze Zeit schon gewusst hatte, dass sie ihn ausspionierten, so auffällig wie sie sich verhalten hatten.

»Hansi, wir müssen echt an unserer Tarnung arbeiten«, sprach Sepp entschlossen.

»Ja, stimmt. Das ist jetzt schon blöd gewesen, dass uns der Schaller bemerkt hat. Ich glaub, der hat uns direkt ausgelacht«, murmelte Hansi verunsichert mit gesenktem Kopf. »Komm Sepp, fahren wir in den Bauhof, es ist halb zehn.«

Und so stiegen die beiden Freunde mit hängenden Schultern, wie nach einer verlorenen Schlacht, in ihren Pritschenwagen und fuhren zur Brotzeit. Heute gab es ganz frische Sülzen vom Aschenbrenner, das würde sie vielleicht ein wenig aufmuntern.

Ein paar Tage später war Hansi gerade mit der undankbaren Aufgabe beschäftigt, die Hundetoiletten zu leeren. Mit einem Streich war seine gute Laune heute Morgen dahin, denn es stand lediglich »HT« auf seinem Einsatzplan. *Na ganz toll,* dachte sich Hansi und war den Vormittag über recht übellaunig. Da erreichte ihn der stimmungsaufhellende Funkruf vom Wiggerl.

»Hansi, komm zum Recyclinghof raus.« *Rauschen.* »Ich schick den Reinhard jetzt nach Hause. Der steckt sonst die ganzen Kollegen und die Unterfilzbacher alle an.« *Schriller Pfeifton.* »Der ist käseweiß im Gesicht.«

Reinhard, der zwar zum Bauhof-Team gehörte, aber eigentlich fest im Recyclinghof stationiert war, war gar nicht gut beieinander. Wahrscheinlich die Sommergrippe, mutmaßte Wiggerl, denn die ging ja schon wieder um. Wiggerl war ja ein klitzekleines bisschen hypochondrisch veranlagt und wollte nicht unbedingt kurz vor seiner alljährlichen Urlaubsreise nach Kroatien noch krank werden. Jetzt, wo er ja dank Sauerkraut und Kamasutra schon viereinhalb Kilo abgenommen hatte. Gedanklich freute er sich schon wie ein neues Fuchzgerl, wenn er sich stolz am Strand mit seiner neuen Badehose präsentieren konnte – in Größe »L« wohlgemerkt! Früher hatte er immer »XL« oder sogar »XXL« einkaufen müssen, oder vielmehr seine Frau Hilde. Denn aus seinem Styling hatte sich der Wiggerl in der Vergangenheit nicht allzu viel gemacht. Aber nun war er superstolz auf seinen »L-Status«.

Überhaupt war er wirklich ziemlich eitel geworden, seit er wieder über sein Wamperl hinweg – ohne den Oberkörper vorzubeugen – seine Schuhe sehen konnte. Hilde und er hatten sich sogar schon zu einer ausgiebigen Shopping-Tour in die Landeshauptstadt aufgemacht, weil der Bauhofchef ja quasi komplett neu eingekleidet werden musste. Dabei hatte der Wiggerl dann bei jedem Verkäufer geprahlt, dass er dieses oder jenes T-Shirt doch bitte in »L« probieren möchte, weil er ja sooooo viel abgenommen hatte und unmöglich jetzt noch »XL« anziehen könne. Hilde ging das schon mächtig auf die Nerven. Sie hatte bereits überlegt, ob sie anstatt mit Wiggerl nach Kroatien nicht doch lieber mit ihrer Schwester Helga, die letztes Jahr erst Witwe geworden war, nach Ibiza fahren sollte. Hildes Schwester hatte eine Ü50-Single-Party-Reise gebucht, das fand Hilde recht verlockend, vor allem dann, wenn Wiggerl wieder halbstündlich daheim vor dem Spiegel stand und sich selbst bewunderte.

Wie auch immer sich Wiggerls und Hildes Urlaubspläne entwickeln mochten, Reinhard war jedenfalls heute zu nichts zu gebrauchen und Wiggerl schickte ihn deshalb heim in sein Bett, den armen Kerl. Dass Reinhard aus dem Nachbardorf Nagelbrunn kam und seine heutige Unpässlichkeit vielleicht mit dem Nagelbrunner Schnupferfest, das diese Woche stattfand, zu tun haben könnte, kam Wiggerl nicht wirklich in den Sinn. Aber Hansi hatte nichts gegen ein bisschen Abwechslung, vor allem nicht, wenn er dafür die »HT« nicht weiter ausleeren musste.

Die Arbeit am Wertstoffhof war auch nicht das Schlechteste, was man so aufgetragen bekommen konnte. Diesen Job mussten die Kollegen leider nur übernehmen, wenn Reinhard Urlaub hatte oder krank war. Der Recyclinghof war irgendwie auch eine Art kleiner Stammtisch in einem Dorf oder quasi wieder so etwas wie ein Urzeit-Social-Media-Treffpunkt. Zum Recyclinghof musste ja irgendwie jeder ab und zu; beim Stammtisch dagegen war die Zielgruppe schon eine wenig eingeschränkt, mit klarem Männerüberhang. Somit war der Ratsch – oder neudeutsch passender *Newsflash* – am Recyclinghof noch vielfältiger, vor allem auch, weil sich dort die Unterfilzbacher Damenwelt mit einbrachte. Rein ratsch-, also newsflashmäßig gab es am Wertstoffhof ein ziemlich ausgeglichenes Verhältnis von Männern zu Frauen.

Was Hansi an diesem Einsatzort auch recht gut gefiel, war die Autorität, die er dort hatte. Man musste schließlich ja auch kontrollieren, was die Mülltrenner in die einzelnen

Container warfen. Und wenn man wollte, dann konnte man manche Recycler damit zur Weißglut treiben. Wenn das Joghurtbecherl eher wohl in den Container mit den Plastikverpackungen passen würde anstatt zu den Plastikflaschen, dann konnte man das der entsorgenden Person auch mitteilen und dabei einen strengen Blick aufsetzen. Hansi fühlte sich schon nicht schlecht, wenn er ab und zu den Mülloberaufseher spielen konnte. Vor allem, wenn Mitbürger kamen, die er nicht ganz so sympathisch fand, die konnte er dann direkt ein wenig ärgern.

Der Reinhard machte das oft und regelmäßig, deswegen war er in Unterfilzbach nicht direkt beliebt. Manche nannten ihn sogar den »Joghurtbecherl-Nazi«. Wehe, da wurde eine Plastikflasche versehentlich in den Container für Plastikverpackungen geworfen. Da wurde der Reinhard grantig. Deshalb freuten sich heute alle Müllentsorger, die in den Recyclinghof einbogen, dass Hansi als Aushilfe da war.

Irgendwann spätnachmittags fuhr das weiße Lieferauto der Metzgerei Aschenbrenner in den Hof herein. Maria Aschenbrenner stieg aus dem Auto und lud viele Säcke für den Altkleidercontainer aus dem Kastenwagen, der mit lachenden Schweinchen beklebt war.

Dieses Auto ist schon ein Phänomen, dachte Hansi, *immer wenn von diesem Lieferwagen die beiden Flügeltüren geöffnet wurden, dann verströmte es sofort das Aroma aus Räucherkammer und Leberkäs in der direkten Umgebung. Wunderbar.*

Wahrscheinlich hatte Maria die Wohnung von der Sandra Wolf ausgeräumt, vermutete Hansi. Er beobachtete sie aus seiner kleinen Aufsichtshütte, wie sie kraftvoll die Säcke in die Klappe des Containers warf, dass es nur so schepperte. Man könnte fast meinen, sie hatte eine rechte Wut im Bauch und ließ das jetzt an Sandras Garderobe aus.

Nachdem sie sechs Säcke voll Metzgereifachverkäuferin-Textilien förmlich in den Altkleidercontainer »gepfeffert« hatte, war dieser dann auch irgendwann voll. Trotz aller Kraft, mit der Maria die Einwurfklappe hinunterzudrücken versuchte, es passte absolut nichts mehr hinein. Hansi eilte zu ihr und sprach sie vorsichtig an, denn langsam hatte er ein wenig Angst vor ihr. Sie schien sich gerade in einer sehr aggressiven Stimmung zu befinden. Mit hochrotem Kopf und in voller Rage hing sie am Griff der Container-Einwurfklappe.

»Maria, du, ich glaub, der Container ist voll. Stell halt die Säcke, die du noch hast, daneben. Morgen wird der Behälter sowieso geleert und dann können wir die Säcke dem Fahrer auch gleich so mitgeben.«

Maria erschrak förmlich und drehte sich zu Hansi um. Es schien, als fühlte sie sich ein wenig ertappt. So als wäre sie in einem kleinen Wutrausch in ihrer eigenen Welt gewesen und Hansi holte sie jetzt wieder in die Realität.

»Ähm, ja Hansi, stimmt, da hast du recht. Dann stell ich das Zeug von der Schlampe … ähm … von der Sandra eben neben den Container«, stammelte Maria vor sich hin.

Das Wort »Schlampe« war ihr offensichtlich herausgerutscht, denn nachdem sie es ausgesprochen hatte, wurde sie knallrot im Gesicht. Sie stellte also nochmals sechs Kleidersäcke, voll mit Sandras Hinterlassenschaften, neben den Container.

Was für manche eine lästige Pflicht war, war für viele eine sehr angenehme Aufgabe, um sich die Zeit zu vertreiben. Mülltrennen konnte einem ziemlich auf die Nerven gehen, wenn man sowieso in seinem Alltag hetzen musste, damit man mit seinen Haushaltsarbeiten hinterherkam. Wenn man allerdings in Rente war, vielleicht auch noch alleinstehend und dem Dorftratsch durchaus zugetan, dann war so ein Ausflug zum Recyclinghof – wie auch zum Friedhof – schon ein kleiner Höhepunkt des Tages. Man konnte recht »g'schaftig« tun und trotzdem die Leute beobachten. So eine Art Recyclinghof-Kundin war zum Beispiel die Hinkhofer Berta. Sie kam eigentlich an den meisten Öffnungstagen vorbei, und wenn es nur eine Dose und eine Schachtel waren, die sie dringend recyceln musste.

Und zufällig war Berta jetzt eben am Nachbarcontainer zugange, als Hansi mit Maria ins Gespräch verwickelt war.

»Ja grüß dich, Maria. Was hast du denn alles dabei? Ach, das ist wohl das alte G'wand von der Sandra? Das ist ja mal wieder typisch, so eine Aufgabe bleibt dann immer den Weibern. Da lassen einen die Männer dann wieder alleine. Wohnung ausräumen und die Sachen von Verstorbenen entsorgen, da haben die Mannerleut nicht die Nerven dazu. Gut, dass du so eine fleißige Frau bist, Aschenbrennerin«, schleimte Berta in Richtung der Metzgereibesitzerin.

»Ja, is scho recht, Berta. Was willst denn?«, durchschaute die gewiefte Geschäftsfrau gleich die überfreundliche Art der sonst so bissigen Berta.

»Mei, ich hab mir gedacht, ich könnt ja da jetzt mal reinschauen in die Kleider von der Sandra. Vielleicht wär ja was für mich dabei. Sie könnte so in etwa meine Größe gehabt haben. Und sie war ja immer so fesch, wenn sie nicht in der Kittelschürze hinter der Theke stand. Und sie braucht das ja jetzt nicht mehr. Dir würden ihre Dirndl eh nicht passen, Maria, du mit deiner schlanken Figur.«

Hansi stand neben den zwei Frauen und hörte aufmerksam zu. Rein rechtlich gesehen war das Material mit der Abgabe an den kommunalen Abfallverband Eigentum des Wertstoffhofes. Das kam dem heutigen Müllaufseher Scharnagl gerade so in den Sinn, und zwar aus einem bestimmten Grund. Hansi war nämlich noch ziemlich eingeschnappt, weil Berta seit der Ortseingangstafel-Affäre so dermaßen über ihn im ganzen Ort herzog. Sinngemäß erzählte sie über den armen Scharnagl, er sei nicht allzu intelligent und hätte das Kunstwerk an der Ortseinfahrt nicht ordnungsgemäß gestrichen, was die arme Berta quasi um ein Haar ihr Leben gekostet hätte und auch fast noch ihr Augenlicht. Bei der absoluten Reflexion der nicht richtig gestrichenen Leuchtfarbe im Ausmaß von Laserstrahlen wäre sie, die Berta, fast erblindet. Und an alldem wäre ihrer Meinung nach nur der Scharnagl schuld, und der Wiggerl und der Bürgermeister natürlich auch. Gottseidank war aber Frau Hinkhofer eine wirklich sehr gute Autofahrerin – so die Selbsteinschätzung von Berta Hinkhofer aus Unterfilzbach – und somit konnte sie sich todesmutig durch ein tollkühnes Ausweichmanöver gerade noch retten.

Diese Geschichte und die absolut subjektive Variante der Frau Hinkhofer waren in Unterfilzbach immer noch ein Thema und führten dazu, dass so mancher Mitbürger den armen Hansi belächelte. Das mochte Hansi, wie wohl jeder Mensch auf dieser Welt, überhaupt nicht und war jetzt auch mal beleidigt. Beleidigt sein war eigentlich nicht Hansis Art, aber jetzt in diesem speziellen Fall, da war er schon betroffen.

»Also Berta, da musst du schon mich fragen, denn rechtlich gesehen sind alle eingebrachten Sachen hier am Recyclinghof auch Eigentum des Recyclinghofs, und da ich heute hier der Chef bin, ist das quasi mein Eigentum sozusagen«, sprach Hansi überlegen und mit leicht spöttischem Unterton mit hochgezogener Stirn zu Berta.

Diese ja geradezu unverschämte Aussage und das zur Schau getragene Selbstbewusstsein von Hansi konnte Berta gar nicht fassen. Hansi fühlte innerlich schon den Triumph. Aber da hatte er nicht mit dem Eigensinn der Hinkhoferin gerechnet.

»Ja Scharnagl, dann schau mal her, was ich alles kann. Was soll denn hier heißen *dein* Eigentum? Da lach ich ja, hast du jetzt einen Größenwahn?«, sagte sie schnippisch und schnappte sich einen Kleidersack, zog ein Dirndl heraus und schleuderte es ihm ins Gesicht.

Hansi stand wie angewurzelt da und überlegte verzweifelt, wie er jetzt reagieren sollte. Die Leute schauten schon, weil

Bertas Stimme sehr schrill und sehr laut war. Reflexartig griff Hansi sich den Kleidersack und versuchte sie daran zu hindern, hier weiter so ein Aufsehen zu erregen. Aber ehe er sich's versah, flogen die Dirndl, die Schürzen und die Blusen gerade so durch die Gegend.

Berta schrie Hansi an: »Da schaust jetzt, gell, Hansi? Du denkst, du kannst so mit mir umgehen? Mit einer Dame wie mir? Ich zeig dich ja gleich noch mal an, diesmal wegen Amtsanmaßung.« Dabei leerte sie immer noch kontinuierlich die Kleidersäcke aus.

Hansi versuchte gleichzeitig, alles was Berta herauszog, schnell wieder in einen Sack hineinzustopfen. Dabei machte er nicht mehr die überlegene Figur, die er bei seiner Kampfansage an Berta vor zwei Minuten abgegeben hatte. Er wirkte direkt ein wenig verzweifelt.

Inzwischen hatte sich um die zwei Streithähne – beziehungsweise um den einen Streithahn und die eine Streithenne – ein Halbkreis gebildet. Acht Unterfilzbacher standen da und staunten nicht schlecht über diese skurrile Situation, die später als die »Trachtenschlacht« in die Dorfanekdoten eingehen würde.

Mit dem Dirndl-Werfen war es nicht genug. Hansi und Berta waren inzwischen zu einer anderen Disziplin übergegangen – dem »Dirndl-Tauziehen«. Die Berta war ja nicht gerade zierlich und hatte anscheinend eine Mordskraft in ihren Oberarmen, denn aus Sicht des anwesenden Publikums wirkte der Zweikampf recht ausgeglichen.

Gottseidank kam der Sepp gerade in den Recyclinghof hereingefahren und griff sofort beherzt ein. Er trennte die beiden Querulanten, ohne zu zögern. Souverän beendete er die Auseinandersetzung zwischen Hansi und Berta. Sepp war ja ein groß gewachsener, kräftiger Mann mit einer tiefen, angenehmen Stimme, der eigentlich gar nicht so unattraktiv wirkte, wenn er nicht gerade in seiner verschmutzten orangefarbenen Latzhose rumlief. In brenzligen Situationen war er sehr besonnen und mutig, dafür bewunderte Hansi ihn immer. Denn er hatte augenscheinlich nicht mal vor der Hinkhofer Berta Angst. Innerhalb von fünf Minuten hatte Sepp die Situation unter Kontrolle gebracht und der Tumult löste sich auf.

Es war schon nach 17.00 Uhr und Sepp schloss das Einfahrtstor zum Wertstoffhof, nachdem er alle Zuschauer beziehungsweise Recycler inklusive Berta und Maria zum Verlassen aufgefordert hatte.

Die zwei Spezln räumten nun in Ruhe das Chaos auf. Hansi tat dem Sepp fast ein wenig leid, er wirkte geradezu geknickt. Es hatte natürlich an Hansis Selbstbewusstsein genagt, dass Berta ihm die Schuld für ihren Unfall gab und ihn so in der Öffentlichkeit lächerlich machte. Schließlich hatte er nur seine Arbeit getan.

Berta zog eigentlich über jeden in der Umgebung her, aber bisher hatte sie Hansi immer verschont, er war ihr bisher noch nicht vors Visier gelaufen. Hansi mochte irgendwie jeder im Dorf. Es war eine ganz neue Erfahrung für ihn, auf diese negative Art und Weise zum Thema des Dorftratsches zu werden. Und jetzt auch noch diese peinliche Situation am Recyclinghof. Er überlegte gerade ernsthaft, aus Unterfilzbach wegzuziehen. Was würden seine

Frau und seine Kinder sagen? Sollte er vielleicht jetzt gleich untertauchen?

In diese Fluchtgedanken versunken, stopfte er ein Dirndl nach dem anderen in die Kleidersäcke zurück. Bis er plötzlich bei einem weiß-blau karierten Sommermodell aus Baumwolle etwas durch den Stoff hindurch in der kleinen Rocktasche fühlte.

Er durchwühlte die Taschen und fand ein braunes Notizbüchlein. Es war ein Werbegeschenk der Apotheke, ein kleiner Kalender, der in der Regel immer nur rumlag, weil man ihn nicht wirklich brauchen konnte. Besonders heutzutage, wo man ja sowieso jeden Termin in seinem Handy speicherte.

Da er dieses Heftchen im Dirndl von Sandra Wolf fand, musste es wohl auch ihr gehört haben. Er ärgerte sich ein wenig über sich und Reiner Aschenbrenner, weil sie wohl sehr dilettantisch bei der Durchsuchung der Wohnung vorgegangen waren. Künftig musste wirklich konzentrierter an seinem detektivischen Hobby gearbeitet werden.

Er würde es den Unterfilzbachern schon beweisen, dachte er sich, als er das Notizbüchlein durchblätterte und neuen Mut fasste. Da fand er sicher eine ganz heiße Spur drin, da war er sich sicher.

Nachdem die Kollegen im Recyclinghof wieder aufgeräumt hatten, schauten sie in Ruhe Seite für Seite des kleinen Kalenders ganz genau an und analysierte den Inhalt.

An manchen Tagen fanden sich rätselhafte Eintragungen in dem kleinen Büchlein. Die Einträge endeten Anfang März. Am 16. März war Sandra im Gefrierhaus tot aufgefunden worden.

Am 7. Januar war mit Kugelschreiber eingetragen:
Café Obermeier/Oberfilzbach – 14.35 Uhr – Huberbauer

Ein weiterer Eintrag stand in der Zeile für den 24. Januar:
Parkplatz am Fußballplatz – 22.15 Uhr – Ashanti

Das nächste Mal war am 4. Februar etwas notiert:
MS – Metzgerei, Parkplatz – 4.00 Uhr (4.000)

Weiter ging es am 20. Februar:
Metzgerei, Hinterhof – 23.20 Uhr – Reiner

Der letzte Eintrag war am 12. März notiert:
MS – Parkplatz KaufGut – 4.00 Uhr – (8.000)

Was sollte das alles bedeuten? Hatte die Sandra mit dem Huberbauer jetzt auch noch ein Techtelmechtel? Und auch noch mit dem Ashanti? Beide standen namentlich geheimnisvoll aufgeschrieben in diesem Büchlein, genauso wie Reiner, mit dem sie ja bekanntermaßen eine außereheliche Beziehung unterhalten hatte. Und dann waren die Einträge immer mit sehr eigenartigen Uhrzeiten versehen. Auf jeden Fall mussten alle Herren, die hier aufgeführt waren, offensichtlich etwas zu verbergen haben, denn die Uhrzeiten ließen auf etwas nicht für die Öffentlichkeit Bestimmtes schließen. Und was sollten die geheimnisvollen Einträge mit »MS« am 4. Februar und am 12. März bedeuten?

»Vielleicht hat sich die Sandra ja ein bisserl was dazuverdient? Die Maria ist bestimmt nicht die großzügigste

Arbeitgeberin. Oder was meinst du, Hansi?«, überlegte Sepp laut.

Hansi wusste nicht so recht, auf was Sepp hinauswollte. »Wie meinst du – *etwas dazuverdient?*«

»Na weißt schon, sie hat es ja anscheinend nicht so genau genommen, mit wem sie da poppt. Da könnte es doch sein, wenn sie Spaß dabei gehabt hatte, dass sie vielleicht auch mal mit dem Huberbauern oder mit dem Ashanti … Du weißt ganz genau, was ich meine, Hansi, jetzt tu nicht wieder so katholisch!«, schimpfte Sepp seinen Kollegen, der offensichtlich auf der Leitung stand.

»Ja meinst du, sie war a Schnoin?«, erschloss sich nun auch Hansi Sepps Gedankengang mit dem bayerischen Ausdruck für Prostituierte.

»Mei Scharnagl, du bist ein Schnelldenker«, spöttelte Sepp.

Hansi war da heute ein wenig empfindlich auf diesem Gebiet. »Ja ja, jetzt mach du dich auch noch lustig über mich. Ich dachte, wenigstens auf dich kann ich mich verlassen.«

»Mei Hansi, jetzt sei halt nicht so empfindlich. Hast deine Tage oder was? Lass uns lieber überlegen, was das alles zu bedeuten hat. Also ich finde, das könnte doch durchaus sein. Du hast doch selber erzählt, dass die Sandra den ganzen Schrank voll heißer Unterwäsche gehabt hat und sogar einen Vibrator. Das würde doch auch dazu passen. Und einer der Herren wird sie vielleicht umgebracht haben, weil es dann seine jeweilige Frau erfahren hätte. Oder so in der Art. Meinst nicht, Hansi?«

»Also warum soll jetzt zum Beispiel der Ashanti damit ein Problem gehabt haben? Der hat ja nicht mal eine Frau.

Obwohl, der Huberbauer …? Also seine Traudl, die würde ihm schon was erzählen. Da hätte ich schon auch ein wenig Angst. Hast du schon mal gesehen, was die Traudl für riesige Hände hat?«

Nach kurzem intensiven und stummen Überlegen revidierte Hansi seine Zustimmung zu dem Verdacht jedoch wieder. »Aber umbringen? Wegen ein wenig Sex mit der Sandra? Nein, Sepp, das glaub ich jetzt nicht ganz. Das passt irgendwie nicht.«

Aber beide Spezln spürten ganz deutlich, dass sie der Lösung wieder einen Schritt nähergekommen waren. Die Spuren wurden heißer. Und die zwei waren hochmotiviert, das alles nun recht bald aufzuklären.

KAPITEL 9

Schokobraun Nr. 0478

Der nächste Morgen nach der »Trachtenschlacht« im Recyclinghof war Gottseidank ein Samstag. Hansi war froh, heute frei zu haben. Auf den Hohn und Spott seiner Kollegen und dem Rest aus Unterfilzbach konnte er gerne auch bis Montag warten. Insgeheim hoffte er aber, dass es vielleicht gar nicht so schlimm werden würde. Doch nachdem ihn schon so viele Leute wegen Bertas Unfall mit dem Kastanienbaum – angeblich ausgelöst durch das von Hansi frisch gestrichene, leuchtende Kunstwerk – angesprochen hatten und sich darüber augenscheinlich auch amüsieren konnten, war ihm schon sehr bewusst, dass dieser gestrige Vorfall im Recyclinghof nicht ohne Folgen im Dorftratsch bleiben würde.

Zumindest hatte er jetzt die Gelegenheit, es seiner Familie selber zu erzählen. *So schnell wird die Gerüchteküche in Unterfilzbach schon nicht kochen,* hoffte er.

Einem lautstarken Sommergewitter in der Nacht folgte Dauerregen am Morgen. Aber es war die letzten Tage tropisch heiß gewesen. Der Wald, die Pflanzen und die Wiesen waren schon sehr vertrocknet, da war eine kleine Regenphase recht willkommen.

Bettina und Hansi beschlossen nach dem Blick aus dem Fenster, einfach ein wenig länger im Bett zu bleiben. Isabelle war am Samstagvormittag meistens im Friseur Stüberl,

Hansi junior war in der Regel bei der »Nachbarschaftshilfe« – oder wie man auch sagen könnte: Schwarzarbeit – und Indira gab der Nachbarstochter heute Nachhilfe in Mathe. Also hatten die Scharnagls sturmfrei!

Das musste natürlich ausgenutzt werden, denn dieses Kamasutra muss ja schließlich auch geübt werden. Ashanti sagte auch immer: »Üben, üben, üben, damit alles schön geschmeidig wird.« Leider befürchtete Hansi, dass Bettina nach der Offenbarung der »Trachtenschlacht« vielleicht auch längere Zeit einmal keine Lust hatte, sich an ihren Bärle kamasutrisch anzuschmiegen.

Gegen Mittag war dann die sturmfreie Zweisamkeit wieder vorbei. Lautstark wie immer fielen die drei Scharnagl-Nachkömmlinge im Haus ein. Somit war an Kamasutra-Kuscheln nicht mehr zu denken. Hansi und Bettina blieb somit nichts anderes übrig, als aufzustehen und sich in die Küche zu begeben. Hunger hatten sie nun auch langsam, genügend Kalorien hatten sie jedenfalls verbrannt.

Isabelle, Indira und Hansi junior hatten sich schon an den Küchentisch gesetzt und empfingen ihre Mutter wie immer mit der Frage nach dem heutigen Speiseplan. Essen besaß irgendwie erste Priorität bei allen Scharnagls.

»Mama, sag bloß, du hast nix gekocht?«, empörte sich Hansi junior gleich mit einem Blick auf die leeren Herdplatten.

»Nein, meine Süßen, ich bin noch nicht dazu gekommen«, flötete sie, sichtlich in guter Laune, ihre Kinder an. »Aber wir können ja einfach Brotzeit machen oder brunchen. Ist ja auch schön, so wie früher. Ich hab noch ein paar frische vegane Brotaufstriche von gestern Abend im Kühlschrank. Und ein Roter Quinoasalat ist auch noch da. Ich sag's euch, der Kochkurs ist super. Dieser Volker mit seiner veganen Vitalküche ist ein wahrer Künstler. Was man da alles machen kann. So lecker! Ein Grünkern-Rote-Beete-Brot ist auch noch da. Das ist total saftig«, schwärmte Bettina.

Sie strahlte dabei über das ganze Gesicht und fing sogleich an, alles Mögliche aus dem Kühlschrank zu räumen und vor ihren Kindern am Esstisch aufzubauen. Wie üblich stießen aber die gesunden Speisevorschläge ihrer Mutter bei den Kindern nicht auf Begeisterung. Geradezu schockiert sahen Hansi, Indira und Isa ihre Mutter an. Sogar Isabelle wollte heute wieder einmal was »Gescheites« zum Essen. Isa drehte sich zu ihrem Bruder und ignorierte Mamas Offerten einfach.

»Hansi, meinst du, der Hakan hat offen? Wenn wir uns vielleicht einen Döner holen? Oder vielleicht einen Burger?«

»Mensch Leute, seid doch mal ein wenig experimentierfreudig. Wenn sich die Mama schon so eine Mühe macht. Schadet euch ja nicht, wenn ihr mal kein Fast Food esst. In einem Burger sind 970 Milligramm Natriumsalz. Das kann eigentlich eine Niere fast gar nicht verarbeiten. Dadurch steigt der Blutdruck und der Körper dehydriert. Außerdem wird man fett und das willst du doch eigentlich nicht, Isa, oder? Aber wenn ich mir deinen Arsch so anschaue, dann muss ich sagen, du hast dein Vorbild, diese Kim Kardashian, bald eingeholt«, ergriff Indira deutlich Partei für ihre Mutter.

Eigentlich mochte sie die experimentelle Küche von ihrer Mutter auch nicht. Aber Bettina tat Indira leid, weil sie sich so freute, dass endlich einmal die ganze Familie wieder geschlossen an einem Tisch versammelt war. Dafür nahm sie sogar in Kauf, ein Grünkern-Rote-Beete-Brot essen zu müssen.

Isabelle schickte Indira sofort tötende Blicke und wollte gerade zum Schwestern-Zickenkampf Luft holen, als Hansi pfeifend zur Tür hereinkam.

»Ich war gestern Abend noch beim Aschenbrenner. Ich habe ein paar ganz frische Sülzen mitgenommen. Mag jemand eine?«, fragte das Familienoberhaupt in die Runde, ohne die vorherige Essensdiskussion mitbekommen zu haben.

»JA, ICH, Papa!«, riefen alle seine Kinder gleichzeitig im Chor.

Hansi freute sich, dass sein Vorschlag so gut ankam, und setzte noch einen drauf: »Ich mach uns noch ein paar frische Bratkartoffeln dazu.«

Sogleich stellte er die große Pfanne auf den Herd. Bettina war ziemlich enttäuscht und musste sich eingestehen, dass sie wohl als einzige in der Familie der gesunden veganen Vollwertküche zugetan war. Mit beleidigter Miene schnitt sie – in Gottes Namen dann nur für sich alleine – das frische Grünkern-Rote-Beete-Brot auf.

Schließlich und endlich saß dann die gesamte hungrige Scharnagl-Sippe vor vollen Tellern um den Tisch. Während jeder genüsslich in sich hineinschaufelte, überlegte Hansi angestrengt, wie er nun die gestrigen Ereignisse vom Recyclinghof seiner Familie beibringen könnte.

»Du Papa, weißt du, was die Leute heute im Salon erzählt haben?«, platzte Isa in Hansis Gedanken und musste gleich nach der soeben gestellten Frage grinsen.

Verdammter Mist, jetzt ist es schon weitergetratscht worden, dachte Hansi und spürte dabei, wie er augenblicklich rot im Gesicht wurde.

»Du hättest gestern mit der alten Hinkhoferin am Recyclinghof geschlägert«, sprach Isa und verfiel sofort in grölendes Gelächter.

»Ach geh, Isa, man muss ja auch nicht immer gleich alles glauben, was die Leute so erzählen. Hast deinen Papa schon verteidigt, oder?«, tat Bettina dieses angebliche Gerücht gleich als unwahr ab.

»Ähm, Bettina … also, es ist jetzt nicht ganz so, dass die Geschichte eine reine Erfindung wäre«, stotterte Hansi kleinlaut und mit tomatenroter Gesichtsfarbe in seine Bratkartoffeln hinein.

»Wie meinst jetzt das, Bärle?«, wendete sich Bettina zu ihrem Gatten und legte ihr Besteck beiseite.

»Na ja, also ich hatte mich da nicht mehr so unter Kontrolle gestern. Also die Hinkhoferin hat mich dermaßen provoziert. Aber so dramatisch, wie die Leute jetzt wieder sagen, war es sicher nicht«, stammelte Hansi, immer noch mit gesenktem Kopf, in Richtung seines Tellers. Aber die restlichen Scharnagls wollten das jetzt schon genauer wissen.

»Auf der Baustelle haben sie auch darüber geredet. Die Berta und du, ihr hättet euch mit Dirndln beworfen?«, beteiligte sich Hansi junior am Gespräch, nicht ohne seinen Vater süffisant anzugrinsen.

»Bärle!!!«, entfuhr es Bettina etwas lauter, als sie eigentlich wollte.

»Na mei, was soll ich denn machen? Ihr kennt ja die Hinkhoferin. Die ist so eine alte Stichlerin. Da bin ich halt auch mal grantig geworden. Es hat mir ja die letzten Tage schon so gestunken, dass sie überall rumtratscht, ich sei schuld, dass sie an den Kastanienbaum gefahren ist. Weil angeblich die Ortseingangstafel so geblendet hat. Die blöde Kuh, die blöde.«

Hansi hatte dabei einen geradezu zickigen Gesichtsausdruck angenommen, wie es normalerweise im Hause Scharnagl nur seinen beiden Töchtern zustand.

»Aber trotzdem, Bärle. Da muss man sich ja schon ein wenig zusammenreißen. Warum hast du denn nicht tief in den Bauch geatmet? So wie wir das geübt haben«, echauffierte sich Frau Scharnagl über die gestrigen Aktivitäten ihres Mannes.

»Aber Bettina, hör mir doch mal zu! *Sie* war ja schuld. Die Berta hat alle Dirndl quer über den Recyclinghof verteilt, weil ich ihr keins geben wollte. Ich habe lediglich meine Arbeit getan und habe sie wieder eingesammelt«, versuchte sich Hansi zu verteidigen.

»Von welchen Dirndln redest du eigentlich, Hansi?«, musste sich Bettina erst einmal den ganzen Sachverhalt zurechtlegen.

»Die Maria hat wohl die Wohnung von der Wolf Sandra ausgeräumt und hat halt die ganze Kleidung zum Altkleidercontainer gebracht. Und die Hinkhoferin wollte das Zeug haben, aber ich hab's ihr eben nicht gegeben. Weil ich halt einfach nicht wollte«, sagte Hansi beleidigt.

»Und warum habt ihr dann beide mit einem Dirndl Tauziehen gespielt?«, mischte sich nun auch noch Indira ein. »Der Postbote hat mich das heute Morgen gefragt«, setzte das Scharnagl-Nesthäkchen noch eines drauf.

Hansi atmete tief durch, gaaaaanz tief; so wie er es mit Bettina geübt hatte, wenn er sich grundlos aufregte. Und gerade jetzt in diesem Moment spürte er die Wut im Bauch wieder hochsteigen. Sein Herz fing an zu rasen. Schweißperlen bildeten sich auf seiner Stirn.

Bettina meinte, das wäre nicht gut für sein Herz und seinen Blutdruck, wenn er sich immer so in seinen Zorn hineinsteigerte. Außerdem würde da das Chakra leiden, wobei Hansi immer noch nicht klar war, was das Chakra eigentlich sein sollte. Deshalb hatte Bettina ihn gezwungen, Atemübungen mit ihr zu machen. Um für den Fall der Fälle, wenn Wiggerl ihren Hansi wieder mal zur Weißglut trieb, gerüstet zu sein.

Hansi schloss die Augen und atmete so viel Luft ein, dass er das Gefühl hatte, er würde gleich platzen. Dann hielt er die Luft an. Alle vier Augenpaare in der Küche waren auf ihn gerichtet. Sogar Hansis drei Sprösslinge hielten solidarisch die Luft an.

Bettina ermutigte Hansi: »Schön, Bärle, tiefe Bauchatmung. Ganz tief in dein Hals-Chakra atmen. Spürst du die Ruhe?«

Mit einem lauten Pfeifton stieß Hansi die gesamte Luft seiner Lungen wieder aus – und siehe da, er fühlte sich doch deutlich entspannter.

Nun erzählte Hansi ganz in Ruhe, wie die wohl bald schon legendäre »Trachtenschlacht« denn so vonstattengegangen war. Ob dies objektiv geschildert war, war dann so eine Ansichtssache, aber die Berta war schon wirklich eine sehr provokante Persönlichkeit, da konnte einem der arme Hansi wirklich leidtun.

Nachdem die familiäre Aufklärung bezüglich der »Trachtenschlacht« dann soweit stattgefunden hatte, gab es aber auch aus Karins Friseur Stüberl einiges zu berichten. Denn Maria Aschenbrenner war heute Vormittag Isabelles Kundin im Salon gewesen und hatte das volle Programm – Waschen, Schneiden, Farbe, Augenbrauen, Wimpern – gebucht. Einem zünftigen Tratsch ist man als Friseurin von Berufs wegen schon nicht ganz abgeneigt, und so ein kleines Drama hatte sich heute auch bei Isabelle abgespielt.

Wenn man als Friseurin seine Kundschaft so vor sich sitzen hatte, bot sich manchmal eine super Gelegenheit, gewissen Gerüchten, die einen persönlich auch recht brennend interessierten, auf den Grund zu gehen. Und da ja die Sandra Wolf und ihre vielfältigen Männerbekanntschaften in Unterfilzbach immer noch heiß diskutiert wurden, ging Isa der Sache einfach einmal knallhart auf den Grund.

»Die Sandra hat es ja schon ziemlich bunt getrieben, was man da so gehört hat. Haben Sie da was mitbekommen, Frau Aschenbrenner?«, fragte Isabelle ihre Kundin vor ihr auf dem Stuhl, während sie ihr den graumelierten Haaransatz mit der Farbnuance Schokobraun Nr. 0478 einstrich.

Maria Aschenbrenner war eigentlich eine durchaus hübsche Frau. Sie hatte aber wohl im Laufe der Zeit das Strahlen in ihren Augen verloren. Maria wirkte verbittert. Vielleicht lag es an der Arbeit in der Metzgerei oder auch an ihrer Ehe, die wohl nicht mehr so harmonisch war, wie sie sein sollte. Manchmal verändert das Leben Menschen.

Nachdem Maria die Frage von Isabelle erst einmal registriert hatte, wusste sie im ersten Moment überhaupt nicht, wie sie sich verhalten sollte. Unsicher rutschte sie auf ihrem Friseurstuhl hin und her und versuchte angestrengt zu überlegen, wie sie nun am souveränsten reagieren könnte. Offensichtlich geschauspielert begann sie eine Lobeshymne auf Sandra anzustimmen.

»Mei, die Sandra war eine ganz ehrliche Haut. So fleißig und so zuverlässig. Das sind doch alles nur Gerüchte. Wenn jemand so tragisch und unglücklich sterben muss, ist es schon ein Unding, dass man der armen Seele ihren Frieden nicht lässt.«

Nun wusste Isabelle wiederum nicht so ganz, wie sie darauf reagieren sollte. Denn das war ja jetzt nicht wirklich eine Antwort auf ihre Frage.

»Ja freilich, ich hab die Sandra ja auch gerne gemocht. Sie war schon ein Unikat. Und die Witze fehlen mir schon sehr. Da hat man sich direkt drauf gefreut, wenn ich donnerstags in der Mittagspause Lüngerl für unser Team bei euch geholt habe. Aber das meinte ich gar nicht. Stimmt das jetzt, dass sie mit so vielen Männern was gehabt hat? Der Schaller Markus ist da ja sehr im Gespräch, sagen die Leute«, tat Isabelle recht unschuldig, obwohl sie gerade diese Seite an Sandra schon sehr interessierte.

Nun musste Maria doch direkt auf die Frage antworten, denn jetzt konnte sie fast nicht mehr ausweichen.

»Mei, die Leute reden ja viel, ich kann mir das nicht vorstellen. Sie hatte zwar ein großes Mundwerk, aber ansonsten war die Sandra schon eine anständige Frau.«

Am Nebenstuhl bekam gerade die Straubmeier Franziska alias die ledige Fannerl ihre Dauerwellenwickler auf Wunsch nur von Karin, der Chefin höchstselbst, eingedreht. Obwohl die ledige Fannerl mit ihren 86 Jahren ja oftmals nicht mehr alles so gut hörte, entgingen ihr komischerweise die wichtigen Fakten – oder das, was man in der Klatsch- und Tratschszene von Unterfilzbach halt dafür hielt – niemals. Natürlich hatte die Fannerl aufmerksam der vorangegangenen Konversation zwischen Maria und Isabelle gelauscht.

»Ach, hören Sie doch auf, Frau Aschenbrenner, das war doch ein offenes Geheimnis, dass die Sandra Wolf ein rechtes Flitscherl war, ein recht schlampiges«, ließ sich die Fannerl über die verstorbene Mitarbeiterin der Metzgerei Aschenbrenner aus.

Maria wurde mit dieser Konfrontation von ihrer Sitznachbarin nur schwer fertig und wurde sichtlich immer nervöser. Aber damit nicht genug, die gute Fannerl setzte noch einen drauf.

»Also wissen Sie, Frau Aschenbrenner, die Sandra war doch das Gspusi von ihrem Mann, haben Sie das nicht gewusst? Das wusste im Dorf jeder. Seien Sie doch froh, dass sie tot ist. Das wäre ja schon peinlich für Sie gewesen, wenn der Reiner Sie verlassen hätte, für so eine wie die Sandra.«

RUMS! Diese Aussage war wie eine kleine Explosion inmitten von Karins Friseur Stüberl. Isabelle war von derartiger Direktheit fast überwältigt und traute sich gar nicht mehr zu atmen.

Maria wurde kreidebleich und stand wie in Trance aus ihrem Stuhl auf und verließ mit starrem Blick das Haarstudio. Sie griff noch kurz nach ihrer Handtasche und ging durch die Tür, mitsamt Friseurumhang und halb eingestrichenem Haaransatz in Schokobraun Nr. 0478.

Isa starrte ihr mit offenem Mund und dem Farbpinsel in der Hand nach. Die Fannerl nahm den überraschenden Abgang recht gelassen und widmete sich dann wieder ihrer Lektüre über das holländische Königshaus und deren Eheprobleme in der investigativen Zeitschrift »Frau von Welt«.

Isabelle tat die Maria sehr leid, das war jetzt nicht gerade ein feiner Zug von der Fannerl gewesen, schon ziemlich taktlos, fand sie. Aber manchmal wurde einem dann auch direkt wieder bewusst, warum die ledige Fannerl auch mit 86 Jahren noch ledig war.

Die Familie Scharnagl war natürlich gleich wieder inmitten der Diskussion über den Vorfall, nachdem Isa ihren Bericht abgeschlossen hatte.

»Das ist aber schon komisch, dass die Maria so gut über die Sandra spricht. Ich würd da schon toben, wenn du so ein Flitscherl nebenbei gehabt hättest«, stellte Bettina klar. »Aber vielleicht will sie einfach, dass das Gerede aufhört. Das ist ja auch nicht schön, wenn das jeder weiß, dass ihr Mann sie beschissen hat. Da tut sie mir schon leid. Da zerreißen sich die Leute gleich immer die Mäuler, wenn es einem schlecht geht. Das ist ja wieder mal typisch«, vollendete sie ihre Gedanken.

»Also wenn ihr mich fragt, dann hätte die Aschenbrenner ein ziemlich eindeutiges Motiv. Betrug, finanzielle Ängste, Demütigung. Da ist es ja eigentlich naheliegend, dass sie jetzt den Verdacht von sich lenken will, wenn sie die Sandra wirklich selber eingefroren hätte. Ist ja klar. Überlegt's halt mal, Leute«, sprach Indira, wie immer staubtrocken.

Ja, stimmt eigentlich, dachte sich Hansi und überlegte sogleich, welche sonstigen Anhaltspunkte noch für Maria als Täterin sprechen würden. Und ja, das Büchlein aus Sandras Dirndl, das gab es ja auch noch! Stand da etwas drin, was irgendwie in Verbindung mit Maria Aschenbrenner gebracht werden konnte?

Etwas später am Nachmittag klingelte das Telefon.

»Scharnagl«, nahm Bettina den Hörer ab.

»Grüß dich, Bettina, da ist Maria Aschenbrenner. Ist die Isabelle zufällig daheim? Könnte ich sie vielleicht kurz sprechen?«, fragte die Metzgereibesitzerin am anderen Ende der Leitung.

»Mei Maria, des tut mir leid, aber die ist jetzt grad zur Tür raus. Sie ist schon wieder mal von einem jungen Mann abgeholt worden. Aber sie kommt sicher bald wieder, weil sie mir noch die Haare schneiden wollte. Wäre es was Dringendes?«, erkundigte sich Bettina ein klein wenig scheinheilig.

»Na ja, ein bisserl dringend wäre es schon. Würde es dir was ausmachen, wenn ich kurz vorbeikäme und auf sie warte?« Man konnte förmlich hören, dass die Maria immer noch recht niedergeschlagen war.

Bettina war zwar eigentlich nicht diejenige, die sich großartig am Klatsch und Tratsch beteiligte, aber Maria tat ihr jetzt schon leid und ein klein wenig neugierig war sie doch auch geworden.

»Freilich Maria, komm vorbei. Dann trinken wir einen schönen Chai-Tee miteinander«, sprach sie somit eine direkte Einladung aus.

»Ja sehr gerne, Bettina. Aber wenn du eine Tasse Kaffee auch hättest? Wär mir lieber«, freute sich Maria am anderen Apparat.

Keine fünfzehn Minuten später stand Maria Aschenbrenner dann in der Scharnagl'schen Küche. Sie hatte ein Kopftuch umgebunden und wirkte traurig. Maria erzählte Bettina die Geschichte vom heutigen Vorfall im Friseursalon nochmals und beschönigte wohl auch nichts, was man ja in solchen Situationen eigentlich recht gerne tat. Etwas peinlich berührt fügte Maria dann hinzu: »Mei Bettina, ich hab ja da überhaupt nicht mehr überlegt. Ich musste einfach nur noch raus aus dem Geschäft. Nur noch weg. Ich hab überhaupt keine Luft mehr bekommen. Manche Leute finden persönliche Schicksale wohl wirklich gut, wenn es andere betrifft. Und daheim schau ich in den Spiegel und sehe, dass ich noch die halbe Haarfarbe auf dem Kopf hab. Und auf der anderen Seite eben immer noch grau bin. Jetzt dachte ich, die Isabelle könnte mir ein wenig aushelfen.«

»Freilich Maria, das macht sie bestimmt«, sagte Bettina und stand zeitgleich vom Tisch auf.

»Weißt was? Wir zwei, wir machen uns jetzt ein Flascherl Sekt auf. Nach so einem blöden Tag, da darf man das schon mal«, sprach sie und ließ kurz danach den Korken knallen.

Mit jedem Glas Sekt verstanden sich die zwei Frauen immer besser. Bettina stellte fest, dass Maria gar nicht die eiskalte Geschäftsfrau war, für die sie alle in Unterfilzbach hielten. Sie hatte halt im Laufe der Zeit einiges an Lebensfreude eingebüßt. Aber so wie sie Maria am heutigen Nachmittag erlebte, war sie richtig sympathisch, sogar direkt lustig.

Sie lachten und redeten viel, dabei verging der Nachmittag beim Verzehr von zwei Flaschen Sekt wie im Flug. Irgendwann gegen frühen Abend kam dann Isabelle heim und fand das kichernde Frauenduo in der Küche vor.

»Ja Frau Aschenbrenner, Sie hier? An Sie hab ich heute schon ein paar Mal gedacht«, sagte die Heimkehrerin überrascht, als sie bemerkte, dass die beiden wohl ein wenig angetrunken waren. Demonstrativ hielt sie eine leere Flasche Sekt hoch und sah ihre Mutter dabei mahnend an.

»Isabelle, bitte entschuldige, aber ich habe heute Vormittag total überreagiert und nun habe ich einen zweifarbigen Kopf. Meinst du, du könntest die Farbe noch schnell richten?«, fragte Maria höflich, konnte sich aber nicht lange zusammenreißen und kicherte sogleich wieder wie ein Teenager. Dabei hatte sie ein Glas in der einen und die Flasche in der anderen Hand. »Magst auch ein Glaserl mit uns trinken? So gut wie heute ging's mir schon lange nimmer, laaaaang nimmer.« Maria kicherte und prostete Isabelle zu.

Isabelle ließ sich nicht lange überreden, nahm sich ein Glas aus dem Küchenschrank und öffnete noch eine neue Flasche. Nach einem kräftigen Schluck holte sie ihre große Friseurinnentasche, die eher aussah, als wenn sie zu einem medizinischen Notfall als Landärztin gerufen worden wäre – und so etwas ähnliches wie ein Notfall war das ja gerade auch – und schwuppdiwupp war die Küche im Hause Scharnagl zum Friseursalon umfunktioniert.

»Ich sag es ja immer, eine Friseuse ist so was wie ein Frauenarzt. Da muss das Vertrauensverhältnis stimmen, gell, meine süße kleine Isa?«, gluckste Maria immer angetrunkener.

»*Hair Artist* bitte, Frau Aschenbrenner, *Hair Artist!*«, sagte Isabelle streng.

»Oh, pardon, Fräulein Isabelle – hicks.«

Und so ging der späte Nachmittag in eine gesellige Abendrunde über. Maria und Bettina bekamen die Haare schön gemacht, wobei am nächsten Tag die schönen Haare wahrscheinlich auch den Kopfschmerz nicht vertreiben konnten, und hatten mit Isabelle eine Menge Spaß.

Als Hansi gegen Mitternacht von der Feuerwehrübung nach Hause kam und die lustige Mädelsrunde mit durchschnittlich zwei Promille und 120 Dezibel pro Frau in seiner Küche vorfand, trank er erst mal eine Feierabend-Halbe mit. Was sollte er auch sonst tun? Später blieb ihm dann allerdings nichts anderes übrig, als die drei Damen jeweils in ihr Bett zu bringen, denn Bettina war tatsächlich auf dem Küchentisch eingeschlafen und Isabelle wirkte auch nicht mehr topfit. Einzig Maria war nicht zu bremsen. Die beiden noch wachen Grazien hatten jedoch ihre deutliche Aussprache sowie auch ihre grazilen Bewegungsabläufe verloren.

Hansi manövrierte also seine Frau und seine Tochter in die jeweiligen Ruhegemächer. Das war dermaßen anstrengend, da war der Winter damals, als er nur per Hand Schnee geschaufelt hatte, nix dagegen. Schweißgebadet kam er zurück in die Küche – und da sah er die Bescherung!

Maria waren die circa zwei Flaschen Sekt, die in etwa ihrem alleinigen Konsum entsprachen, dann doch etwas zu viel geworden und sie hatte sich in der Küche übergeben. Das war für Hansi das Schlimmste. Uhhhaaaaa!!! Da grauste es ihm ja gewaltig. Er konnte die Küche ab sofort nicht mehr betreten. Alleine der Geruch! Und dazu das Würgegeräusch! Es stellte ihm sämtliche Haare auf. Da war er wirklich zart besaitet. Er konnte auch damals bei seinen Kindern keine Windeln wechseln, geschweige denn Erbrochenes verräumen. Wie gut, dass er seine Bettina hatte. Bettinaaa!!! Da wurde ihm bewusst, dass ihm seine Frau jetzt gerade auch nicht helfen konnte.

Panisch und in Not musste er dann tun, was ein Mann tun muss – er rief seinen Freund Sepp an.

Sepp kam nach zehn Minuten gleich angebraust, wischte den Küchenboden auf und Marias Gesicht ab. Gemeinsam mit Hansi trug er die arme Maria, die sich mit Händen und Füßen wehrte, ins Auto und übergab sie dann an der Aschenbrenner-Haustür ihrem Ehemann. Reiner war sehr überrascht über den unerwarteten Besuch, anscheinend hatte er seine Ehefrau noch nicht mal vermisst.

Sepp brachte anschließend auch noch den total erschöpften Hansi heim in sein Bett und fuhr schließlich in sein eigenes Haus, in dem ihn lediglich sein Kater Willi erwartete.

KAPITEL 10

Rüscherl

In vermutlich allen Dörfern Bayerns und wahrscheinlich auch im Rest der Welt wurde der gesellschaftliche Jahreshöhepunkt erreicht, wenn das jeweilige Dorf sein Volksfest abhielt. Und jedes Dorf ab hundert Einwohnern hatte eines – das war so sicher wie das Amen in der Kirche. In Bayern war sowieso grundsätzlich alles, an dem zwei Biertische samt Bänken beteiligt waren, ein Volksfest. Halt ein kleines, aber es war eines.

Jedes Dorf hatte aber auch ein besonderes Fest, in dem die Heimatverbundenheit und das Zusammengehörigkeitsgefühl ihre emotionale Spitze des Jahreszyklus erreichten. Egal wo die jungen Leute das ganze Jahr über arbeiteten, studierten oder sich ausbilden ließen – zum Volksfest wurde »heimgefahren«. Das war fast noch wichtiger als Weihnachten. Denn eines war ganz sicher: Wenn man zum Volksfest »heimfuhr«, dann traf man alle, die man das ganze Jahr über nicht sah, weil ja dann genau auch alle anderen »heimfuhren«.

Selbstverständlich gab es so ein besonderes Volksfest auch in Unterfilzbach - das »Filzer Goldfest«. In Erinnerung an die Goldgräberzeit, als vermutlich auch aus einem einzigen Filzbach ein Unter- und ein Oberfilzbach wurden. Irgendeinen Grund hat wohl jedes Dorf gefunden, der nun, Hunderte Jahre später, immer noch historisch gebührend gefeiert werden konnte.

Eigentlich war es gar kein so besonderes Fest. Es gab ein Bierzelt, ein Kettenkarussell, Autoscooter, einen Schießstand, ein Kinderkarussell, eine Schiffschaukel, einen Süßwarenstand, einen Fischstand und natürlich eine Losbude mit sehr »hochwertigem« Spielzeug, was die Unterfilzbacher Kinder zu ungekanntem Ehrgeiz anspornte, um über die fünf Festtage hinweg die nötigen Punkte für die freie Auswahl zu erhalten. Am Ende kostete dann einer dieser begehrenswerten Unterhaltungsartikel unterm Strich wahrscheinlich 95,00 Euro und hatte den Warenwert von 1,20 Euro, aber er war hart ersammelt, und darauf kam es ja schließlich an.

Also alles in allem nicht so spektakulär – außer man war Unterfilzbacher. Denn dann erfüllte es einen wie mit einem Zauber, sobald man den Volksfestduft roch und das Gelände betrat. Schon von Kindesbeinen an besuchte man dieses Volksfest, hier war man zum allerersten Mal mit einem Karussell gefahren, hier hatte man vielleicht zum ersten Mal hinterm Bierzelt geschmust und hier hatte man vielleicht auch seinen ersten richtigen Rausch gehabt. Das waren Erlebnisse, die prägten ein ganzes Leben.

Alle fünf Scharnagls waren waschechte Unterfilzbacher. Man konnte erahnen, wie sehr sie sich schon seit Tagen freuten, dass das Filzer Goldfest vor der Tür stand. Es war Anfang August und in der Volksfestsaison waren die Unterfilzbacher mit ihrem Fest fast die Letzten in der Umgebung, aber Hansi wusste ja: Das Beste kommt immer zum Schluss.

Eine gewisse Aufregung und Vorfreude lag im ganzen Ort in der Luft. Jeder verabredete sich mit jedem und man konnte an einer Hand die Volksfestmuffel abzählen, die lieber daheimblieben. Die jungen Mädels zogen ihre kürzesten Dirndl an und auch die Burschen holten aus sich heraus, was ging.

Nachdem sich Bettina und Maria vor einigen Tagen in der Scharnagl-Küche irgendwie zufällig betrunken hatten und sich seitdem recht gut verstanden, entwickelten sich zarte Bande einer Frauenfreundschaft. Da war es klar, dass sie sich heute auch für den ersten Volksfesttag verabredeten. Die Frage, ob Reiner auch mit zum Volksfest ginge, wurde irgendwie nicht gestellt, es schien fast, als ob das Ehepaar Aschenbrenner jeder für sich sein eigenes Leben lebte. So richtig nachfragen wollte Bettina auch noch nicht, vielleicht ergab es sich irgendwann einmal und sie sprachen über die Aschenbrenner-Ehe.

Es trafen sich also Bettina mit Maria und Hansi natürlich mit Sepp vor dem Eingang zum Fest.

Ein Phänomen, das wohl in jedem Dorf-Bierzelt gleich war, war der erste analytische Rundumblick in die Menge, gleich beim Betreten des Zeltes. Vom Zelteingang aus wurde nach den besten Plätzen Ausschau gehalten. Nicht zu nah bei der Musik – weil zu laut. Nicht zu nah an den Toilettenausgängen – weil zu viel Gestank. Aber nah bei den Essensständen – weil man ja an der Quelle sitzen wollte. Und am wichtigsten: der Platz mit der besten Gesellschaft. Wenn die Gesellschaft nicht passte, dann war der Abend schon gelaufen. Dann kam die Volksfeststimmung gar nicht erst in Schwung.

Am heutigen Tag lief es für das Quartett nicht gerade optimal, da das Festzelt bereits sehr gut besucht war, das hieß, man musste froh sein, überhaupt noch einen Platz für vier an einem Tisch zu bekommen. Das hieß dann auch, man musste nehmen, was noch frei war.

Es stellte sich heraus, dass die letzten verfügbaren Plätze wohl die am Tisch von Ashanti und Elvira waren. Elvira winkte Bettina schon ganz aufgeregt zu.

»Schau Hansi, bei Elvira und Ashanti ist noch ein Platz für uns vier«, säuselte sie ihrem Mann ins Ohr.

»Bettina, bitte! Muss das sein?« Hansi schien wenig begeistert.

»Bärle, das wird sonst schwierig, schau dich mal um«, stellte Bettina realistisch klar.

Und so setzte sich das Quartett zur Apothekerwitwe und ihrem – ähm, so recht wusste man eigentlich immer noch nicht, in welcher Beziehung die beiden zueinander standen – also, zu ihrem Guru Ashanti. Das Tischgespräch entwickelte sich recht schleppend, was aber vielleicht auch der Lautstärke im Zelt geschuldet war. Es war schwierig, miteinander zu reden, ohne sich dabei anzuschreien.

Hansi hatte es schon befürchtet: Ashanti fing wieder an, seine Weisheiten kundzutun. Hansi hatte ja nichts gegen Esoterik, er war eigentlich wirklich tolerant, aber wenn jemand immer und immer wieder seinen belehrenden, besserwisserischen Senf dazugeben musste und dann noch so ein komisch aufgeblasener Typ wie dieser Ashanti war, dann stieß selbst er mit seinem Liberalismus an seine Grenzen.

Hansi freute sich schon den ganzen Tag auf eine knusprige Schweinshaxe. Der Festwirt Thomas Waigl bot wirklich eine gute Küche an. Nix gegen die Aschenbrenner-Haxen, aber am Filzer Goldfest schmeckte die Schweinshaxe irgendwie am besten. Er schnitt gerade die saftige Kruste an und wollte seine Gabel mit der duftend krossen Schwarte in den Mund schieben, da wendete sich ihm Ashanti zu.

»Hansi, du solltest auch mal in meinen Kurs zur Lichtnahrung gehen. Denn wenn du dich weiterhin so ernährst, wird dein Körper vielleicht langfristig nicht gut auf diese einseitige Zusammensetzung deines Speiseplans reagieren. Und ich glaube, das Thema Lichtnahrung ist genau richtig für dich. Beim Kurs werden deine Kanäle für die Lichtnahrung geöffnet und gereinigt und dein Energiesystem wird für die Aufnahme von der universellen Energie als Nahrung neu programmiert. Alle alten Muster, Verstrickungen und Ängste, die mit dem Thema Nahrung in Verbindung stehen, werden transformiert.«

So, jetzt hatte es der Ashanti mit nur wenigen Sätzen geschafft. Der ganze Hunger war ihm fast vergangen. Warum konnte der nicht einfach mal sein Maul halten? Hansi überlegte, ob er es einfach überhören oder doch antworten sollte. Er versuchte es noch mal, ob der Hunger auf die Schweinshaxe vielleicht doch noch da war – mit vollem Mund konnte man eh nicht reden – und schnitt sich vom Semmelknödel ein großes Stück ab. Ja doch, stellte Hansi Gottseidank fest, es schmeckte trotz Ashantis Lichtnahrungs-Blabla immer noch. Aber er hatte sich zu früh gefreut.

»Ich würde dir auch zwanzig Prozent von der Kursgebühr nachlassen. Sagen wir 300,00 Euro? Weil du es bist. Du wirst sehen, es geht dir gleich besser nach diesem Wochenende. Deine Aura wirkt eh schon ein wenig angeschlagen. Ich tippe auf zu viel Cholesterin, das kann ich an deiner Aurafarbe sehen. Da soll man nicht damit spaßen«, belehrte Ashanti den hungrigen, inzwischen schon sehr genervten Hansi.

Langsam, aber sicher stieg die Wut wieder hoch. Die restlichen vier Tischnachbarn bekamen von dieser Diskussion über Haxen und Lichtnahrung nichts mit. Die waren sehr vertieft in ihre halben knusprigen Giggerl, also Hendl, also Hähnchen, mit Kartoffelsalat. Kein Wunder, sie ließ Ashanti ja auch in Ruhe. Nur weil er am Fest hier nichts essen wollte, musste er sich jetzt seine Zeit mit Genörgel an Hansis Schweinshaxe vertreiben.

Bettina hatte ja auch ihre esoterischen Ansichten, aber sie ließ Hansi wenigstens in Ruhe damit, meistens jedenfalls. Und heute konnte sie auch mal über die Stränge schlagen und sogar ein Giggerl essen. Das mochte Hansi an Bettina schon auch, sie nahm das nicht immer so superstreng.

Ashanti hatte jetzt aber wohl Gefallen an seinem belehrenden Vortrag gefunden und wollte Hansi hartnäckig zur besseren Ernährung bekehren.

»Hansi, ich mein's dir ja nur gut. Komm ins Seminar zu mir nächste Woche. Nach diesem 3-Tages-Seminar bist du in der Lage, ganz frei aus der reinen Absicht heraus zu entscheiden, wann du dich von Prana – also von Licht – und wann du dich von fester Nahrung ernähren möchtest.«

»Ashanti!«, wollte Hansi dessen Vortrag unterbrechen.

Aber Ashanti kam jetzt erst so richtig in Fahrt.

»Deine klare Absicht reicht aus, um dein Nahrungssystem umzustellen, Hansi. Du brauchst dann keine Diät oder Ähnliches mehr. Ich war da erst kürzlich auf einer Ausbildung zu diesem Thema. Das ist wie für dich gemacht, sonst bekommst du ja deinen Bauchansatz nie weg. Vor allem, wenn du immer Schweinshaxen und solches Teufelszeug isst.«

Jetzt reichte es dann bald wirklich. Hansi blieb das Sauerkraut schon im Hals stecken, weil sein Zorn immer größer wurde. Er dachte nur noch angestrengt: *Atmen, Hansi, aaaaatmen!*

»Du musst dir aber auch bewusst sein, dass du während des Seminars in eine sehr hohe Schwingungsfrequenz angehoben wirst, womöglich sogar in die fünfte Dimension. Ich bin mir jetzt nicht sicher, ob so spirituell unerfahrene Menschen wie du das schon verkraften. Es wird einen starken Reinigungsprozess und Frequenzausgleich zur Folge haben. Dieser Reinigungsprozess und diese Anpassung deines Körpers können einige Tage bis maximal drei Wochen andauern. Das ist für viele sogar ein wenig zu viel an Energie. Aber du kannst natürlich in dieser Zeit danach jederzeit zu mir kommen. Oh nein, wart mal, wir sind da ja in Dubai, aber du kannst mich anrufen. Was hältst du davon? Soll ich dir einen Platz reservieren?«

Hansi wusste zwar jetzt nicht, von was Ashanti da geredet hatte, aber er wusste sicher, dass er ihn wohl beleidigt hatte. Das Atmen half jetzt nichts mehr: Hansi explodierte!

Er sprang auf und packte Ashanti an seinem Leinenhemdkragen.

»Jetzt hör mir mal gut zu, Freunderl. Ich freu mich schon die ganze Woche auf diese Schweinshaxe. Und ich esse die, wann und wo ich will. Das kann dir scheißegal sein und geht dich auch einen feuchten Dreck an. Und deine Lichtnahrung kannst du selber fressen! Dass du es nur weißt. Und nur weil du jetzt in die Apothekervilla gezogen bist und dich von der Elvira aushalten lässt, bist du noch lange nix Besseres. Und jetzt halt dein Maul und lass mich essen.«

Trotz der Lautstärke im Zelt bekamen natürlich die umliegenden Tische den Tumult mit. Elvira, Maria, Bettina und Sepp waren etwas erschrocken und starrten die zwei Männer an, die immer noch standen und sich argwöhnisch beobachtend in die Augen starrten.

Ashanti war die Sache sichtlich peinlich und er versuchte sofort, die Situation herunterzuspielen. Plötzlich wirkte er nicht mehr so souverän und besserwisserisch. Direkt unsicher.

»Alles okay, meine Lieben! Ha, ha, ha. Wir hatten nur unterschiedliche Meinungen«, sagte er in die Runde, als er sich beschämt setzte.

»Elvira, mein Lichtstrahl, wir sollten dann langsam aufbrechen. Ich denke, wir können die heutige Stimmungsaura alleine besser ausleben als in dieser großen Menge, das stört dann eher die Schwingungen«, sprach er in Richtung der Apothekerwitwe.

»Natürlich Ashanti, wenn du meinst«, willigte Elvira sofort ein.

Oh je, die ist ihm ja direkt hörig, dachte Hansi erschrocken. *Was wäre, wenn der Apotheker noch leben würde? Dann hätte der ehemalige Versicherungsvertreter kein so schönes Leben, wie er es jetzt als Guru und Weltreisender haben kann.* War in Sandras Aufzeichnungsbüchlein nicht auch Ashanti vermerkt? So ganz astrein war der langhaarige Möchtegern-Heiler sicher nicht, überlegte Hansi und schaute dabei Sepp an. Dieser hatte wohl ähnliche Gedanken. Die zwei verstanden sich einfach blind. Das war sicher ein Thema, was Sepp und er in den nächsten Tagen intensiv besprechen mussten. Nur heute wollte er nicht mehr. Heute war Volksfest, das war ja schließlich nur einmal im Jahr. Und nach diesem Zwischenfall wollte Hansi nun nur noch Spaß haben.

Ashanti und Elvira zogen von dannen und der Abend wurde doch noch recht lustig. Der Huberbauer und seine Frau Traudl setzten sich an den Tisch dazu und alle hatten eine rechte Gaudi. Nach der vierten Maß waren Hansi und Sepp sogar so weit, dass sie auch auf die Biertische stiegen und laut die üblichen verdächtigen Lieder mitgrölten. Von »Fürstenfeld« bis zu Gabaliers »Hulapalu«, und als Höhepunkt kam dann Hansis und Helenes »Atemlos«. Die Sängerin der Band war eine entfernte Cousine von Hansi und wusste natürlich um seine Begeisterung für die Schlagersängerin. Deshalb widmete sie den Helene-Fischer-Song heute Abend sogar speziell Hansi Scharnagl persönlich. Hansi schwebte vor Glück!

Später am Abend fand sich das Quartett im Barbereich des Volksfestes wieder. Das war eigentlich auch schon fast ein »Muss«. Die Stimmung war immer noch bombig und die berauschende Wirkung des Getränkeangebots tat ihr Übriges. Hansi trank dieses Zeug mit den ausländischen Namen wie »Touchdown« oder »Caipirinha« schon aus Protest nicht. Er schwor traditionell auf Rüscherl – Asbach und Cola –, ein Getränk, das gerade im Moment nicht sonderlich »hip« war. Allerdings konnte man darauf warten, dass es aus der Versenkung wieder in die »Trendline« befördert wurde. Dann war es halt im Moment noch »vintage«, wie Indira sagen würde. »Vintage« war wohl ein anderes Wort für altmodisch, vermutete Hansi, denn das benutzten seine Töchter bei allen möglichen Dingen aus Hansis Jugend.

Es waren wohl schon vier bis fünf Runden Rüscherl, die Sepp oder auch Hansi bei den Bardamen geordert hatten. Bettina fiel auf, dass sich Sepp und Maria nicht wirklich unterhielten. Sie gingen sich etwas aus dem Weg, woraufhin Bettina Maria fragte, ob sie den Sepp denn nicht mochte.

»Ach nein, Bettina, der Sepp ist schon ein Netter. Ich kenn ihn halt nicht so gut und da redet man ja am Anfang nicht allzu viel«, tat sie Bettinas Verdacht gleich ab.

Einen kleinen Zwischenfall gab es dann noch mit dem Bauhofchef Wiggerl. Er war auch Bargast, gerade frisch heimgekehrt aus Kroatien und sehr gebräunt. Manche würden auch sagen, er war eher feuerrot im Gesicht sowie auf der hohen Stirn.

Hilde wollte wohl nach den Reisestrapazen nicht mehr zum Fest, also war der Wiggerl alleine »auf Tour«. Er war schon wieder neu eingekleidet und strotzte nur so vor Selbstbewusstsein. Er genoss sein neues Körpergefühl mit inzwischen zehn Kilo weniger auf den Rippen in vollen Zügen. Das zeigte sich vor allem, indem er alles anflirtete, was in der Bar noch als weiblich zu identifizieren war. Seine letzten Eroberungstouren waren wohl schon einige Jahrzehnte her, denn er wirkte ziemlich holprig – um nicht zu sagen plump – bei seinen Versuchen, mit den anwesenden Damen ins Gespräch zu kommen. Jedoch näherte er sich hartnäckig, zielbewusst und konsequent so ziemlich allen Frauen, ob jung oder alt. Hansi und Sepp beobachteten ihren Vorgesetzten aus sicherer Entfernung. Sie konnten leider die Dialoge zwischen Wiggerl und den angepeilten Frauen nicht verstehen, aber es war jedes Mal sehr offensichtlich, dass sich Wiggerl wieder mal einen Korb einhandelte. Sepp und Hansi liebten es ja, solche Beobachtungen aus der Ferne zu machen.

Der Schaller Markus war auch anwesend und er schmiss eine Barrunde nach der anderen. Er war ja nicht gerade ein Busenfreund der Bauhof-Spezln. Sie analysierten sein Wirken in der Volksfest-Bar natürlich ausführlich, um weitere Informationen für ihr Aufklärungsvorhaben zu finden. Dabei kam bei Sepp und Hansi wieder einmal die Frage auf, womit der Schaller eigentlich im Moment seinen Lebensunterhalt bestritt. Nach seiner Firmenpleite wusste irgendwie niemand, was er jetzt beruflich machte. Aber es musste wohl lukrativ sein, denn sogar Hansi und Sepp bekamen einen Jacky Cola von Schaller vor die Nase gesetzt. Dabei hatte er wechselnde junge und sogar hübsche Damen im Arm. Einen Schlag bei den Frauen hatte er ja, das mussten Hansi und Sepp schon zugeben.

Einmal kam der Wiggerl wohl dem Schaller ins Flirt-Gehege. Erst nahm Schaller das ganz gelassen hin, aber dann fühlte er sich wohl doch in seinem »Revier« gestört. Er packte Wiggerl plötzlich am Kragen, als er mit der aktuell angeschmusten Schaller-Partnerin ins Gespräch kommen wollte, woraufhin Wiggerl dann gesenkten Hauptes das Volksfest verließ. Hansi und Sepp amüsierten sich köstlich. Was so eine Sauerkrautdiät doch alles bewirken konnte.

Die Stimmung in der Bar wurde etwas getrübt, als plötzlich Sofia, die 15-jährige Tochter von Reiner und Maria Aschenbrenner, heulend nach ihrer Mutter Ausschau hielt und sie schließlich in der Bar fand.

Die Aschenbrenners hatten zwei Kinder, ihr Sohn Emil war bereits 25 Jahre alt und absolvierte gerade an der Fleischerakademie seine Ausbildung zum Metzger- und Fleischermeister. Bei einem so alteingesessenen Betrieb wie der Metzgerei Aschenbrenner war es klar, dass zumindest ein Kind in diese Fußstapfen treten musste, ob es nun wollte oder nicht.

Sofia hatte noch die freie Berufswahl vor sich, sie war die Zweitgeborene, das Nesthäkchen. Aber Sofia hatte im Moment gerade ganz andere Probleme, sie war in der Pubertät!

»Mama, bitte kannst du mit mir heimgehen – *schluchz?*«, weinte Sofia bitterlich.

»Aber Spatzl, was ist denn passiert?«, fragte Maria sorgenvoll.

»Es ist alles so schrecklich – *schluchz* –, ich kann nimmer. Wie soll ich je wieder glücklich werden – *schluchz?*«, jammerte Sofia.

Jetzt machte sich Maria ernsthaft Sorgen, da musste was Schlimmes passiert sein. Vielleicht wurde sie vergewaltigt? Oder geschlagen?

»Jetzt sag halt, Soferl, was ist denn in Gottes Namen so Schlimmes passiert?«, forderte Maria eine Antwort.

»Der Josef fährt mit der Lisa Autoscooter – *schluchzendes Heulen*. Verstehst du? Ausgerechnet mit der Lisa! Wie können sie mir das nur antun?«, kam die Antwort in herzzerreißendem Heulton.

Uff! Gottseidank, dachte sich Maria. *Dann ist es nur eine Pubertäts-Katastrophe.*

»Der Josef hat mit mir schon seit zwei Wochen über WhatsApp geschrieben – *seufz* – *schluchz*. Er hat immer geschrieben, dass er mit MIR zusammen sein will und dass WIR heute Autoscooter fahren – *schluchz*. Und jetzt? Jetzt fährt er einfach mit der Lisa. Diese blöde Kuh! Die wusste genau, dass ich auf den Josef steh. Diese Bitch!«, sprudelten jetzt die Worte nur so aus dem wütend verzweifelten Teenager heraus.

Maria wusste von Sofias Schwärmerei, aber das wechselte in diesem Alter ja vierzehntägig und so ernst nahm sie das nicht. Lisa war eine von Sofias besten Freundinnen – oder vermutlich nun »gewesen«. Natürlich war das enttäuschend, aber in der Pubertät schien dies wohl einem Weltuntergang gleichzukommen und Sofia war von Haus aus schon eine Drama-Queen.

»Soferl, hast du was getrunken?«, fragte Maria ihre Tochter streng.

Wenn Frauen – und dazu zählen auch die noch nicht ganz ausgewachsenen – Alkohol trinken, dann werden sie entweder peinlich, sehr ruhig, sie schlafen ein oder sie werden melodramatisch. Und Marias Tochter neigte wohl zu letzterer Variante.

Augenblicklich änderte sich Sofias Ton wieder.

»Mei Mama, ich bin ja schon 15. Behandle mich nicht immer wie ein kleines Kind. Ein oder zwei Bier, das trinken doch heute alle. Und das ist noch wenig. Als wenn du das früher nicht getan hättest. Pfff.«

Diese These unterstrich Sofia noch mit einer gekonnt dramatischen Verdrehung der Augen, wie es wohl nur junge Frauen ab circa 14 Jahren konnten.

Maria musste sich schon eingestehen, dass früher in ihrer Jugend auch Alkohol getrunken wurde. Dies durch gesetzliche Bestimmungen zu kontrollieren, war schon okay, aber es war halt auch nicht wirklich ganz realistisch. Das gehörte wohl einfach zur jugendlichen Lebenserfahrung dazu. Wenn Eltern hier auch ein wachsames Auge drauf hatten, dann mussten die jungen Leute schon selber für sich Verantwortung im Umgang mit Alkohol lernen, war Marias Meinung.

»Ach so, aber ich … deine Mama … soll dich … die ja quasi schon erwachsene Sofia … jetzt heimbringen? Ins Bett? Mei Soferl, du bist schon so eine.« Maria musste schmunzeln.

Sie musste aber auch feststellen, dass es wohl doch mehr als ein oder zwei Bier waren. Denn so, wie ihre Tochter gerade wirkte, war sie schon ziemlich angetrunken. Das mühevoll über mehr als eine Stunde aufgetragene Make-up war völlig verwischt, ihre Dirndlschürze hing schief und halb herunter und Sofia konnte nicht mehr ganz so sicher auf zwei Beinen stehen. Da musste wohl die Mutter ihre Tochter tatsächlich heimbringen, so sehr sie auch noch in der Festzelt-Bar bei gelöster Stimmung und in netter Runde verweilt hätte. Schweren Herzens schob und stützte sie abwechselnd ihre Tochter und verabschiedete sich von ihrer Bar-Gesellschaft.

»Ich werd es dann packen. Danke für die schöne Zeit, ich hab wirklich viel gelacht. Aber es hilft leider nix. Die junge Dame ist nicht mehr gesellschaftstauglich. Also, ich wünsch euch noch einen schönen Abend. Pfiads euch.«

»Soll ich dir helfen, Maria? Nicht dass euch zwei Mädels noch ein Auto auf dem Heimweg zusammenfährt«, fragte Sepp etwas zögerlich, aber dennoch mit fester Stimme.

»Ähm, ja, ich weiß nicht, Sepp. Ich will dir jetzt nicht den Abend verderben. Es ist ja erst kurz nach zwölf. Ich schaff das schon«, antwortete Maria ein wenig überrascht.

»Ach, das passt schon, ich wollte eh jetzt dann bald aufbrechen«, sagte er und übernahm sogleich die »Steuerung« der recht orientierungslosen Sofia.

Das war schon komisch mit anzusehen, wie Sepp, Maria und die watschelnde Sofia im Schneckentempo gemeinsam aus dem Zelt wankten. Der Teenager diskutierte wohl zwischendurch ab und zu mit ihren Begleitern und ließ ihrer

Wut, Enttäuschung und ihrem Ärger über die Männerwelt und ihre ehemals beste Freundin Lisa freien Lauf. *Drama-Queen!*, dachte Maria, innerlich schmunzelnd.

Die circa zwei Kilometer Wegstrecke vom Festplatz zum Wohnhaus der Aschenbrenners konnte man im nüchternen Zustand locker in 15 bis 20 Minuten zurücklegen. Maria, Sepp und Sofia waren nun aber schon 30 Minuten unterwegs und erst ungefähr bei der Hälfte des Weges angelangt. Sofia war aber in ihrem Zustand auch eine recht anstrengende Mitmarschiererin. Zwischendurch verfiel sie in einen Heulkrampf, legte oder setzte sich auf die Straße und war dann kurzzeitig nicht mehr zum Weitergehen zu bewegen. Maria war das vor Sepp schon ein wenig peinlich.

Aber Sepp war ja ein Pragmatiker. Irgendwann schwang er sich das »Pubertier« spontan über die Schulter. Mit dieser Aktion hatte Sofia nun nicht gerechnet und leistete keinen Widerstand mehr. Beeindruckt ging Maria stumm neben Sepp her.

Viel hatten sie auf ihrem Marsch nicht miteinander gesprochen. Die Stimmung zwischen den beiden war sehr gespannt, geradezu elektrisch. Endlich im Hause Aschenbrenner angekommen, trug Sepp Marias Tochter in ihr Zimmer. Ruckzuck zog Maria ihrer Tochter noch das Dirndl aus und stellte sicherheitshalber auch einen Eimer neben ihr Bett. Man konnte ja nie wissen!

Das Haus der Aschenbrenners war ansonsten verwaist. Emil war natürlich auch am Filzer Goldfest und Reiner war wer weiß wo unterwegs. Maria begleitete Sepp noch vor die Haustür.

Es war eine sehr angenehme Augustnacht, ein ganz leichtes Lüftchen wehte und die Sterne glitzerten am Unterfilzbacher Himmel – fast schon kitschig. Ein paar Minuten standen sie sich gegenüber und sahen sich einfach nur an. Schweigsame Stille und doch wurde so viel miteinander kommuniziert. Maria versank in Sepps Augen und tauchte tief ein in die Seele dieses Mannes, der ihr sehr fremd und doch so vertraut war. Sie fühlte sich so geborgen wie bei keinem anderen Menschen sonst. Sie fühlte sich leicht, als könnte sie fliegen. Und doch war es so schwer, so viel war seitdem passiert. Zwei Leben wurden gelebt. Sicher hatte sich Sepp mit Fragen gequält, die Maria hinterlassen hatte.

Vorsichtig nahm Sepp Marias Hand. Bei der ersten Berührung wurde Sepp glühend heiß im ganzen Körper. Er hatte keine Schmetterlinge, keine Flugzeuge im Bauch. Es waren regelrechte Düsenjets. Tausend Gedanken rasten durch seinen Kopf. Krampfhaft überlegte er, was er nun sagen sollte. So oft hatte er sich ausgemalt, wie er wäre – dieser Moment! Jetzt stand sie vor ihm und sie waren zum ersten Mal allein. Wie oft hatte er überlegt, was er dann sagen würde. So viele Fragen hatte er an sie. Und jetzt wusste er nicht eine einzige, die er stellen sollte.

Maria war direkt elektrisiert von der zarten Berührung. Es war so richtig, dieses Gefühl, jetzt und hier. Genau das war es, was sie jahrelang gesucht hatte. Und sie spürte, dass sie einen riesengroßen Fehler gemacht hatte, vor langer Zeit schon. Den Schein gelebt und ein Leben verschenkt. Aber nein, verschenkt konnte man nicht sagen, das wäre nicht fair. Ihre zwei Kinder waren Maria das Allerwichtigste. Emil und Sofia hatten eine schöne Kindheit gehabt und es ging ihnen gut. Soviel Maria wusste, waren beide glücklich. Aber ihr eigenes Glück hatte sie geopfert. Und genau in diesem Moment wurde es ihr bewusst.

Sepps und Marias Lippen zogen sich an wie Magnete, bis sie sich berührten. Sie verschmolzen ineinander, als wenn sie früher ein Ganzes gewesen wären. Zwei Hälften wurden wieder eins. Sie küssten sich, aber es war nicht nur ein Kuss. Es war wie eine Bestätigung. Wie ein Ankommen nach jahrelanger Suche.

So standen sie noch über eine Stunde und sagten beide kein Wort. Bis Sepp irgendwann doch den Mut fand.

»Warum?«

Eine Frage, ein einziges Wort. Aber Maria wusste genau, was Sepp meinte, und sie versuchte es zu beantworten.

Das Filzer Goldfest verlief die restlichen Tage eigentlich wie jedes Jahr. Geschichten – wer mit wem und wo? – machten wie jedes Jahr die Runde. Diejenigen, die zu tief in den Maßkrug geschaut hatten, erzählten ausgeschmückte Beschreibungen von durchzechten Nächten und den darauffolgenden Leiden, die sie noch Jahre später erzählen würden. Und alle waren ein wenig traurig, als der fünfte und letzte Tag des Volksfestes anbrach.

Der letzte Tag war der Kinder- und Altentag. An den Fahrgeschäften gab es verbilligte Preise und jedes Kind bekam ein Eis spendiert. Außerdem lud der Bürgermeister wie jedes Jahr alle Unterfilzbacher Senioren ab 65plus zu einem geselligen Nachmittag im Bierzelt ein. Die Unterfilzbacher »Silberperlen« nahmen die Einladung dankend an und kamen in Scharen. Ob das den Bürgermeister ein wenig ärgerte, konnte man nicht genau sagen, man konnte aber sagen, dass er eigentlich schon ein kleiner Geizkragen war.

Die Seniorenresidenz *Zum ewigen Licht* charterte sogar jedes Jahr einen Bus für diesen Anlass. Alle Bewohner, die noch einigermaßen zu bewegen waren, wurden von den Pflegern und Pflegerinnen eingepackt. So eine aufregende Abwechslung des Altenheimalltags ließ man sich natürlich nicht entgehen.

Ein hoch motivierter Alleinunterhalter spielte mit großem Engagement abwechselnd mit seiner Bontempi-Orgel oder seinem Akkordeon auf der Bühne zünftig auf. Er gab wirklich alles, um für Stimmung und Unterhaltung zu sorgen. Von »Du kannst nicht immer 17 sein« über »Am Tag, als Conny Kramer starb« und eine Schlagerversion von »Highway to Hell« bis hin zu seiner ganz eigenen Interpretation von »Atemlos« zog er wirkliche alle Register der Alleinunterhalter-Tricks, um das betagte Publikum zum Ausflippen zu bringen – das war augenscheinlich sein großes Ziel. Aber das Publikum war aufgrund diverser körperlicher Gebrechen nicht allzu dankbar für einen bemühten Entertainer dieses Kalibers. Auf die Bierbänke würde es wohl keiner der heute geladenen Gäste mehr schaffen.

Indira war als freiwillige Betreuerin für die Residenzbewohner auch dabei und musste sich gleich wieder furchtbar aufregen, als die Bedienungen jedem Gast eine knusprige Schweinshaxe vor die Nase stellten.

»Das ist ja mal wieder typisch. Denkt denn hier keiner mit?«, empörte sich das Scharnagl-Nesthäkchen.

Schnurstracks ging sie auf den Festwirt Thomas Waigl zu, um ihn zur Rede zu stellen.

»Also wie um alles in der Welt haben Sie sich das jetzt vorgestellt? Wie sollen die alten Leute eine Schweinshaxe essen? Angefangen damit, dass sie die nicht mal gescheit beißen können, von einem ärztlichen Verbot von solchen Speisen bei Diabetes, den ja quasi jeder Zweite hier hat, gar nicht zu reden. Und dann noch die schwere Verdaulichkeit in dem Alter. Wie soll denn das gehen, Herr Waigl?«

Ein wenig überrumpelt und überrascht über so viel Energie einer Fünfzehnjährigen stand Thomas Waigl, der Festwirt, vor Indira und gab ihr gerne gleich Auskunft über die besondere Order der Speisen.

»Also da müssen Sie sich jetzt schon beim Bürgermeister beschweren, junge Dame. Ich hab ihm auch gesagt, dass Schweinshaxen mit Sauerkraut nicht unbedingt der klassische Seniorenteller wäre. Aber er wollte das so haben, weil es seine persönliche Lieblingsspeise ist und er ja jetzt dann auch mitessen will. Wer zahlt, schafft an.«

Typisch!, dachte Indira und beschloss, dies nicht auf sich sitzen zu lassen. Sobald sie den Bürgermeister sah, würde sie diesen Vorfall mit ihm diskutieren.

Der Bürgermeister stand zur gleichen Zeit am Eingang des Volksfestgeländes und begrüßte alle Festbesucher, ob jung oder alt, persönlich per Handschlag. Die Kommunalwahlen standen bald an und man konnte nie früh oder oft genug um Wählerstimmen werben, vor allem, wenn man auch noch mit Eis und Schweinshaxen punkten konnte. Die aber natürlich die Gemeindekasse zahlte, aber so genau musste man das ja nicht hervorheben.

Ein brummendes Geräusch näherte sich. Ein tiefergelegter, feuerroter VW Scirocco fuhr – dem Geräusch nach zu urteilen wohl sehr hochtourig im zweiten Gang – am Bürgermeister vorbei und parkte direkt vor dem Eingang zum Festplatz im Halteverbot. Mit ein wenig Mühe, aber voller Stolz entstieg Berta Hinkhofer dem schnittigen Sportcoupé. Mit einem DIN-A4-Umschlag ging die rüstige Rentnerin direkt auf den Bürgermeister zu und überreichte ihm die Unterlagen.

»So Bürgermeister, hier hast du die Rechnung für mein neues Auto, ein Gutachten über die gemeingefährliche, untragbare Verkehrssituation am Ortseingang, die mich fast mein Leben gekostet hätte, und einen Arztbericht über meine Verletzungen bei meinem Unfall mit dem Kastanienbaum. Mit dem Schmerzensgeld und dem Ausgleich für mein altes Auto dürfte es in etwa auf den Preis meines neuen Flitzers hinkommen. Die Rechnung liegt wie gesagt da drin. Überweis das und ich werde von einer Klage wegen versuchten Totschlags absehen. Pfiad di, Bürgermeister, ich geh jetzt auf Gemeindekosten essen. Wir hören voneinander.«

Bevor der Bürgermeister auch nur ein einziges Wort sagen konnte, war sie auch schon in Richtung Bierzelt entschwunden. Klar, es gab ja umsonst etwas zu essen und das ließ sich die Berta sowieso nicht entgehen. Berta war nämlich eine echte »Freibierlätschn«, wie man hierzulande Leute bezeichnete, die immer alles umsonst nahmen, egal ob es schmeckte, passte oder von Nutzen für sie war – Hauptsache geschenkt.

Es war kein leichter Tag für den Bürgermeister. Als er in das Bierzelt kam, hatten die Oldie-Gäste ihre wahre Mühe mit dem Speisenangebot und der ein oder andere warf dem Gemeindeoberhaupt schon einen verächtlichen Blick zu. Auf den Biertischen lagen einige Gebisse, vereinzelte dritte Zähne und Zahnprothesen, die wohl für den kräftigen Biss in die Schweinshaxe eher hinderlich waren und so kurzzeitig einmal außerhalb »geparkt« wurden. Die Betreuer versuchten mit Leibeskräften, das Fleisch und die Knödel in möglichst kleine Stücke zu schneiden oder mit der Gabel zu zerdrücken, aber bei der großen Anzahl der zu schneidenden Haxen waren sie hoffnungslos überfordert.

Indira ließ den Zelteingang keine Minute aus den Augen und eilte sofort auf den Bürgermeister zu, als sie ihn erblickte. Sie hielt ihm aus dem Stegreif ein Referat über die Ernährung im Alter und argumentierte hart, aber sachlich über die völlig schwachsinnige und unüberlegte Speisenauswahl, nebenbei unterstellte sie dem Bürgermeister reinen Egoismus wegen seiner Lieblingsspeise und der Auswahl selbiger. Der Bürgermeister fühlte sich zu Unrecht beschuldigt, musste aber dann doch zugeben, dass das ganze Drama, das nun um die Frei–Schweinshaxen entstanden war, wohl doch seine Schuld wäre. Er gab reumütig zu, die Bestellung nicht völlig bis zum Ende durchdacht zu haben.

Der arme Bürgermeister wurde ganz klein mit Hut vor der siegessicheren Indira. Zu allem Übel bekam diese Szene auch noch die für Unterfilzbach zuständige Redakteurin der Lokalzeitung, Katharina Weichl, mit. Als Überschrift der Berichterstattung zum Filzer Goldfest war dann am nächsten Tag in der Regionalausgabe der Zeitung zu lesen:

DAS SCHWEINSHAXEN-DRAMA AM VOLKSFEST

Kostet die Fehlplanung des Altentages den Unterfilzbacher Bürgermeister die Wiederwahl?

KAPITEL 11

Die Hütte

Das Filzer Goldfest war vorbei und das Schweinshaxen-Desaster hatte natürlich für Aufruhr im ganzen Dorf gesorgt. Der Bürgermeister war im Bericht über das Volksfest nicht gerade gut weggekommen, vor allem, weil der Altentag und die Schweinshaxen der große Aufhänger der Story waren. Dazu kam noch, dass Indira zu diesem Thema interviewt wurde und ganz Indira-like kein Blatt vor den Mund nahm. Sogar in Leserbriefen wurde sie für ihr sachliches und engagiertes Statement zum Wohle der älteren Generation gefeiert. Die restlichen Oppositionsparteien um die aktuell regierende Bürgermeisterpartei herum waren alle hellauf begeistert und bedauerten, dass Indira erst fünfzehn Jahre alt war, denn sonst hätten sie sie glatt als Bürgermeisterkandidatin für die anstehende Kommunalwahl nominiert.

Hansi machte sich ein wenig Sorgen um seinen Sepp. Er war ja noch nie der Extrovertierteste gewesen, aber die letzten Tage seit dem Volksfest war er schon sehr still und in sich gekehrt. Er hatte sich sogar ein paar Tage krankgemeldet, was praktisch noch nie vorgekommen war. Hansi nahm sich fest vor, heut nach Feierabend mal bei Sepp vorbeizuschauen.

Bei der morgendlichen Task-Schedule-Besprechung im Bauhof – ja, der Wiggerl hielt wieder mal konsequent an diesem neumodischen Wort für den Arbeitsplan fest, meistens aber nur, wenn er schlecht gelaunt war – wurde Hansi zusammen mit Günter zur Wanderbrückenreparatur am oberen Schachtenwald eingeteilt. Günter war auch ganz okay als Kollege, fand Hansi. Das Einzige, was ihn irgendwie ein wenig an Günter störte, war, dass er so fit war. Wenn gemeinsame Arbeiten zu erledigen waren, dann legte der Günter immer ein Tempo vor, das war überhaupt nicht Hansis Taktung. Hansi war ja im Sportbereich eher als passiver Teilnehmer zu finden. So ein Fußballspiel schaute er sich wirklich gerne an. Hansi fand sogar, er wäre auch allerhöchstwahrscheinlich ein super Trainer für die ganzen Millionärsspieler, die bei seinem Lieblingsverein richtig viel Geld verdienten. Er würde ihnen schon zeigen, wo es langging – den Rotzlöffeln.

Aber so richtig aktiv Sport, das war eher nix für Hansi. Das Kamasutra hatte bei ihm schon den ein oder anderen gefühlt fast tödlichen Muskelkater hervorgerufen. Ab und zu mal ein bisserl mit Bettina wandern ging auch noch, aber sobald ein Lift in der Nähe war, saß Hansi auch schon drin. Günter war da halt anders. Günter wanderte für sein Leben gerne, über die Alpen, an den Alpen vorbei, durch den Grand Canyon hindurch, auf sämtliche Berge rauf und sogar wieder runter, und das alles machte er auch noch mit Spaß und Hingabe. Klar, dass Günter für die Wanderwege in der Unterfilzbacher Gegend zuständig war.

Beim Bürgermeister war vor zwei Tagen eine Beschwerde eingegangen, dass die Wanderbrücke am oberen Schachtenwald zum Teil morsch sei und somit nicht mehr für eine sichere Überquerung genutzt werden könne. Und sobald der

Wiggerl die Worte »unsicher« oder »gefährdend« auch nur hörte, las oder roch, hatte er schon fast Kammerflimmern. Da war klar, dass diese Aufgabe heute die allerwichtigste war.

Hansi und Günter packten ihr Werkzeug, luden ein paar frische Balken und Bretter auf den Unimog und machten sich auf den Weg. *Wo man da überall hinkommt mit dem Günter,* dachte sich Hansi. So weit im Wald drin und in solcher Höhenlage war Hansi wahrscheinlich seit seiner Kindheit beim Wandertag in der Schule nicht mehr gewesen.

»Ist schon schön bei uns, gell, Günter?«, war Hansi glücklich über den Anblick der Natur seiner Heimat und freute sich direkt, dass er mal rauskam aus seinem Dorf.

Günter schmunzelte dazu nur. Er wusste von früheren gemeinsamen Arbeitsfahrten, dass Hansi ein wenig Höhenangst hatte und sie nun gleich an einen sehr engen Weg kamen, der nahe an einer kleinen Schlucht entlangführte. Und ja, Hansi war recht schnell ziemlich aufgelöst, als er sah, wie eng und steinig der Weg wurde, auf dem sie mit dem klapprigen Unimog fuhren.

»Du Günter, du weiß schon, wo wir hinmüssen, oder? Also, nicht dass wir dann nicht mehr umdrehen können, denn das wär bei diesem Wegerl jetzt nicht mehr wirklich gut … kannst du vielleicht ein wenig langsamer fahren?«, stotterte er, ohne seinen hochkonzentrierten Blick vom Weg abzuwenden.

Er vermied jeden visuellen Kontakt mit der kleinen Schlucht neben ihnen, krallte sich förmlich an den Türgriff und drückte sich in seinen Sitz, als wenn er in einer Achterbahn auf dem Oktoberfest wäre.

»Geh Hansi, scheiß dich nicht so ab! Wir sind ja gleich da«, amüsierte sich der Unterfilzbacher Wandergott über seinen Kollegen.

So ab und zu war es nämlich schon Tradition, sich innerhalb der Bauhofkollegen ein wenig aufs Korn zu nehmen. Da war Hansi auch schon oft sehr kreativ gewesen, wenn es darum ging, Wiggerl, Sepp, Reinhard, Günter und die anderen mit irgendeinem Streich reinzulegen. Aber das sorgte ja für ein gutes Betriebsklima, fand Hansi. Es musste ja nicht immer bierernst zugehen.

Keine fünf Minuten später parkte Günter endlich den Unimog an einer kleinen Lichtung. Gottseidank war die einigermaßen weiträumig, dachte sich Hansi und ihm fiel ein ziemlich großer Stein vom Herzen. Trotzdem war er schweißgebadet und fix und fertig mit den Nerven, als er aus dem Unimog stieg. Wenn Bettina ihn jetzt so sehen könnte! Sie würde sich totlachen. Hansi konnte es – wie wahrscheinlich alle männlichen Autofahrer – natürlich absolut nicht leiden, wenn Bettina die gemeinsamen Autofahrten mit Verbesserungsvorschlägen zur Geschwindigkeit oder zu Bremsvorgängen kommentierte. Da wurde der Hansi ganz fuchsig.

»Beim Rückweg können wir auch die Forststraße nehmen, oder, Scharnagl? Was meinst du?«, amüsierte sich Günter über den kreidebleichen Hansi.

Dieser konterte den nun offensichtlich gewordenen kollegialen Schabernack lediglich mit: »Depp!«

Das letzte Stück bis zur Wanderbrücke mussten die zwei samt Werkzeug und neuen Balken zu Fuß aufsteigen. Das war vielleicht eine Schinderei! Günter sprang wie ein junges Reh samt Balken auf der Schulter den steinigen Weg hinauf und Hansi kam sich vor wie in einem Video-Remake seines Lieblingslieds – er war absolut *a-tem-los* und eben *ganz und gar nicht* schwindelfrei. Obwohl die beiden Kollegen so ziemlich gleich alt waren, war wohl das konditionelle Alter ein wenig abweichend. Hansi beschloss, dass er sich doch noch mal das E-Bike genauer anschauen würde, mit dem er schon ein paar Mal im örtlichen Sportgeschäft geliebäugelt hatte. Dann fuhr er halt Fahrrad, das konnte ja für seine Fitness nur gut sein. Vielleicht bekam er ja dann auch mal so ein Sixpack, hoffte er insgeheim.

Als sie das benötigte Handwerkszeug endlich nach oben geschleppt hatten, war dann die Brücke eigentlich recht zügig repariert. Nicht mal viereinhalb Stunden hatten sie dafür gebraucht.

»Mei, der Wiggerl hat einfach überhaupt keine Ahnung, was Arbeitsplanung angeht. Der wird es nie lernen«, lachte Günter.

Wenn sie jetzt wieder ins Dorf zurückfahren würden, hätte ihr Chef sicher noch die Hundetoilettenentleerung für sie als Auftrag in petto. Darum rissen sie sich jetzt aber nicht gerade.

Es war früher Nachmittag und die beiden machten jetzt erst einmal Brotzeit. Ganz gemütlich im Wald. Sie hatten ja schon vorsorglich noch schnell sechs Wurstsemmeln mit Gurkerl vom Aschenbrenner mitgenommen. Das war schon eine sehr wichtige und ernst zu nehmende Sache – das leibliche Wohl der Bauhofmitarbeiter bei ihren Tätigkeiten. Ein vergessener Akkuschrauber mitten im Wald bei der Arbeit wäre zwar tragisch – aber mei, das wäre halt dann so. Wohingegen eine »vergessene« Brotzeit – undenkbar! Das konnte eigentlich nie und nimmer vorkommen, so gewissenhaft waren die Männer in Kommunalorange auf jeden Fall.

Hansi fand direkt Gefallen an der Stille im Wald, das war eine ganz neue Erfahrung. Er freute sich, als sie einfach so dasaßen und ihre Wurstsemmeln aßen. Ach, seine Heimat war schon schön, da wurde Hansi direkt warm ums Herz. Und kein Mensch weit und breit. Wenn nicht gerade ein paar nervige Ameisen einen tätlichen Angriff auf ihn verübt hätten. In Bayern sagte man ja, dass Ameisen zur Verteidigung ihr »Opfer« anpinkeln (oder auf Bayerisch: abpieseln). Das fand Hansi gerade nicht so appetitlich und verlegte seinen Brotzeitplatz lieber auf einen höheren Baumstumpf.

»Was machen wir denn noch, Hansi? Wir fahren jetzt aber noch nicht zurück, gell? Das wär ja jetzt direkt ein Schmarrn«, sprach Günter die restliche Tagesplanung an.

Eigentlich war es sowieso schon klar, dass sie nicht überstürzt zurück in den Bauhof fuhren. Aber der Ordnung halber sollten sie einmal drüber geredet haben, dachte Günter. Und so saßen sie einfach noch ein bisserl im Wald herum und ratschten.

»Oh schau, Hansi, da steht ja ein super Maronerl«, brach Günter beim Anblick eines Maronenröhrlings förmlich in Jubel aus.

Selbstredend, dass Günter nicht nur ein Wandergott, sondern auch ein Schwammerlkönig war. Da kannte er sich wirklich gut aus, aber das war ja auch irgendwie logisch und konsequent, wenn er ungefähr fünfzehn Stunden täglich kreuz und quer durch den Wald lief. Wenn ein Schwammerlsammler Fragen zu einem gefundenen Exemplar hatte, gab es in Unterfilzbach eigentlich nur zwei Anlaufstationen, die diese Unklarheiten mit absoluter Sicherheit aufklären konnten: den Apotheker – Gott selig –, den rein schon von Berufs wegen, und den Günter halt.

Hansi war auch ab und zu auf Schwammerlsuche, aber wenn dann nur in niedrigeren Lagen. Ein wenig Ahnung hatte er auch, aber das war nichts im Vergleich zu Günter. Dafür konnte der Hansi absolut legendäre Schwammerl mit Semmelknödeln kochen – oder wie die Ureinwohner des Bayerischen Waldes auf gut Waidlerisch sagen: Knel und Schwammer –, quasi das Schwammerlsucher-Nationalgericht. Es war schon vorgekommen, dass Gäste im Hause Scharnagl die Teller mit der Schwammerlsoße ausgeschleckt hatten. Tatsache!

Das Gebiet rund um die Wanderbrücke stellte sich heute als wahres Schwammerlparadies heraus. Unzählige Maronerl, riesige Rehgoaßerl (Pfifferlinge), wunderbare Woizerl (Steinpilze), saftige Zigeiner (Zigeunerröhrlinge) und fast ganz wurmfreie Rotkapperl (Rotkappen) – alles, was das Herz begehrte, wuchs hier herrlich duftend. Im Bayerischen Wald war diese ganze Schwammerlgeschichte ja so was wie ein Kulturgut, manche nahmen das auch richtig sportlich. Tschernobyl hin oder her, wen interessierten denn schon

Untersuchungen über immer noch radioaktive Belastungen in Wildbret oder Schwammerln? Manchmal konnte ein Bayer im Allgemeinen und ein Waidler im ganz Besonderen das absolut ignorieren, was ihm nicht in den Kram passte.

In der Schwammerlszene hatte jeder seine ganz bestimmten »besten« Plätze, wohin er zur geheimen Suche aufbrach, teilweise schon um 5.00 Uhr morgens und womöglich noch in Tarnkleidung. Diese traditionellen Suchorte wurden besser gehütet als die englischen Kronjuwelen, nicht mal der besten Freundin oder dem besten Freund wurden derartige Informationen mitgeteilt. Wenn es wirklich nicht mehr anders ging, wurde es dann an die nächste Generation als Familiengeheimnis weitergegeben, aber diese Geheimnisübergabe konnte auch manchmal bis zur letzten Aussprache am Sterbebett warten.

So einen Zirkus machte auch das Schwammerlgeschwader hier in Unterfilzbach daraus. Wer es mochte, für den war es das Höchste, aber manche konnten da wirklich übertreiben, fand Hansi. Wobei, eigentlich war er ja vielleicht nur ein wenig eingeschnappt, weil es auf Facebook jetzt eine eigene – eine geschlossene! – Gruppe gab, die »USCHIS« (die **U**nterfilzbacher **Sch**wammerl-**I**nteressierten). Hansi war ja inzwischen dank Indiras Unterstützung ein wahrer Facebook-Experte und hatte auch um eine Mitgliedschaft bei den USCHIS angefragt, aber die Administratorin – Berta Hinkhofer – fand, dass Hansi nicht genügend Fachwissen dafür besaß und sie leider die Mitgliedschaft ablehnen müsse.

Die nächsten Extremisten in Sachen Schwammerl waren dann die »Schwammerl mit Knödel«-Köche. Eigentlich war es ja immer das gleiche Gericht, aber jeder hatte das Beste, das Mildeste, das Sauerste und so weiter. Gott sei Dank waren die Geschmäcker verschieden! Wobei Hansi und seinen Schwammerln mit Knödeln schon ein legendärer Ruf anhaftete. Vielleicht sollte er eine eigene Facebook-Gruppe für Schwammerlrezepte gründen, überlegte er ernsthaft. Vielleicht die »MUSCHIS« (die **M**eisterköche aus **U**nterfilzbach und ihre **Sch**wammerl-**I**nsiderrezepte)?

Jetzt um diese Zeit, Mitte, Ende August, wenn die Schwammerl nur so aus der Erde schossen, lief das Schwammerlgeschwader wieder zur Hochform auf. Nur hierher, in die höheren Lagen, war wohl in den letzten Tagen keiner gekommen, das konnte aber auch daran liegen, dass der Wiggerl nicht nur die Brücke, sondern gleich den ganzen Wanderweg hatte sperren lassen. Deswegen war es wohl auch so ruhig heute.

Günter hatte glücklicherweise noch zwei alte Farbeimer auf dem Unimog dabei und schon einen fast vollen Schwammerleimer gesammelt. Hansi musste dann wohl auch die Gunst der Stunde nutzen, *denn so Schwammerl mit Knödel, mei, das wär mal wieder was,* dachte er, und augenblicklich lief ihm das Wasser im Mund zusammen. Die zwei sammelten, was das Zeug hielt, und bewegten sich dabei ein ganzes Stück weit weg von ihrem Unimog. Irgendwann stießen sie im Wald an einem angrenzenden Schachten, also einer Weidewiese, auf eine recht spartanische, offensichtlich selbst gebaute kleine Hütte.

»Ja, was ist denn jetzt das?«, fragte Günter überrascht.

Da baute einfach jemand eine Hütte in »seinem« Wald, und Günter wusste von nichts? Hansi konnte da natürlich nicht mitreden, er kam hier ansonsten nie her. Aber so viel konnte auch er erkennen, eine Hütte, wie sie manchmal das Forstamt im Wald aufstellte, war das eher nicht. Wobei die Hütte doch auch einen gewissen Luxus aufweisen konnte. Sie war auf einem stabilen Holzboden aufgebaut, innen mit einem Tisch und fünf Stühlen und sogar ein kleiner Ofen war darin installiert.

Hansi und Günter schauten durch das Fenster aus Plexiglas und hofften, nähere Hinweise auf die Erbauer oder den Zweck der Hütte zu finden. Auf dem Tisch standen einige Einmachgläser, wie man sie zum Obst einwecken verwendete. Leider konnten sie nicht genau erkennen, welchen Inhalt die Gläser hatten. Neben ein paar Kästen Bier und leeren Flaschen war nicht mehr allzu viel zu sehen. Über einem Stuhl hing eine blaue Engelbert-Strauss-Arbeitsjacke. Darauf konnte man das Logo von Elektro Garhammer erkennen. Hatte Hansis Sohn, Hansi junior, nicht auch so eine Jacke? *Hm, das ist ja schon komisch,* fand Hansi. Günter bemerkte die Jacke nicht oder zumindest fand er sie anscheinend nicht verdächtig, denn er sagte darüber nichts. Diese Entdeckung gab Hansi aber jetzt natürlich wieder Anlass für reichlich Spekulationen. War es wirklich Hansi juniors Jacke? Hatte er etwas mit der Hütte zu tun? Was dann sehr wahrscheinlich war. Er überlegte, wie er ihn vielleicht »durch die Blume« darauf ansprechen könnte. Denn auf jeden Fall war sein Sohn in letzter Zeit ziemlich dünnhäutig geworden, stellte Hansi immer mehr fest. Da war meistens das Gespräch gleich beendet, wenn Hansi wissen wollte, was mit ihm los sei.

Günter war die Hütte auch sehr suspekt und er wollte hier einmal bei einem seiner Bekannten, einem Förster, nachfragen, ob der vielleicht etwas darüber wusste.

Die Zwei gingen dann noch ein kleines Stück weiter, denn das Pilzvorkommen war noch nicht erschöpft. In diesem Gebiet nahe der Hütte gab es eben auch einen Schachten, auf dem die örtlichen Bauern aus Unterfilzbach im Sommer ihre Kühe weiden ließen. Hansi entdeckte ein regelrechtes Beet an kleinen, ihm unbekannten Schwammerln. Er war ja nicht so der Schwammerlprofi, aber sehr überrascht, dass dieser kleine Pilz hier gleich so zahlreich wuchs. Er schaute sich das Gewächs ein wenig genauer an. Die leicht hellbraunen Lamellenpilze waren etwa drei Zentimeter hoch. Der Hut war nicht größer als ein Fingernagel und wurde getragen von einem sehr dünnen, krummen Stiel.

»Günter, schau mal her! Kennst du die Schwammerl hier? Wahnsinn, wie viele hier wachsen«, rief Hansi seinen Kollegen und Schwammerlexperten zu sich.

Günter untersuchte die kleinen Schwammerl recht professionell. Er roch daran, er brach die Stiele auseinander und er versuchte die Haut des Schwammerlkopfes abzuzupfen.

»Mei Hansi, das sind ja super Schwammerl. Richtige Delikatessen! Die gibt's nicht oft. Da haben wir jetzt einen echt super Fund gemacht«, war Günter sehr erfreut. »Da müssen wir schon ein paar mitnehmen, zu viel kann man da jetzt eh nicht essen. Aber ich sag's dir, in Öl angebraten und mit Rührei – ein Fest.«

Günter schmunzelte, als er für Hansi ein paar dieser kleinen Schwammerl abschnitt und sie in seinen Eimer legte.

»Da wird sich die Bettina freuen, die machen wir uns heute gleich zum Abendessen«, freute sich auch Hansi über seinen bevorstehenden Gaumenschmaus. Wenn die Schwammerl mit Ei wirklich gut schmeckten, dann wollte er das natürlich auch in seiner geplanten Facebook-Gruppe »MUSCHIS« präsentieren. Da konnte er dann ein wenig angeben, weil er, dank Günter, jetzt so besondere Schwammerl kannte.

Irgendwann war es dann Zeit aufzubrechen und wieder in die Basisstation Bauhof zurückzukehren. Wie halt das Zeitgefühl der Bauhofleute im Laufe der Jahre so war, kamen Hansi und Günter genau um 15.50 Uhr zurück und passierten zur rechten Zeit das automatische Einfahrtstor.

»Na Männer, habt's alles hinbekommen?«, empfing sie Wiggerl schon sorgenvoll.

»Freilich Wiggerl, gerade sind wir fertig geworden«, flunkerte Günter. »Die Brücke ist jetzt wieder wie neu.«

»Na Gottseidank! Nicht auszudenken, wenn da was passiert wäre. Mit den Wanderern ist es eh immer so eine Sache. Wenn die im Wald zusammenfallen oder ausrutschen, dann sind immer gleich die Wanderwege schuld. Aber manche sind ja auch lebensmüde und gehen mit Turnschuhen oder Klapperl (Sandalen) auf den steinigsten Wegen. Aber dann einen Schuldigen suchen und dann hätten die uns womöglich noch anzeigen können. Also mich, als Sicherheitsbeauftragten der Gemeinde.« Wiggerl schien jetzt sehr erleichtert.

Hansi dachte sich dabei, dass er wirklich gerne wissen würde, wer die grandiose Idee gehabt hatte, ausgerechnet den wohl neurotischsten Menschen in Unterfilzbach als Sicherheitsbeauftragten zu bestimmen.

Der Feierabend brach an, ein gutes Gefühl. Hansi drehte das Radio in seinem Opel Astra bis auf Anschlag und sang »Hello again, isch sag einfach Hello again …« – mit offenem Fenster, auf dem Weg in Richtung Sepps Haus. Denn jetzt musste er wirklich mal nach dem Rechten schauen. Er hatte es schon einmal probiert und war spontan bei ihm vorbeigefahren, aber Sepp war leider nicht daheim gewesen. Auf Anrufe reagierte er nicht, und wenn, dann war er sehr kurz angebunden. *Nicht, dass er noch ernsthaft krank war,* dachte Hansi sorgenvoll.

Heute hatte er Glück und Sepp war daheim. Er saß mit nacktem Oberkörper und einem Strohhut in seinem Garten im Liegestuhl und hatte eine Flasche Bier in der Hand. *Oh, das trifft sich ja gut, dann können wir ja eine Feierabend-Halbe zusammen trinken und so schlecht scheint es ihm wohl auch nicht mehr zu gehen,* freute sich Hansi.

»Servus, mein Freund. Hast für mich auch eine Feierabend-Halbe?«, frohlockte Hansi, als er sich in den zweiten Liegestuhl neben Sepp fallen ließ.

»Freilich«, kam die Antwort, und Sepp holte ihm gleich ein kühles frisches Helles aus dem separaten Bierkühlschrank. Natürlich vom Filz-Bräu, eh das beste Bier, das Hansi kannte. Wie praktisch, dass die Brauerei hier im Ort ansässig war.

Dann brach die Kommunikation ein wenig ab. Irgendwas war anders mit Sepp.

»Sag mal, was ist denn los? Hast du irgendwas? Langsam mach ich mir ein bisserl Sorgen«, wollte Hansi nun das Gespräch eröffnen.

»Na, na, passt schon«, antwortete Sepp sehr wortkarg.

Hm, manchmal war es auch besser, wenn Männer einfach nur dasaßen. Da klärte sich auch irgendwie viel. Das war schon anders als bei Frauen. Zumindest sagte für einige Zeit keiner der beiden ein Wort, ohne dass es den anderen störte.

Irgendwann sprach dann Sepp verheißungsvoll: »Weißt du, Hansi, da legt man sich das Leben zurecht und schaut, dass man irgendwie klarkommt mit seinem Schicksal, und dann verändert ein Abend absolut alles.«

Völlig überrascht drehte sich Hansi zu Sepp und verschluckte sich fast an seinem Bier.

»Wie meinst jetzt das, bitte?«

»Ich habe jemand wiedergetroffen, Hansi. Eigentlich war sie immer schon da, aber es gab so viele Missverständnisse. Vieles hat sich jetzt nach langer Zeit aufgeklärt. Trotzdem gibt es keinen Weg zurück, aber leider auch nicht nach vorne. Jetzt ist alles wieder genauso schlimm. Das Leben ist manchmal echt ein Arschloch, Hansi«, orakelte Sepp und trank sein halbvolles Bier auf ex aus.

Aha, eine Frau! War ja klar, dachte sich Hansi. *Immer wenn Männer still werden, dann sind meistens die Weiber schuld.*

»Ja, wen hast du denn wann und wo wiedergetroffen?«, war Hansi jetzt natürlich neugierig geworden.

»Ach Hansi, das ist alles so schwierig. Ich muss da erst mal selber damit klarkommen«, antworte Sepp sehr melancholisch.

Eine ganze Weile saßen sie noch so da, bis Hansi seine besonderen Delikatess-Schwammerl im Auto wieder einfielen. Er musste heim, sonst wurden die noch schlecht.

»Servus Sepp, mach's gut. Und die Weiber machen meistens nur Probleme. Bis auf Bettina. Vielleicht finden wir für dich auch mal eine Bettina.«

Mit diesen Worten und einem kräftigen Schulterschlag verabschiedete er sich und fuhr nach Hause.

Im Auto wurde ihm dann wieder bewusst, wie froh er über seine Bettina war. Sie waren schon so lange ein Paar. Irgendwie fühlte es sich an, als wären sie zusammengewachsen. *Das kann aber wohl nur über viele Jahre so werden,* sinnierte Hansi. Natürlich hatten sie auch ihre Krisen, aber sie hatten sich immer wieder zusammengerauft. Aber auch nur, weil sie immer miteinander geredet hatten. Wahrscheinlich war das das ganze Kunststück, vermutete Hansi: miteinander reden. Jetzt freute er sich richtig auf sein Zuckerschoaserl und wollte sie mit den leckeren Schwammerl überraschen, wenn sie von ihrer Schicht vom KaufGut heimkam.

Hansi hatte alle seine gesammelten Schwammerl schon fein säuberlich geputzt und dünn aufgeschnitten. Zum Trocknen hatte er extra große Rahmen mit Gitter gebaut, die er jetzt über dem Kachelofen einspreizte. Aber einheizen wollte er den Ofen heute wirklich nicht. Bei der Hitze dieses Augusttages wurden sie wohl auch von alleine trocken.

Bettina kam ziemlich geschafft von der Arbeit heim. Logisch, es war Donnerstag und in der Donnerstagsaktion heute waren Schulsachen aller Art gewesen. Bettina setzte sich an den Küchentisch und legte die Füße hoch, dabei seufzte sie tief.

»Bärle, heute bin ich echt geschafft, das war ja noch schlimmer als bei allen Kinderstrumpfhosen-Aktionen zusammen. Kommen denn in Unterfilzbach jetzt alle Kinder in die Schule? Das war ja heute fast wieder zum Amok laufen«, schimpfte Bettina über ihren Arbeitstag.

Ein wenig enttäuscht servierte Hansi seiner Frau die heute gefundenen Schwammerl, in Butterschmalz angeschwenkt, mit Chili verfeinert, dazu frische Rühreier vom Huberbauern und viel Schnittlauch, so wie es Bettina gerne hatte. Insgeheim hatte sich Hansi nämlich heute schon auf einen romantischen Abend gefreut. Eventuell wollte er sein Zuckerschoaserl wieder einmal – oder vielleicht sogar zweimal – »atemlos« machen, aber wenn Bettina so geschafft war, dann war sogar Hansis ganzer Charme chancenlos.

Die Schwammerl waren wirklich sehr delikat, fanden die Scharnagls. Hansi hatte sie vorzüglich gewürzt. Satt lehnten sie sich zurück und genossen die Ruhe im Haus. Isabelle und Hansi junior waren ausgeflogen und Indira hatte sich schon ins Bett verzogen. Die Arme hatte sich wohl eine Sommergrippe eingefangen.

Zum Feierabend gönnten sich die beiden noch ein eiskaltes Radler. Die Stimmung von Bettina stieg von Minute zu Minute merklich. Auch Hansi wurde plötzlich entspannter. Das Radler tat wirklich gut und war so belebend, fand er.

Obwohl die Schwammerl ja eigentlich eine schwer verdauliche Kost waren, lag das Abendessen absolut nicht schwer im Magen. Im Gegenteil, es breitete sich eine wohlige Wärme von der Bauchgegend her aus. Langsam in den ganzen Körper hinein. Irgendwie, wie wenn Feuerameisen den ganzen Körper entlangkrochen.

Hansi sah immer mehr glasklar und gestochen scharf, und das ohne Brille. Die Farben wurden regelrecht grell. Er war von Bettinas giftgrünem KaufGut-T-Shirt direkt geblendet. Bettina saß ihm gegenüber und redete, aber Hansi hörte sie nicht. Er nahm nur ein Rauschen wahr. Als wenn er am Meer säße. Ein warmer Schauer durchzog seinen Körper. *Das Radler wirkt aber heute enorm,* dachte Hansi noch. Er fühlte sich leicht und schwerelos. Vor seinen Augen spielten sich nun direkt bunte Feuerwerke ab, diese waren alle im Grünton und es sah aus, als ob Bettinas T-Shirt explodierte. Diese Farben! Der Wahnsinn! Er hörte leicht aus der Ferne, immer näher kommend, seine Helene singen: *»Wir ziehen durch die Straßen und die Klubs dieser Stadt ...«*

Bettina sah Helene irgendwie immer ähnlicher. Ihre Haare wurden länger und länger und gelockt. Das KaufGut-Shirt verwandelte sich in ein schimmerndes, knappes und sehr kurzes Paillettenkleid. Genau wie bei Helene! In der Scharnagl-Küche sah Hansi eine direkte Show-Beleuchtung. *Wie in der Disco früher,* dachte er.

Bettinas Anspannung wich ebenfalls einer enormen Leichtigkeit. Die Füße taten ihr nicht mehr im Geringsten weh. Aber sie hatte unglaublichen Durst. Alles war hell und wurde immer heller. Lichterfüllt. Wie kleine Nadelstiche fühlte sie die Körperwärme, die immer mehr zu steigen schien. Sie wollte aufstehen, springen, hüpfen und tanzen.

Es war so unglaublich hell in dem Raum, den sie nur noch schemenhaft als ihre Küche wahrnahm.

Ihr Mann saß ihr gegenüber und grinste ziemlich komisch. Fast ein wenig wie ein kleines Ferkelchen. Riesige Augen bekam er plötzlich, aber süß sah er aus. Doch er veränderte sich weiter, seine Haare wurden dichter … *Früher hatte er auch so viele Haare,* dachte sich Bettina. Sein Gesicht wurde anders und er sah nicht mehr aus wie ihr Bärle. Aber wer war das? Komisch fand sie das alles gar nicht, im Gegenteil. Sie fühlte sich wunderbar.

Bettina las ja viele Bücher. Ihre Lieblingslektüre waren die Krimiromane um den kauzigen Polizisten Franz Eberhofer. Darin kam auch immer der Heizungspfuscher Ignaz Flötzinger vor. Und wie jetzt Hansi da so vor ihr saß, was sah sie da? Den Ignaz Flötzinger! Diese Brille, diese Haare – Bettina fühlte sich unglaublich von diesem Mann angezogen. Bettinas Leidenschaft kochte. Sie wollte mit Hansi/ Ignaz tanzen, ihn berühren und wie wild knutschen. Es war Flötztime!

Hansi sah seine Bettina/Helene an und spürte ein unglaubliches Verlangen in sich hochsteigen. Er strotzte gerade so voller Manneskraft und Tatendrang. Er fühlte sich, als könne er Bäume ausreisen. Und immer wieder diese Wahnsinnsfarben.

Die zwei/vier tanzten in der Küche eng umschlungen und das ganz ohne Musik. Obwohl kein Radio lief oder sonstiger Tonträger abgespielt wurde, hörten die Scharnagls Musik. Zwar jeder seine eigene für sich, aber sie hörten sie, sehr laut sogar. Wo auch immer sie herkam.

Das Feuer der Leidenschaft war kaum noch zu unterdrücken. Aber das wollten sie auch gar nicht. Sie küssten sich wie Teenager, wild und hemmungslos, und waren fernab in ihrer eigenen Welt. Sie tauchten ab und nahmen nichts mehr um sich herum wahr.

Natürlich bemerkten die beiden nicht, dass ihr Sohn heimkam. Hansi junior hörte schon an der Haustür seltsame Geräusche. Sofort vermutete er einen Unfall, vielleicht hatte sich jemand verletzt oder Einbrecher waren im Haus. Automatisch stürmte er gleich in die Küche.

Es war ein eigenartiges Gefühl, seine Eltern so wild knutschend zu sehen. *So was machen Eltern nicht* – denkt bestimmt jedes Kind oder jeder Jugendliche. Er drehte gleich wieder auf dem Absatz um und versuchte sich mit lauter Musik über Kopfhörer in seinem Zimmer abzulenken.

Isabelle kam erst mitten in der Nacht nach Hause. Sie war beim Tanzen in einem angesagten Klub gewesen und hatte wie immer danach großen Hunger. Sie ging wie üblich in die Küche und öffnete den Kühlschrank, ohne dabei das Licht anzumachen, wie sie es halt immer machte. Nachdem sie sich schnell ein Salamibrot belegt hatte und gerade kräftig hineinbeißen wollte, hörte sie ein Geräusch. Es kam aus dem Wohnzimmer. Verunsichert machte sie dann doch das Licht an. Wow! Wie sah es denn hier aus? In so einem Zustand war die Küche eigentlich nur, wenn Hansi und Bettina länger nicht daheim waren. Ansonsten war es eigentlich immer aufgeräumt, zumindest halbwegs. Auch Isabelle vermutete Einbrecher, genau wie ihr Bruder. Ein klein wenig zitterten ihr jetzt schon die Knie, obwohl sie ansonsten eigentlich nichts aus der Fassung bringen konnte. Zur Sicherheit bewaffnete sie sich noch schnell mit dem Schnitzelklopfer, der gerade greifbar war. Mit dieser Waffe in der Hand schlich sie sich ganz langsam und vorsichtig in Richtung Wohnzimmer. Die Tür stand offen. Sie hörte jemanden atmen. Mit der einen Hand suchte sie hinter sich den Lichtschalter und mit der anderen Hand hob sie den Schnitzelklopfer hoch. Da sah sie ihre Eltern, eng aneinander gekuschelt, teilweise unbekleidet, in eine Decke gehüllt und friedlich schlafend. Zuerst musste Isabelle zweimal hinsehen. Was ging denn hier ab? Aber sie konnte sich natürlich einen Reim darauf machen. Ihre Eltern hatten wohl wieder Kamasutra-Übungen gemacht. Aber hier im Wohnzimmer? Schon seltsam, fand Isabelle.

Bettina und Hansi erwachten am nächsten Morgen im Wohnzimmer auf dem Fußboden. Ein wenig schummrig war ihnen zumute. Und sie wurden von der Sonne, die durchs Fenster schien, erst geweckt und dann gleich unglaublich geblendet.

Sie sahen sich an und wussten nicht so recht, was sie sagen sollten. Wirklich erinnern konnten sie sich nicht an das, was gestern Abend passiert war. Nur schemenhaft, in kleinen Blitzen tauchten immer wieder Bilder der gestrigen Ereignisse vor ihrem geistigen Auge auf. Bettina bekam direkt eine Gänsehaut, wenn sie einen Flashback hatte.

Schnell huschten Hansi und Bettina nach oben, um zu duschen und sich anzuziehen, bevor die Kinder kamen.

Keine zehn Minuten später stapften die drei Scharnagl-Sprösslinge auch schon in die Küche zum Frühstück.

»Hey Leute, was war denn gestern mit Mama und Papa los? Sie haben wohl im Wohnzimmer geschlafen und ich will gar nicht wissen, was sie vorher da getan haben.« Isabelle war entsetzt und musste dringend mit jemandem über ihr gestriges Erlebnis sprechen.

Indira hatte von alldem nichts mitbekommen – Gottseidank. Dass am gestrigen Abend etwas Eigenartiges mit ihren Erzeugern geschehen sein musste, hatten nur Hansi junior und Isabelle registriert. Indira war noch sichtlich geschlaucht und wirkte kraftlos, als sie sich ihr Müsli in eine Schüssel schüttete. Dabei entdeckte sie die Teller mit den Speiseresten in der Spüle und war augenblicklich hellwach.

»Ich glaub, ich spinn! Das ist ja ein Spitzkegliger Kahlkopf! Was haben unsere Alten gestern noch mal getan, Isa?«, rekonstruierte Indira gerade den gestrigen Abend mit Isas Informationen und der Entdeckung in der Spüle.

»Na, rumgepoppt wahrscheinlich! Im Wohnzimmer! Aber ich will mir das gar nicht vorstellen. Das ist ja bei den eigenen Eltern immer schlimm. Das will echt keiner sehen – nicht mal im Kopfkino. Ganz furchtbar!« Isabelle tat regelrecht traumatisiert.

Hansi junior trank seinen Kaffee und lauschte dem Gespräch seiner Schwestern.

»In der Schule werden diese Zauberpilze im Moment grad vertickt. Magic Mushrooms – habt ihr auch davon gehört? Gar nicht so billig. Anscheinend gibt es da wohl ein paar Leute, die bauen die irgendwo in der Gegend an. Hab schon ein paar Mal von den Trips gehört. Ist ziemlich angesagt bei uns und auch am Gymnasium.«

Isa und der kleine Hansi lauschten dem fundierten Szenewissen ihrer Schwester sehr neugierig.

»Ich hab da ja mal gegoogelt, weil meine beste Freundin Antonia auch überlegt hat, ob wir das nicht mal ausprobieren sollten. Es ist anscheinend nicht so extrem gefährlich, wobei es wohl wie ein LSD-Trip sein soll. Man wird anscheinend nicht so schnell abhängig. Aber ich muss mir das echt nicht geben. Und, na ja, legal ist es halt auch nicht«, erzählte Indira und löffelte dabei ihr Knusper-Schokomüsli.

Der kleine Hansi wurde immer kleiner.

»Geh Oida, gib dir das mal! Unsere Alten auf 'nem Schwammerl-Trip?« Isabelle musste jetzt dann doch lachen.

»Ähm, weiß man denn, wer die Pilze verkauft?«, fragte jetzt der einzig anwesende männliche Scharnagl zögerlich.

»Nö, hab ich noch nichts gehört. Ein paar Berufsschüler, glaub ich. Das müsstest du ja dann besser wissen«, spielte Indira den Ball wieder an ihren Bruder zurück.

Jetzt wurde es Hansi junior ein wenig *zu* ungemütlich. Er stand plötzlich auf und sagte im Hinausgehen noch schnell: »Ich hab da gar nix gehört. Servus.«

»Hä, was hat jetzt er?« Isa schaute ihrem Bruder ungläubig nach.

In der Zwischenzeit waren die Scharnagl-Eltern auch frisch geduscht und angezogen. Immer noch ein wenig lichtempfindlich – vor allem Hansi – kamen die beiden in die Küche.

»Na ihr zwei?«, wurden sie von Isabelle mit einem hämischen Grinsen begrüßt.

»Guten Morgen, Mädels«, sagte ihre Mutter, als wenn es der normalste Tag der Welt wäre.

Sie schenkte sich eine Tasse Kaffee ein und setzte sich zu ihren Töchtern an den Küchentisch. Hansi suchte indes seine Sonnenbrille im Flur.

Isa und Indira konnten beide ihr Grinsen nicht unterdrücken. Sie mussten sich schon sehr zusammenreißen, um nicht laut loszulachen.

»Ist was?«, fragte Bettina, der die eigenartige Stimmung natürlich nicht entging.

Hansi kam nun mit seiner Skibrille in die Küche, weil seine Sonnenbrille gerade nicht aufzufinden war.

Als seine Töchter nun auch noch ihren Vater sahen, von dem sie wussten, dass er vermutlich auf einem ungewollten Magic-Mushroom-Trip gewesen war, eine ekstatische Liebesnacht hinter sich hatte und nun die Spätfolgen daraus mit einer Skibrille bekämpfen musste, konnten sie nicht mehr an sich halten. Dieser Anblick – das war zu viel für die zwei. Sie prusteten lauthals los.

Bettina kam jetzt unweigerlich der Gedanke, dass ihre Töchter etwas vom gestrigen Abend mitbekommen haben könnten. Um Himmels willen! Wie konnten sie sich nur so gehen lassen? Was war da bloß mit ihnen passiert? Sie wäre am liebsten auf der Stelle im Erdboden versunken.

Um die Situation nicht noch peinlicher werden zu lassen, machten sich die zwei Scharnagl-Töchter jetzt lieber auf den Weg in die Arbeit beziehungsweise zur Schule.

Bettina und Hansi sahen sich ein wenig ratlos an. Sie schafften es irgendwie noch nicht, miteinander über die gestrige Nacht zu sprechen. Zu aufwühlend und unwirklich waren die kurzen Erinnerungsfetzen. Das musste jeder erst einmal auf sich wirken lassen.

Bettina war allerdings in ihren Überlegungen schon einen Schritt weiter. Es dämmerte ihr langsam, dass diese Erlebnisse wohl von irgendetwas ausgelöst worden sein mussten. Volker hatte vor Kurzem bei der veganen Vitalküche erzählt, dass es aphrodisierende Lebensmittel gab, die wohl die Lust erheblich steigern sollten. Sie hatte dabei die Bio-Eier vom Huberbauern in Verdacht und wollte gleich heute noch mal welche besorgen.

Auch Bettina und Hansi mussten jetzt ihren Pflichten nachgehen und machten sich ebenfalls auf den Weg zur Arbeit. Bettina mit dem Fahrrad und Hansi mit dem Astra und seiner Skibrille auf der Nase.

KAPITEL 12

Dubai

Bettina war seit Tagen absolut zerstreut. Es beschäftigten sie immer wieder die gleichen zwei Dinge: Woher war dieses lodernde Feuer der Leidenschaft in jener denkwürdigen Nacht gekommen? Und warum um alles in der Welt hatte sie in dieser Situation den Flötzinger vor sich gesehen? Sie hätte sich jeden vorstellen können: George Clooney, Brad Pitt, Andreas Gabalier oder wenn es grad sein musste auch Günther Jauch. Aber der Flötzinger? Diese Nacht war ja geradezu eine Explosion der Lust gewesen. Immer noch schossen ihr ab und zu unerwartet Bilder von dieser Nacht durch den Kopf. Dabei bekam sie jedes Mal sofort eine Gänsehaut. Diese Sinnlichkeit musste ja irgendwoher kommen.

Beim letzten Kochkurs hatte Volker – der von Volkers Veganer Vitalküche – nochmals ausführlich erzählt, dass eben in manchen Lebensmitteln aphrodisierende Stoffe enthalten waren. In manchen Kulturen wurden diese Lebensmittel sogar bewusst zur Luststeigerung verzehrt. Daran musste es einfach auch bei Hansi und Bettina gelegen haben, da war sie sich sicher. Entweder waren es die Eier, der Schnittlauch oder der Chili gewesen. Oder vielleicht doch die Schwammerl? Bettina konnte sich aber nicht erinnern, dass Volker Schwammerl erwähnt hatte. Insgeheim experimentierte Bettina nun schon seit ein paar Tagen mit ihrem Bärle – auf Lebensmittelbasis natürlich. Es gab täglich zum

Abendessen die verschiedensten Variationen von Eierspeisen und Schnittlauch, Gerichte mit so scharfem Chili, dass ihr selber fast der Mund brannte. Aber diese sensationelle Wirkung von neulich hatte sich seither partout nicht mehr einstellen wollen.

Die Huberbäuerin fragte sich schon, warum die Scharnagls nun so viele Eier brauchten. Ostern war schon lange vorbei, einen Zwischenhandel für Bio-Eier im KaufGut hatte Bettina wohl nicht eröffnet und Eierlikör mochten die Scharnagls auch nicht, das wusste die Traudl. Langsam machte sich die Huber Traudl ernsthaft Sorgen um Hansis Cholesterinwerte.

Wie dem auch sei, es war Bettina ein Rätsel, woher es kam. Hansi wurde auch durch die Eier nicht mehr zum wilden Hengst. Apropos wilder Hengst, vielleicht sollte sie mal das Schaumbad in Kombination mit den Eiern versuchen … Sie hatte die nächsten Tage sowieso ein bisserl mehr Zeit, darüber nachzudenken, denn in den nächsten drei Wochen fielen alle Yoga- und Kamasutra-Kurse aus.

Ashanti und Elvira waren vor einer Woche nach Dubai abgerauscht. Vorher hatte die Apothekerwitwe noch die letzten Besorgungen im KaufGut gemacht und dabei Bettina so dermaßen von ihrem »grauhaarigen Esoterik-Messias« vorgeschwärmt, dass sich Bettina fragte, ob ihr die unangenehme Situation mit Hansi und Ashanti am Volksfest einfach nur peinlich war. Vielleicht wollte sie jetzt das Ashanti-Image wieder ein wenig zurechtrücken. Oder sie war wirklich scharf auf den Yoga- und Kamasutra-Supervisor. Immer noch wusste niemand wirklich, in welchem

Verhältnis die beiden eigentlich zueinander standen. Man konnte am Volksfest aber durchaus den Verdacht hegen, dass die Apothekerwitwe alles für ihren Ashanti tun würde. *Vielleicht sogar ihren Mann umbringen???* Den Gedanken hatte Bettina bei diesem Gespräch im KaufGut öfter, so sehr schwärmte Elvira von Ashanti. Wie ein fünfzehnjähriger Teenager. Auf jeden Fall gab es im Moment in Unterfilzbach keine Ashanti-Kurse aufgrund seiner Abwesenheit. Bettina war in vier verschiedenen Kursen pro Woche angemeldet, da blieb ihr also jetzt viel Zeit für andere Dinge.

Ein weiteres Rätsel neben ihrer überraschenden Flötzinger-Männerfantasie war für Bettina im Moment auch noch ihre neue Freundin Maria. Seit dem Volksfest war sie irgendwie verändert. Bettina freute sich, dass sie nach der kleinen Party in der Scharnagl-Küche deutlich entspannter wurde, sie öffnete sich und die ganze Kälte und Unnahbarkeit, die sie bisher immer ausgestrahlt hatte, war weg. Aber nach dem Filzer Goldfest zog sie sich nun wieder zurück. Bettina überlegte schon, ob sie vielleicht etwas Falsches gesagt oder getan hatte. Typisch Frauen halt, sie suchten immer gleich die Schuld bei sich selber. Heute hatte sich Maria kurz zum Kaffee angekündigt, ein guter Zeitpunkt, um einmal nachzufragen.

»Grüß dich, Maria«, empfing Bettina sie an der Haustür.

»Servus Bettina«, entgegnete die müde wirkende Maria. Sie hatte Augenringe und schien nicht besonders glücklich.

»Wie geht's dir denn?«, wollte Bettina gleich mal zu Beginn den interessanten Punkt ansteuern.

»Mei, passt schon.«

Das war ja jetzt nicht gerade das, was Bettina an Informationen hören wollte. Maria hielt sich leider nur ein wenig an Small Talk und den üblichen Dorftratsch.

»Hast du schon gehört? Ashanti und Elvira sind schon wieder zurück aus Dubai.«

Dies allerdings war eine Neuigkeit, die Bettina noch nicht kannte, aber sehr interessant fand.

»Was? Ich dachte, sie bleiben noch drei Wochen?«

»Elvira war heute nur kurz in der Metzgerei. Anscheinend isst sie jetzt wieder Fleisch. Sie kam ja seit Monaten nicht mehr ins Geschäft, da musste ich heute direkt lachen. Auf jeden Fall hat sie erzählt, dass der Urlaub eine einzige Katastrophe war«, schmunzelte die Metzgereibesitzerin.

»Warum denn das? Sie hatte sich doch so drauf gefreut, endlich mit ihrem Ashanti allein zu sein«, sagte Bettina ein wenig genervt und verdrehte dabei die Augen.

»Keine Ahnung, sie war aber nicht gerade gut auf ihn zu sprechen, wenn ich das richtig verstanden habe. Es war halt recht viel los im Laden, da war nicht viel Zeit, näher nachzufragen.«

Bettina überlegte laut: »Komisch. Na ja, ich würde den aber auch nicht lange aushalten. Er ist ja sicher ein guter Yoga-Lehrer, aber immer seine missionarischen Bekehrungsversuche, das geht mir langsam gehörig auf die Nerven. Und ich glaube, er hat Elvira schon sehr ausgenommen. Der Umbau in ihrem Haus, die Sonderwünsche und der ganze Zirkus. Alles hat Elvira gezahlt.«

»Mei, die Männer. Das ist schon immer ein Kreuz mit denen«, seufzte Maria.

»Jetzt erzähl mal. Was ist denn mit den Männern? Ist denn deine Ehe mit dem Reiner okay?«, fragte Bettina jetzt sehr direkt, sonst würde sie ja nie etwas erfahren.

»Wenn du über zwanzig Jahre verheiratet bist, dann verändert sich halt viel.«

»Ja, das stimmt schon, aber Hansi und ich sind ja auch schon so lange zusammen. Es wird dann schon anders, aber ich möchte keinen anderen«, sagte Bettina mit fester Überzeugung.

Maria seufzte dazu nur sehr tief.

»Irgendwas stimmt doch nicht, Maria, willst du denn nicht mal drüber reden? Ich seh doch, dass dich was belastet.«

Direkter konnte Bettina sie jetzt wirklich nicht mehr darauf ansprechen.

»Weißt du, als ich damals mit dem Reiner zusammenkam, wurde ich sehr schnell schwanger. Was sollte ich denn machen? Ich dachte damals, das passt schon. Aber das Leben macht es einem oft nicht leicht. Manchmal kommt dann noch jemand Drittes mit ins Spiel«, fing Maria endlich an, ein wenig aus dem Nähkästchen zu plaudern.

Aha! Jetzt wird's interessant, dachte sich Bettina und hatte natürlich sofort Sandra im Kopf. So ganz war ja noch nicht ausgeschlossen, dass Maria bei Sandras Tod vielleicht irgendwie beteiligt gewesen war. Indira hatte da schon einmal eine These aufgestellt. Maria hätte ja eindeutig ein Motiv für einen Mord gehabt. Finanziell und gesellschaftlich hätte im Falle einer Scheidung für Maria einiges auf dem Spiel gestanden. Wobei Bettina Maria inzwischen nicht mehr als die geldgierige Geschäftsfrau sah.

»Bei uns war das dann auch so, es gab noch jemanden. Und dann muss man halt tun, was man tun muss«, gab Maria ein Statement zu ihrer Ehe ab.

Ich glaub, ich spinn! Maria gesteht mir jetzt hier den Mord an Sandra? In meiner eigenen Küche!, schoss es Bettina durch den Kopf. Damit hatte sie wirklich nicht gerechnet. Was sollte sie denn jetzt tun? Panik erfasste sie, ihr Herz schlug schneller. Am besten erst einmal tief in den Bauch atmen!

Aber Maria war noch nicht fertig.

»Ich wusste damals nicht mehr, was ich tun sollte, alles in mir drehte sich. Es stand ja schließlich verdammt viel auf dem Spiel. Und da hab ich kurzen Prozess gemacht.«

Oh mein Gott – sie war's! Sie hat Sandra umgebracht! Und jetzt sitzt eine Mörderin in meinem Haus.

»Weißt du, was jetzt genau richtig wäre? Hast du vielleicht einen Schnaps für mich?«, wandte sich Maria nun an sie.

»Freilich«, brachte Bettina nur kurz über die Lippen, sprang auch schon auf und verließ die Küche.

Sie ging in den Keller und schaute in ihrer Hausbar nach entsprechenden Spirituosen. Außerdem war sie froh, ein wenig Zeit zum Überlegen zu haben. Das war ja jetzt keine alltägliche Situation. Sie lehnte sich gegen die Kellertür und atmete erst einmal ganz tief durch, aber irgendwie wusste sie trotzdem nicht, wie sie sich jetzt verhalten sollte. Als sie die Kellertreppe wieder hochstieg, kam Gottseidank gerade Hansi zur Haustür herein.

»Hansi! Psst! Komm mal«, winkte Bettina ihren Mann in eine kleine Nische im Flur. »Stell dir vor, die Maria hat mir gerade den Mord an der Sandra gestanden. Was machen wir denn jetzt, Bärle?«, flüsterte sie aufgeregt.

»Ach geh, das glaub ich nicht. Meinst wirklich?« Hansi konnte seiner Frau diese These nicht ganz abkaufen.

»Doch, sie sagte, sie hat *getan, was sie halt tun musste,* als noch jemand in die Beziehung kam. So hat sie das gesagt! Das ist doch ganz klar ein Geständnis. Das hätte ich ihr niemals zugetraut!«

Hansi überlegte. »Also wenn das wirklich so ist, dann müssen wir sie festnehmen.«

»Geh jetzt, Hansi, du bist ja nicht die Polizei! Spinn nicht so«, holte ihn Bettina aber gleich wieder auf den Boden der Tatsachen zurück.

Aber Hansi ließ sich nicht von seinem Vorhaben abbringen.

»Wo ist sie denn? Ich muss mit ihr reden.«

»Ja, in der Küche halt. Jetzt komm einfach mal mit«, sagte Bettina und zog ihren Mann und Gangsterjäger von Unterfilzbach in die Küche.

Maria saß wie ein Häufchen Elend am Küchentisch. Bei diesem Anblick tat sie den beiden Scharnagls sofort leid.

»Servus Maria.«

»Servus Hansi.«

Bettina nahm drei Schnapsgläser aus dem Hängeschrank und schenkte den selbst gebrannten Obstler ein, den Sepp so hervorragend in seiner selbst gebauten Brennanlage produzierte.

»Das ist ein Obstler vom Sepp, der ist wirklich hervorragend. Maria, komm trink einen Schluck und dann reden wir in Ruhe über alles. Das tut dir jetzt sicher gut«, wollte Bettina der Maria den letzten Schubser zum erwarteten Geständnis geben.

»Was soll es denn noch zu reden geben? Mein Leben ist einfach jetzt so, damit muss ich halt klarkommen. Die Konsequenzen muss ich nun tragen.«

Für die zwei Scharnagls war klar, was Maria Aschenbrenner damit meinte, und die beiden tranken erschrocken ihren Obstler auf ex.

»Hast du das deinem Mann schon gestanden, Maria?«, wollte Hansi nun wissen.

»Ach, der. Ich glaube, er weiß es sowieso. Aber du hast recht, ich muss es ihm direkt sagen. So bringt das alles nichts mehr. Ich kann nicht mehr schlafen und nicht mehr essen. Das schlechte Gewissen macht mich fertig.«

Mit diesen Worten trank nun auch Maria ihren Schnaps auf ex.

»Wisst ihr, der Reiner wird es schon verstehen. Aber meine Kinder? Das macht mir am meisten Sorgen. Und die Leute. Was werden die sich das Maul zerreißen! Ich glaube, ich werde dann in einen anderen Ort ziehen müssen«, spekulierte Maria über ihre Zukunft.

»Na, da bin ich mir ziemlich sicher, Maria.«

Dabei überlegte Hansi, wo wohl eigentlich das nächstgelegene Frauengefängnis war. Aber Maria erschien Hansi in dieser Situation ziemlich naiv. Er war sich sehr sicher, dass Reiner den Mord an Sandra nicht »verstehen« würde.

»Mei, Maria, es gibt für alles eine Lösung. Und das Leben geht weiter. Lieber ehrlich alle Karten auf den Tisch. Vielleicht bekommst du mildernde Umstände. Und irgendwann kannst du auch wieder schlafen«, wollte Bettina ihr nun gut zureden. »Soll ich bei der Polizei anrufen? Wir könnten mitfahren. Du musst jetzt nicht alleine sein.«

Bettina nahm sich vor, ihre Freundin in dieser Situation zu unterstützen.

»Warum bei der Polizei? Ich glaub, ich red' vorher erst mit Reiner. Einen trink ich noch und dann fahr ich heim. Hoffentlich trau ich mich dann noch.« Der zweite Obstler verschwand mit einem Schluck in Marias Mund. Als sie das Glas wieder auf den Tisch gestellt hatte, sah Maria die Scharnagls an, die ihr gegenüber mit großen Augen voller Spannung und Erwartung genau beobachteten, was sie denn nun tun würde.

»Wartet mal. Von was redet ihr eigentlich? Wieso soll ich zur Polizei gehen?« Langsam hatte Maria den Verdacht, dass hier irgendwie aneinander vorbeigeredet wurde. »Sepp hat euch nichts erzählt?«

Ja das wird ja immer schöner, der Sepp hat ihr also geholfen?, schoss es Hansi durch den Kopf. *Neiiin! Um Gottes willen, bitte nicht mein Sepp.* Wegen Beihilfe zum Mord musste man ja sicherlich auch ins Gefängnis. Hansi bekam Panik und stand vom Tisch auf.

»Was soll uns denn der Sepp gesagt haben? Hast du ihn da etwa mit reingezogen?« Hansi wurde langsam wütend auf Maria.

»Was heißt hier *mit reingezogen?* Ich konnte nicht anders und bin damals einfach verschwunden. Und er wusste nicht, warum, ich hab ihn ja einfach so stehen lassen. Ich hab ihm nichts erklärt. So viele Jahre später denk ich immer noch dran. Aber ich war ja zu der Zeit schon schwanger mit Emil«, erklärte Maria die Situation.

»Also hast du die Sandra gar nicht umgebracht?«, rief Bettina erleichtert.

»Ja spinnt's ihr jetzt? Nein, es geht ja um Sepp und mich und unsere kurze Beziehung, die wir damals hatten. Vor 26 Jahren. Es war wirklich Liebe, und ich hab es nicht gemerkt oder vielleicht verdrängt. Ich dachte, er hat mit euch drüber gesprochen?«

Stille machte sich in der Küche breit. Und dann fingen alle drei laut zu lachen an.

Einige Tage später bei der Brotzeit im Brotzeitstüberl hatten sich alle Männer pünktlich um halb zehn um den großen Holztisch versammelt und packten ihre Wurstsemmeln, Käsekrainer und Sülzen aus.

»Habt's ihr schon gehört? Die Apothekerin, die Elvira, hat den Ashanti rausgeworfen«, brachte Günter die Tratschneuigkeiten unter die Bauhofmänner.

»Ach geh, warum denn das?«, fragte Reinhard überrascht.

»Ich weiß nicht, aber die Elvira hat es meiner Frau erzählt. Anscheinend ist ihr der Loisl, ähm, der Ashanti jetzt doch auf die Nerven gegangen. In Dubai haben sie wohl ziemlich gestritten«, klärte Günter nun auf.

»Und wo wohnt er dann jetzt? Er ist ja mit Sack und Pack bei ihr eingezogen. Seine Wohnung hat er doch aufgegeben, oder?«, warf Hansi in die Runde.

Wiggerl gesellte sich nun auch zu seinen Männern. Mit offensichtlicher Vorfreude packte er seine Tupperdose aus und löffelte gleich los.

»Ähm, Wiggerl? Was isst denn du da heute Seltsames? Ist die Sauerkrautphase schon vorbei?«, wollte Hansi sticheln.

»Du, das ist ganz was Feines. Couscous. Kennt ihr nicht, gell?«, amüsierte sich Wiggerl und freute sich über seine exotische, den Kollegen unbekannte Brotzeit. Er wirkte dabei schon ein wenig überheblich, was seinen Kollegen natürlich nicht entging.

»Boah, geh leck! Das schaut ja aus wie … Aber ich will dir ja jetzt nicht den Appetit verderben«, konterte Günter. Dabei biss er genüsslich in seine Käsekrainer.

Aber Wiggerl beeindruckte das überhaupt nicht. »Also Männer, wenn man so eine Ernährungsumstellung macht, dann fühlt man sich wieder wie zwanzig. Und jetzt hab ich sogar meinen eigenen Ernährungsberater. Da schaut's ihr jetzt, gell?«

»Aha«, kam darauf lediglich als Antwort aus Hansis Mund.

»Wiggerl, hast du was gehört, wo der Amberger Loisl jetzt wohnt?«, wollte nun Günter das Thema von diesem für ihn unappetitlich anmutenden Inhalt der Tupperdose ablenken.

»Wer?«, fragte Wiggerl kauend nach.

»Na, der Ashanti. Weißt schon. Du gehst doch auch in den Kamasutra-Kurs«, half ihm Hansi auf die Sprünge.

»Ach so, ja. Freilich. Der wohnt jetzt bei mir. Ich hab ja noch die kleine Einliegerwohnung von meiner Schwiegermutter – Gott selig. Er ist ja bei Elvira ausgezogen. Sie wollte mehr von ihm und das wollte er halt nicht. Mei, die Elvira ist ja auch nimmer die Knackigste. Das kann ich schon verstehen, bei so einem vitalen Mann wie dem Ashanti.«

Das war jetzt schon wieder eine Neuigkeit, die die Männer erst einmal sacken lassen mussten.

»Also ich hab zwar die Geschichte ein wenig anders gehört, aber das wissen wohl nur die zwei«, sagte Günter in die Runde.

»Und der Ashanti macht dir jetzt deinen Speiseplan, oder wie? Das würde mir ja grad noch abgehen. Der ist und bleibt ein Depp«, bekundete Hansi sein leichtes Unverständnis über den neuen Mitbewohner seines Chefs.

»Also des ist ja so … Ihr könnt ja gerne weiterhin eure Gesundheit ruinieren mit eurem Züngerl und was ihr da sonst noch alles in euch reinschaufelt. Seit meiner Sauerkrautdiät hab ich ja jetzt wirklich meinen Körper entschlackt und schon entgiftet. Und der Ashanti hat mir jetzt auch noch erklärt, wie ich *in meine innere Mitte* komme. Ich fühl mich wie ein junger Bursche. Ich sag's euch, die jungen Mädels drehen sich nach mir um. Da kann ich noch lange mithalten. Und der Ashanti macht halt jetzt mit mir schon morgens Yoga. Damit ich noch beweglicher werde und ausgeglichener. Ich finde, das sieht man schon. Findet ihr nicht, dass ich schon eine ganz andere Ausstrahlung habe?«, schwärmte Wiggerl von sich selbst.

»Aha«, war im Chor zu hören.

»Dafür muss er mir halt jetzt erst mal noch keine Miete bezahlen. Das könnt er ja so auch gar nicht, meinte der

Ashanti. Er sagt, er ist jetzt mein Life Coach, bis ich selber so erleuchtet werde wie er.«

»Aha«, tönte der Chor erneut.

Weiter wollte nun aber keiner der Männer das Thema »Wiggerl und sein neues Lebensgefühl« vertiefen und so verlief die restliche Brotzeit relativ wortkarg. Aber alle Männer im Bauhof wunderten sich kopfschüttelnd, aber dennoch sehr amüsiert, über diese neue Wohngemeinschaft. Den ganzen Tag witzelten sie über Wiggerl und seine Erleuchtung.

Abends erzählte dann Mama Scharnagl die Geschichte aus einer anderen Perspektive. Heute war Elvira Kundin im KaufGut gewesen und natürlich hatte Bettina den Grund für die vorzeitige Rückreise aus Dubai wissen wollen.

»Stell dir vor, Bärle, heute war die Elvira im KaufGut.«

»Ja, bei der Brotzeit haben die Kollegen erzählt, sie hat den Ashanti rausgeschmissen. Der wohnt jetzt bei Wiggerl und Hilde, stell dir das mal vor!« Hansi musste lachen.

»Also die Elvira hat erzählt, es war, als ob ihr jemand mit dem Hammer auf den Kopf geschlagen hätt'. Der Ashanti muss sich so aufgeführt haben. Nix mehr *innere Mitte* und *Ausgeglichenheit*«, erzählte Bettina die Geschichte weiter. »Er hat sich ständig über alles aufgeregt. Im Flugzeug war es ihm zu kühl, da wird er krank mit der Klimaanlage. Der Tomatensaft war zu salzig und die Stewardess zu unfreundlich. In Dubai war es ihm dann wieder zu heiß. Die Betten waren zu hart, der Sand zu sandig und so ging es wohl den ganzen Tag. Immer unzufrieden wie ein kleines Kind. Die

Elvira meinte, sie versteht sich selber nicht mehr, was sie die ganze Zeit so fasziniert hat. Sie musste sich so zusammenreißen, dass sie ihn nicht sitzenlässt da unten in Dubai. Aber er hätte sich wohl nicht mal auf dem Flughafen zurechtgefunden und nur deshalb hat sie ihn wieder mit heim genommen. Ständig hing er an ihrem Rockzipfel. Der hätte nicht mal gewusst, in welches Flugzeug er sich setzen muss.« Bettina lachte mit sichtlicher Genugtuung.

»Na, er hat ja jetzt ein neues Opfer. Er ist jetzt nämlich Wiggerls Life Coach«, stimmte auch Hansi in das Gelächter mit ein.

Bettina und Hansi bereiteten gerade zusammen das Abendessen vor, als ihre Kinder sich nach und nach in der Küche einfanden. Es gab wie immer eine vegetarische Variante, die Bettina mochte und von der sie immer noch inständig hoffte, dass irgendwann auch ein anderes Familienmitglied ihre Leidenschaft mit ihr teilen würde. Heute hatte sie eine bunte Hirsepfanne mit kalter Knoblauchsoße gezaubert. Das roch eigentlich sehr köstlich, sah aber furchtbar unappetitlich aus. Da waren alle restlichen Scharnagls einer Meinung.

Die Sprösslinge bevorzugten dann doch eher die handfeste Brotzeit vom Papa. Hansi hatte alles aufgetischt, was er heute wieder beim Aschenbrenner mitgenommen hatte. Unter anderem frischen italienischen Schinken, Kalbsstreichwurst – grob *und* fein –, Sport-Salami und eine kleine Käseauswahl.

Indira war gestresst und schoss schon die ganze Zeit im Haus umher. Sie musste bis morgen ein Referat über Pilze fertig bekommen und war wie immer sehr penibel. Sie hatte sich als Sonderthema ungenießbare, giftige und berauschende Pilze ausgesucht, worüber sie auch beim Abendessen schon einmal in gewisser Weise referierte.

»Jetzt iss doch mal ein bisserl was, Indira. Du bist eh schon wieder so mager«, bemutterte Bettina ihre Jüngste.

»Mama, ich muss noch das Referat fertigmachen, und außerdem hab ich gar keinen großen Hunger«, rechtfertigte sich Indira. »Was waren das eigentlich letztes Mal für Schwammerl, die ihr da gegessen habt, Papa?«, fragte sie dann ihren Vater gespielt naiv.

»Mei, das weiß ich gar nimmer, wie die geheißen haben. Aber der Günter hat mir die empfohlen, der kennt sich da ja sehr gut aus«, antwortete Hansi, ohne einen Verdacht zu schöpfen, auf was Indira wohl hinauswollte.

»Also, ich hab die ja gesehen, und so wie ich das jetzt recherchiert habe, war das tatsächlich der Spitzkegelige Kahlkopf. Der hat eine Wirkung wie LSD, wenn man den isst. Wusstet ihr das?«, erzählte Indira, ohne dabei ihre Eltern anzuschauen.

Isabelle konnte sich nun ein Lachen und eine Anspielung nicht mehr verkneifen: »Na, jetzt weißt du, warum du da so leidenschaftlich in Ekstase geraten bist, Mama. Jetzt kannst du endlich aufhören, ständig Eier mit Chili für den Papa zu braten.«

Hansi und Bettina schauten sich an. Ihre beiden Gesichter nahmen dabei recht schnell die Farbe von zwei überreifen Tomaten an. Beiden wurde schlagartig klar, was damals mit ihnen passiert war. Es waren die Schwammerl gewesen!

Peinlich berührt brachten die Scharnagl-Eltern das Abendessen hinter sich und waren heilfroh, als sich Indira und Isabelle unter ständigem Gekicher aus der Küche verzogen.

Hansi junior blieb noch und half freiwillig, den Tisch abzuräumen, was jetzt nicht gerade alltäglich war.

»Was ist denn los, Hansi?«, wurde Papa Scharnagl gleich skeptisch.

»Hm, also ja … ich muss euch was sagen«, stammelte der Junior. Er stieg dabei von einem Fuß auf den anderen und suchte verzweifelt nach Worten. »Also, der Förster Hugo wird wohl demnächst mit euch reden.«

»Ja? Warum das denn?«, fragte Bettina, die gerade die Geschirrspülmaschine einräumte.

»Hm, also, ich hab da, glaub ich, einen Schmarrn gemacht«, druckste ihr Sohn herum.

»Ja, jetzt sag halt, was los ist. Ich merk ja schon die ganze Zeit, dass etwas nicht stimmt«, forderte ihn das Familienoberhaupt nun auf. »Also, jetzt setzt dich her und erzähl!«

»Also, ein paar Kumpels und ich … also, ich wollt ja eigentlich sowieso nicht mitmachen … aber der Jo, der ist halt so … mei, der ist halt so dominant. Und ich wollte ja nicht als Feigling dastehen vor den anderen. Wir haben da eben diese Schwammerl im Wald oben bei den Schachten angebaut. Diese Drogenschwammerl, von denen Indira gerade erzählt hat. Die haben wir an ein, zwei Leute verkauft. Und … jetzt hat der Hugo die Hütte und die Schwammerl entdeckt … und uns halt auch … Deshalb wird er wohl bald mit euch reden wollen.«

Sichtlich erleichtert, dass es nun endlich ausgesprochen war, und mit einem lauten Seufzer setzte sich der Scharnagl-Filius nach seinem Bekenntnis auf die Eckbank und erwartete die Reaktion seiner Eltern.

Bettina wurde erst nach dem Seufzer ihres Sohnes hellhörig und setzte sich nun an den Tisch zu Hansi junior.

»Ja Bua, wie kommst denn bloß auf diese Schnapsidee?«, sorgte sich die Mutter und strich ihm dabei zärtlich über den Kopf.

»Mei, Mama, ich weiß ja auch nicht. Der Jo hat gemeint, da könnten wir einen Haufen Geld verdienen und das wäre alles legal. Aber das ist es gar nicht. Nur der Verzehr. Der Anbau und der Verkauf sind schon strafbar.«

»Eine g'scheide Watsch'n hättst du dir verdient«, grantelte Hansi seinen Sohn an, wohl wissend, dass er seinen Kindern niemals auch nur einen Klaps geben könnte.

Eine Weile lang sagte keiner etwas und es herrschte Ruhe in der Küche.

»Bua, des hilft jetzt nix, wenn der Hugo kommt, dann reden wir halt mit ihm. Du auch, im Übrigen, gell! Und dann muss man halt schauen, ob er etwas unternimmt. Ihr müsst das jetzt auf jeden Fall alles erst einmal verräumen und gleich aufhören damit«, lenkte Hansi wieder ein. Er hatte halt ein gutes Herz und bei seinen Kindern konnte er sowieso nicht anders. »Mit den Konsequenzen musst du dann leben, falls es eine Anzeige gibt. Ich hoffe mal, du hast was daraus gelernt. Aber ich bin jetzt wirklich froh, dass du endlich mal gesagt hast, was los ist. Und so schlimm wird es schon nicht werden. Wir sind ja da«, musste Hansi jetzt schon noch loswerden. Aber dann war er wirklich erleichtert.

Bettina zog Hansi junior erst einmal an seinen Ohren, umarmte ihn aber sogleich mit einer Träne im Auge, die sie aber versteckte. Hansi junior fiel ein großer Stein vom Herzen und der nicht gerade zierliche, fast erwachsene Mann vergoss tatsächlich ein paar Tränen.

Hansi umarmte seine Frau und seinen Sohn ebenfalls reflexartig, sprang aber dann gleich erschrocken zurück.

KAPITEL 13

Hiagst

Langsam »hiagstlte« es in Unterfilzbach. Es war ein herrlicher Sommer gewesen und Hansi trauerte ihm bereits jetzt schon ein wenig nach. Vorbei wären bald die Zeiten der Grillerei und der angenehmen Mäharbeiten. Dann hieß es wieder rein in den »Snow-Magic-Hero 1000« und Hansis Liebling, sein neuer Gasgrill, wurde eingewintert. Aber jetzt war es erst Ende September und vorher kam Gottseidank noch der Herbst, und wenn dieser nahte, bezeichneten die Einheimischen dieses »Herannahen« als »Hiagstln«, weil Herbst im Bayerischen auch »Hiagst« heißt. Eigentlich logisch.

Den Herbst mochte Hansi als drittliebste Jahreszeit. Oder vielleicht doch als zweitliebste? *Vielleicht steht es auch unentschieden zwischen Frühling und Herbst,* dachte sich Hansi, denn als er an diesem Morgen in seinem Opel Astra in Richtung Bauhof der aufgehenden Sonne entgegenfuhr, waren die Wälder schon mit wunderbar bunten Farbakzenten versetzt. Von der Sonne angestrahlt, wirkten die Rot- und Orangetöne der bereits zart gefärbten Laubblätter direkt wie kleine Feuer zwischen den Nadelbäumen. *Manchmal bin ich ja wirklich ein Poet,* dachte sich der Scharnagl, als er den Motor abstellte und aus dem Auto ausstieg. Als Hansi als erster seiner Kollegen in Wiggerls Büro kam, saß der in seiner orangefarbenen Latzhose mit seinen dreckigen Arbeitssicherheitsschuhen im Schneidersitz auf seinem Schreibtisch, hatte seine Hände ausgebreitet und atmete in ganz kurzen Stößen. Ein fast skurriles Bild war das, jedoch kannte Hansi das von Bettinas Yoga-Übungen. Reinhard, der gleich hinter Hansi ins Büro kam, lachte Wiggerl spontan ein wenig aus.

»Was machst jetzt du da, Wiggerl? Jetzt, glaub ich, müssen wir dich bald abholen lassen«, sagte Reinhard amüsiert und ging dabei gleich zum Schlüsselkasten, um sich seinen Recyclinghof-Schlüssel herauszuholen.

Wiggerl ließ sich aber nicht aus der Ruhe bringen und machte seine Atemübungen noch zu Ende, bevor er vom Schreibtisch stieg und sich seinen Mitarbeitern zuwandte, die nun nach und nach zum Dienstbeginn im Chefbüro antraten.

»Männer, wenn man sich konzentrieren muss, gibt es nichts Besseres. Das fördert total die Hirntätigkeit und gleicht mich wunderbar aus. Wenn ich mir morgens immer überlegen muss, wie ich euch alle einteile, dann ist das eine sehr schwierige Aufgabe, das könnt ihr mir schon glauben. Da braucht man diese hohe Konzentration.«

Nun setzte er sich endlich an seinen Schreibtisch, musste aber vorher noch den ganzen Dreck und getrockneten Schlamm, der von seinen Arbeitsschuhen abgebröckelt war, vom Tisch pusten.

Hansi dachte sich bei dem Anblick, dass Wiggerl vielleicht einfach mal durch den Wald spazieren sollte, dann wäre er auch ein wenig ausgeglichener und bräuchte das ganze Ashanti-Schreibtisch-Yoga nicht.

»Ist das wieder so ein neuer Tipp vom Ashanti-Loisl?«, fragte Hansi nach. »Der macht dich ja noch ganz narrisch.« Er konnte immer noch nicht mit dem ehemaligen

Versicherungsvertreter und Möchtegern-Guru sympathisieren. Dieser ganze Humbug war ihm einfach zu viel. »Geh halt einfach mal raus in den Wald spazieren.«

»Hansi, was meinst du, was ich jeden Tag beim Indian-Summer-Yoga mit Ashanti mache? Hä? Er sagt immer, die Kraft des Indian Summers muss man in die Seele aufsaugen«, schwärmte Wiggerl von seinem Life Coach.

»Indian Summer? Also ich sag da Hiagst dazu. So einen wie bei uns gibt's ja in Indien gar nicht. Aber wenn du meinst«, grantelte Hansi ihn an.

Wobei Hansi sich schon eingestehen musste, dass Wiggerl wirklich ausgeglichener war in letzter Zeit. So ganz falsch konnte das Yoga also nicht sein. Wiggerl war ja eigentlich auch in Ordnung und eine »guade Haut«, wie man in Bayern sagt. Aber er war immer so nervös und das hatte sich jetzt schon ein kleines bisserl gelegt, stellte Hansi rückblickend auf die letzten Wochen fest.

Nachdem Wiggerl die Arbeitsaufträge an seine Männer ausgehändigt und jedem nochmals ausführlich seine heutige Aufgabe erklärt hatte, wusste Hansi immer noch nicht, was er denn an diesem Tage zu tun hatte.

»Scharnagl, wir haben heute einen besonderen Termin.«

»Oha, was denn?« Hansi befürchtete schon das Schlimmste. Was würde sich Wiggerl denn wieder für ihn ausgedacht haben?

»Wir zwei, Hansi, wir machen heute einen Ausflug und schauen uns den neuesten Snow-Magic-Hero an.«

In der Nachbarstadt wurde heute der neue »Snow-Magic-Hero 2000« vorgestellt, und Wiggerl hatte tatsächlich

Hansi als Begleitung ausgewählt. Das freute ihn sehr, denn es war ja schließlich »sein« Räum- und Streufahrzeug. Und so eine Vorführung war ja auch mal was anderes als Hundetoiletten leeren. Wer weiß, vielleicht würde das heute mit dem Bauhof-Kapo ja ganz lustig werden.

Sie fuhren in die Nachbargemeinde nach Fichtenstein, das nahe der tschechischen Grenze gelegen war. Hansi und Wiggerl waren ziemlich beeindruckt, denn der Bauhof dort war vor Kurzem nigelnagelneu hergerichtet worden. Die Fichtensteiner Kollegen ließen sich ihren Stolz auch anmerken und führten die Bauhofmänner aus den umliegenden Orten mit geschwellter Brust durch ihre Hallen.

Wiggerl und Hansi versuchten, ganz gelassen zu wirken, aber sicher würde der Wiggerl dem Bürgermeister aus Unterfilzbach demnächst einmal erzählen, was es da im eigenen Bauhof noch zu verbessern gäbe. Hansi war sich sicher, dass Wiggerl morgen mit der Power-Point-Präsentation für den Gemeinderat beginnen würde. Natürlich ließen sie sich ihren aufkommenden Neid nicht anmerken, sie spielten eher die Gelangweilten. Eh klar! Aber dann war es soweit! Hansi lauschte dem Herrn, der das Neueste vom Neuen auf dem Winterdienstfahrzeugmarkt vorstellte, mit offenem Mund. Es war wie Weihnachten! Sage und schreibe vier Tonnen Fassungsvermögen im Streusalzsilo hatte der neue »Snow-Magic-Hero 2000«! Anpassungsfähige Doppelfräße, hochwertige Streuautomaten, wählbar mit Band-, Schnecken- oder Kettenfördersystemen – Hansi würde sich im Fall der Fälle natürlich ein Kettenfördersystem wünschen, hatte er sich schon überlegt –, eine computergesteuerte Streusalzeinspeisung, die den Glättegrad der Straßenoberfläche mit einem Sensor maß, ein mehrschariger Schneeschild mit großer Elastizität der Räumkante, die sich perfekt auch unregelmäßigen Oberflächen anpasste, und eine neu überarbeitete Hub-Kinematik für die perfekte Nivellierung des Pfluges. Dazu noch ein absolut kurzes Vorbaumaß im Schwenkbereich. Hansi war verliebt!

Als der nette Herr der Firma für Winterdienst-Nutzfahrzeuge mit seiner Präsentation der technischen Daten und der neuen Highlights des 2000er-Modells fertig war, kam noch eine Überraschung für die eingeladenen Gäste dieser Promotion-Veranstaltung. Die Gemeinde Fichtenberg hatte nicht nur ihren Bauhof neu renoviert, sondern auch noch den neuen »Snow-Magic-Hero 2000« gekauft. Der Bauhofchef aus Fichtenberg platzte fast, als er die Zuhörer in die Fahrzeughalle führte – eigentlich schwebte er mehr – und ihnen ihr neues Räum- und Streufahrzeug für die kommende Wintersaison präsentierte. Irgendwie wäre jetzt fast ein Tusch einer Blaskapelle angebracht gewesen, fand Hansi.

Und da stand er! Live und in Farbe – der neue »Snow-Magic-Hero 2000«! Hansi musste ihn einfach berühren. Sanft, beinahe zärtlich strich er über den Räumschild und den Streusalzbehälter samt der Förderschnecke. Er umkreiste ganz langsam das Fahrzeug, dabei fühlte er ein direktes Kribbeln im Bauch, fast wie Schmetterlinge. Er öffnete die Fahrertür und atmete ganz tief den »Neu-Geruch« ein. Ganz langsam ließ er sich in den veloursbezogenen kuscheligen Fahrersitz gleiten. Diese Federung – einfach fantastisch. Es fühlte sich wie eine Umarmung an. Sicher und geborgen musste man sich darin fühlen, wenn es draußen wehte und schneite. Hansi war sich sicher, auch der »Snow-Magic-Hero 2000« wollte von ihm, Hansi Scharnagl, gefahren werden. Er hatte Herzklopfen. Es war sehr schade, dass es nicht gerade ein stürmischer Wintertag war, fand Hansi. Leider wurde er etwas unsanft aus seiner Fantasie gerissen, wie er gedanklich mit dem Winterdienstfahrzeug in den Sonnenuntergang fuhr.

»He Scharnagl, jetzt komm wieder raus da, wir wollen auch mal reinschauen!«, drang es zu ihm durch.

Und so verließ er schweren Herzens seinen wahr gewordenen Wintertraum.

»Gell Hansi, das wär's!«, empfing ihn Wiggerl, als er von der letzten Trittstufe wieder auf den Betonboden sprang.

»Ja, das wär's«, seufzte Hansi mit einem sehnsüchtigen Blick auf das kommunalorange Fahrzeug, auf dem leider »Gemeinde Fichtenberg« stand und nicht »Gemeinde Unterfilzbach«.

Natürlich gab es kein Aufeinandertreffen von mehreren Bauhofarbeitern ohne Brotzeit, das war ja klar. Und die Fichtenberger ließen sich auch hier nicht lumpen und tischten alles an Wurst- und Backwaren auf, was das örtliche Metzger- und Bäckerhandwerk so hergab. Dazu ein süffiges Weißbier, wunderbar. Das Leben konnte wirklich schön sein! Was Wiggerl und Hansi allerdings dann wiederum nicht so behagte, war das super ausgestattete und wirklich komfortable Brotzeitstüberl im Bauhof Fichtenberg. Wie auch alles andere nur vom Feinsten!

Die gesellige Runde löste sich gegen späten Nachmittag langsam auf und alle Männer machten sich wieder auf den Weg zu den heimatlichen Bauhöfen. Auch Wiggerl und Hansi stiegen in ihren Transporter und steuerten Richtung Unterfilzbach. Wiggerl wies Hansi nur noch kurz an, das Auto vollzutanken. Gerüchteweise war das Benzin in Grenznähe immer noch günstiger als im Landesinneren.

An der Tankstelle, die sich direkt vor dem Grenzübergang von Bayern nach Tschechien befand, war allerhand los. Ein einziges Kommen und Gehen. Da gab es viel zu sehen, während Hansi den Zapfhahn pro forma festhielt, um einfach ein wenig das Treiben zu beobachten. Škodas, Ladas, aber auch richtig dicke Schlitten mit internationalen Kennzeichen in Hülle und Fülle, Grenzgänger, die täglich ins benachbarte Bayern und auch nach Unterfilzbach zur Arbeit fuhren, Kettenraucher, die sich ihre Tabakwaren im Nachbarland besorgten, Einheimische und Bekannte. Es war schon lustig, wen man hier alles beim Tanken antreffen konnte.

Ein dumpfes, lautes Brummen kam näher und outete sich schließlich als das Motorgeräusch eines schnittigen BMW Geländewagens. Hansi musste unweigerlich kurz ein respektvolles Pfeifen loswerden, denn so einen Flitzer würde er nur zu gern einmal sein Eigen nennen. Diesem protzigen Flitzer entstieg dann, geschniegelt und gestriegelt in Anzug und Krawatte, ebenfalls ein alter Bekannter – Markus Schaller.

»Servus Markus, du auch hier?«, fragte Hansi den Feuerwehrkommandanten der Oberfilzbacher überrascht. »In so feinem Zwirn kenn ich dich ja gar nicht. Nix mehr Baugewerbe?«, versuchte er nun Schallers ungewohntes Outfit zu hinterfragen.

»Servus Scharnagl. Nein, Import-Export«, antwortete Markus kurz angebunden.

Der Zapfhahn in Hansis Hand schnappte gerade in diesem Moment zurück. Tank voll. *Mist,* dachte sich Hansi, *jetzt wäre es interessant geworden.* Er hängte den Zapfhahn zurück und ging um das Auto von Markus Schaller herum, am Kofferraum vorbei, in Richtung Kasse. Aber was hatte er da jetzt aus den Augenwinkeln gesehen? Auf dem Rücksitz lag eine Plastiktüte, die umgekippt war. Die Plastiktüte musste randvoll mit Geldscheinen gewesen sein, die jetzt allerdings überall auf der Rücksitzbank verteilt lagen. Fünfziger, Hunderter, alles dabei. Reflexartig ging Hansi einen Schritt zurück, um sicherheitshalber noch mal einen Blick darauf zu werfen. Dies entging aber dem Schaller natürlich nicht. Als Hansi peinlich berührt weiterging, weil er nicht wusste, was er sonst hätte tun sollen, wartete Schaller noch den Moment ab, in dem Hansi den Kassenraum der Tankstelle betrat, und sprang dann gleich auf den Rücksitz, um hektisch die Scheine wieder zurück in die Tüte zu stopfen und diese unter dem Beifahrersitz zu verstauen.

Das alles beobachtete aber Hansi natürlich vom Kassenhäuschen aus und wunderte sich sehr. Er begann zu überlegen. Sein Gehirn lief geradezu heiß. Dies sah man auch an seiner Gesichtsfarbe. Und es wurde ihm plötzlich einiges klar, eine Art Puzzle setzte sich in seinem Kopf zusammen. Um Zeit zu gewinnen und auf Schaller zu warten, begutachtete er die netten kleinen Gartenzwerge, die man hier an der Tankstelle erwerben konnte. Echte böhmische Handwerkskunst aus Vietnam.

Markus Schaller machte einen sehr nervösen Eindruck, als er seine Tankrechnung beglich. Es war ihm offensichtlich sehr unangenehm, dass er noch mal auf Hansi traf, und er ließ sich partout nicht mehr in ein Gespräch verwickeln. Er schien direkt vor Hansi zu flüchten. Hansi zahlte nun auch schnell seine Rechnung und eilte zurück zu Wiggerl ins Auto. Wiggerl checkte gerade wieder einmal die Wettervorhersagen aus verschiedenen Quellen auf seinem Smartphone.

»Oje, Hansi, heute Nacht gibt es Sturm. Da müssen wir morgen wieder ordentlich Laub zusammenblasen. Weißt ja, was damals mit der ledigen Fannerl passiert ist. Das ist schon ein Sicherheitsrisiko«, philosophierte Wiggerl tippenderweise in sein Handy hinein, ohne Hansi auch nur eines Blickes zu würdigen.

Aber Hansi hatte gerade ganz andere Dinge im Kopf. Kurzentschlossen fuhr er dem BMW Geländewagen nach, der schon den Grenzübergang überquerte. Auch der VW Transporter aus Unterfilzbach konnte ohne Anhalten die Grenze passieren. Seitdem es die Schleierfahndung im Grenzgebiet gab, wurden nur noch verdächtige Fahrzeuge kontrolliert. Sowohl der BMW als auch der VW Transporter schienen nicht in dieses Schema zu passen. Markus Schaller hatte natürlich seine Verfolger sofort bemerkt und stieg ordentlich aufs Gaspedal. Hansi hatte Mühe, ihn nicht aus den Augen zu verlieren. Jetzt erst merkte Wiggerl, dass diese Fahrt wohl nicht direkt nach Unterfilzbach führte.

»Scharnagl!«, schrie er. »Was zum Teufel machst du da?«

»Wiggerl, es tut mir leid. Wir müssen dem Verdacht jetzt nachgehen, das hilft nix. Wir sind schließlich vom Bauhof. Das ist unsere Pflicht«, versuchte der mutige Hansi seinen Chef zu beruhigen.

»Was? Scharnagl, von was redest du eigentlich? Spinnst du jetzt?« Wiggerl konnte natürlich nicht verstehen, was dieses ganze Spektakel eigentlich sollte.

Kurz und knapp versuchte Hansi ihm nun seinen Verdacht und die ganzen Beobachtungen zu erklären, die er und Sepp in den letzten Monaten gemacht hatten. Ob Wiggerl ihm aber gerade gedanklich folgen konnte, darüber war sich Hansi nicht ganz sicher.

Nach einer rasanten Fahrt durch den Böhmerwald, vorbei an diversen Spielcasinos, Wechselstuben, Vietnamesen-Märkten und gefühlt Hunderten von Gartenzwergen in allen Größen gaben die beiden Unterfilzbacher Kollegen die Hoffnung fast auf, ihr Zielobjekt noch zu finden.

Doch plötzlich schrie Wiggerl laut auf. »Da! Da ist er!«

Man konnte gerade noch erkennen, wie der Geländewagen in einer Einfahrt hinter einem rot gestrichen Haus verschwand. Der VW Transporter fuhr vorsichtig vorbei und stoppte an der nächsten Straßeneinbuchtung, ein wenig hinter Bäumen versetzt. Wiggerl und Hansi stiegen aus dem Auto und sahen sich das Haus, in dem Markus Schaller mutmaßlich verschwunden war, erst einmal genau an. Grell blinkend lasen sie auf einer leuchtenden Anzeigentafel, die hochkant am Hauseck befestigt war, VILLA LUDMILLA.

Eine Villa hatte Hansi noch nie wirklich gesehen, doch er hatte sie sich mit Sicherheit anders vorgestellt. Das war aber in diesem Moment nicht wichtig. Die beiden Verfolger sahen sich wortlos an und wussten, was sie nun zu tun hatten. Der Entschluss war klar: Da mussten sie jetzt reingehen.

Als sie durch die Eingangstür gingen, die auch zu einem Wohnhaus hätte führen können, bemerkten sie schon den rauchgeschwängerten, leicht muffeligen Geruch, der sich sofort in der Nase festsetzte. Der kleine Eingangsbereich war voller Plastikblumen und vergilbter Bilder an der Wand. Darauf waren üppige, leicht bekleidete Damen zu sehen. Auch wenn sie hier auf einer höchst geheimen und mutigen Mission waren, so viel Zeit musste sein, um diese Bilder zu begutachten. Das war ja auch gewissermaßen Recherche. Die »Tür« zum Hauptbereich war ein klimpernder Vorhang aus bunten Perlen, von denen jeder Strang sicherlich dreißig Prozent seiner Perlen schon in den Siebzigerjahren verloren hatte, dem Stil nach zu urteilen. Hansi und Wiggerl betraten nun den Hauptraum der Villa Ludmilla, begleitet vom Rascheln des Perlenvorhanges.

Mittig in dem großen Raum war eine kleine erhöhte Bühne aufgebaut, auf der eine Metallstange bis zur Decke installiert war. Von dieser Mittelbühne aus führte eine Art Laufsteg weiter zu einem Vorhang, der wohl eine weitere Bühne verbarg. Man konnte gar nicht so viel im Raum erkennen, denn die Sicht war durch einen Schleier aus Rauch und ein sehr schummriges Rotlicht deutlich erschwert. Und natürlich hatte Hansi wieder einmal seine Brille nicht dabei. Er konnte aber erkennen, dass sich ringsum an den Wänden kleinere Nischen mit runden Tischen befanden. Gäste waren allerdings nur zwei im Raum – Wiggerl und Hansi. Gleich links neben der Eingangstür war eine Bar, an der fünf ebenfalls leicht bekleidete rauchende Damen saßen und recht gelangweilt wirkten. Höchstwahrscheinlich waren das die Damen von den Eingangsbereich-Fotos, nur mussten die Fotoaufnahmen wohl schon einige Jahre zurückliegen. Eine Art tschechische Schlagermusik trällerte ziemlich laut aus den Boxen. Hansi fand, dass in seinen Ohren irgendwie jedes Lied auf Tschechisch nach Karel Gott klang. Sofort hatte er die Melodie von »Biene Maja« im Kopf. Ein Ohrwurm, der Hansi sehr oft begleitete. Jetzt erst bemerkten die zwei Bayern in der böhmischen Bar, dass sie von den Bardamen von oben bis unten gemustert wurden. Wiggerl und Hansi sahen nun ebenfalls beide an sich herab und mussten sich eingestehen, dass sie wohl ein merkwürdiges Bild abgaben, in ihren kommunalorangen Latzhosen und den karierten Flanellhemden.

Die Damen hatten wohl jetzt erst auf »Geschäftsmodus« umgestellt, denn nun wich der gelangweilte Gesichtsausdruck einem höchst charmanten, verführerischen Lächeln. Es war wohl sehr offensichtlich, dass Wiggerl und Hansi aus dem angrenzenden Bayern kamen, denn sie wurden auf Deutsch angesprochen.

»Challo, schönerrr Mann. Was führrrt dich zu uuns?«, kam eine der Damen mit laszivem Schritt näher und strich Wiggerl zärtlich über die Wange.

Dieser lief auf der Stelle rot an und suchte offensichtlich nach Worten. »Ja, mei«, war das Einzige, was er im Moment herausbrachte.

Eine weitere Dame gesellte sich zu Wiggerl und seinem Erstkontakt. Auch sie strich ihm über die Wange und säuselte: »Schön, dass du zu uuns herrreinschaust. Möchtest du etwas trrrinken?«

Dieser tschechische Akzent war aber auch einfach zu putzig, fand Hansi. Das Trio setzte sich an einen runden Tisch in eine der Nischen. Hansi ärgerte sich ein wenig, denn sie waren hier schließlich auf Recherche und nicht zum Vergnügen. Aber Wiggerl strahlte wie ein Maikäfer und Hansi wollte ihm die Stimmung nicht verderben.

So recht wusste er nicht, wie er jetzt hier nach Markus Schaller suchen sollte, im Raum waren nur die Bardamen, Wiggerl und der Barkeeper. Der im Übrigen ziemlich verwegen aussah. Vielleicht sollte er sich einfach mal an die Bar setzen und das Geschehen hier beobachten.

Hansi setzte sich also an die Bar, bestellte sich ein kleines Wasser, auch wenn der Barkeeper die Augen verdrehte, und ließ seinen Blick schweifen. Da traf es ihn wie ein Blitz – am anderen Ende des Tresens saß SIE!!! HELENE!!!

Er wischte sich die Augen aus, weil er nicht glauben konnte, was da in unmittelbarer Nähe zu sein schien. Aber was machte Helene in der tschechischen Provinz in einem Rotlicht-Etablissement? Vielleicht schrieb sie neue Lieder und ließ sich hier inspirieren? Er starrte sie sicher einige Minuten lang an, was von der mutmaßlichen Helene natürlich nicht unbemerkt blieb.

Es war ihr wohl etwas unangenehm und sie wirkte ein wenig unsicher, hin- und her gerissen, ob sie nun auf ihn zugehen oder lieber die Finger von ihm lassen sollte. Hansi fragte sich selber, ob er träumte. Er überlegte auch kurz, ob er vielleicht heute Mittag Schwammerl gegessen hatte?

Er sah »Helene« in einem blau glänzenden, extrem kurzen Pailletten-Minirock, in schwarzen Lackleder-Overknee-Stiefeln mit schwindelerregenden Absätzen und in einer durchsichtigen schwarzen Spitzenbluse. Ihre blonden Locken fielen goldig schimmernd über ihre Schultern bis zur Hüfte. Wie ein Engel sah sie aus. Hansi nahm sein kleines Wasser und ging in ihre Richtung. Und dann war es, als ob ihm jemand einen Eimer eiskaltes Wasser über den Kopf geschüttet hatte. Die Anspannung fiel von ihm ab und er war augenblicklich enttäuscht. Es wäre zu schön gewesen, aber es war nicht Helene Fischer.

Die vermeintliche Helene drehte sich zu Hansi um und sprach ihn in böhmischem Akzent an: »Challo Frrremder. Sollen wir was trrrinken, schönerrr Mann?«

Er schüttelte sich kurz reflexartig und versuchte seine Sinne wieder zu ordnen. »Ja, können wir machen«, nuschelte er.

»Ich bin Hälläna, wie ist dein Name?«, versuchte die blondgelockte Dame möglichst verführerisch zu flüstern.

»Ich bin Hansi. Von mir aus trinken wir was. Aber ich bestelle, okay?«

Er war wieder bei vollem Verstand und fand trotz der »Ent-Täuschung« Hälläna gar nicht mal so unsympathisch. Auch wenn sie nun in unmittelbarer Nähe nicht mehr so viel Ähnlichkeit mit »seiner« Helene hatte. Vielleicht konnte er ja von ihr etwas über Markus Schaller erfahren. Er bestellte noch ein kleines Wasser und ein Glas Sekt beim Barkeeper, der Hansi offensichtlich nicht so sympathisch fand wie Hansi seine Gesellschafterin. Schließlich setzten sich die beiden in eine der Nischen.

Im Vorbeigehen sah er Wiggerl und seine zwei neuen Freundinnen. Sie hatten wohl eine Menge Spaß. Wiggerl war jetzt voll in seinem Element. Er saß zwischen den zwei Frauen und präsentierte voller Stolz seine zahlreichen Wetter-Apps. Voller Bewunderung himmelten sie ihren Gast gekonnt an. Aber Wiggerl war offensichtlich im Moment recht glücklich. Wie er so zwischen den beiden Damen saß, dieses Bild würde wohl den Ausdruck »Hahn im Korb« wirklich gut beschreiben.

Hansi rutschte gleich ein wenig auf Abstand, als sich Hälläna ihm annähern wollte.

»Ähm, Hälläna, richtig? Hör mal, ich bin leider nicht zum Vergnügen hier. Ich bin kein Kunde. Aber ich bin auf der Suche nach jemandem. Kannst du mir vielleicht helfen?«

Augenblicklich änderte Hälläna ihre Körpersprache und ihre Stimmlage. Wenn sie nicht so unglaublich stark geschminkt gewesen wäre, keine künstlichen Fingernägel gehabt hätte und nicht so auffällig platinblond gewesen wäre, dann wäre sie wohl eine ziemlich natürliche nette Frau, dachte Hansi.

»Ach so, okay. Ich weiß nicht, ob ich helfen kann. Wen suchst du, Hansi?«, sprach Hälläna jetzt sehr unlasziv, geradezu normal.

Hansi hatte eine famose Idee, denn in seinem neuen Smartphone – das eigentlich das alte von Isabelle war – konnte er auf seinen Facebook-Account zugreifen. Dort fand er auch ein Bild von Markus Schaller. Dieses zeigte er

Hälläna und hoffte, etwas von ihr zu erfahren. Hälläna betrachtete das Foto auf Hansis Handy und schien den Mann darauf wirklich zu erkennen.

»Ja, ich kenne diesen Mann. Er kommt immer zu Jaroslav. Bringt immer Geld vorbei. Weiß nicht, warum. Aber Jaroslav macht alles für Geld«, erzählte sie sehr auskunftsfreudig. »Aber du bist nicht Polizei, Hansi, oder?«, wollte sie jetzt sicherheitshalber wissen.

»Nein, ich bin nicht von der Polizei. Ich bin vom Bauhof. Das ist irgendwie so was Ähnliches. Wir räumen auch auf.« Hansi schmunzelte sie dabei an.

Hälläna fühlte sich sichtlich wohl in Hansis Gegenwart. Ihre Augen strahlten ihn an, obwohl er fand, dass sie etwas Trauriges in ihrem Gesichtsausdruck hatte. Sie plauderten ein wenig über dies und das. Hansi erfuhr, dass Hälläna eine kleine Tochter und eine kranke Mutter hatte, für die sie sorgen musste. Und eigentlich hatte sie Kunst studiert. Sie mochte diese Art Job wohl nicht, aber wen wunderte das schon. Durch ein paar Schicksalsschläge hatte sie das Leben hierher verschlagen, an diesen Ort, von dem sie so schnell wie möglich wieder wegwollte. Jaroslav war der Chef der Villa Ludmilla und er machte wohl mit Schaller Geschäfte, welcher Art auch immer. Hälläna hatte anscheinend Angst vor ihm, auf jeden Fall war er nicht unbedingt ihr Freund, so kam es Hansi zumindest vor. Aber Hälläna versicherte ihm, dass sie versuchen würde, etwas über Markus Schaller und seine Verbindung zu Jaroslav herauszubekommen und sich dann bei ihm zu melden. Es tat Hansi fast ein wenig leid, dass er das nette Gespräch abbrechen musste, aber es war wirklich schon spät. Sie tauschten noch ihre Telefonnummern aus und verabschiedeten sich sehr freundschaftlich.

Als Hansi Wiggerl zum Aufbrechen animieren wollte, war dieser gar nicht so begeistert von der Idee, aber er sah dann schon ein, dass seine Hilde sicher bereits auf ihn warten würde. Außerdem musste er sich noch eine Erklärung für sie überlegen.

»Also, meine süße Xenia und meine süße Lenka, euer Wiggilein verabschiedet sich nun für heute. Vielleicht treffen wir uns mal wieder«, flötete der Unterfilzbacher Bauhofchef bis über beide Ohren grinsend seinen zwei neuen Bekannten zu. Sichtlich schweren Herzens stand er vom Tisch auf.

»Ja, du süßer Wiggerl. Kommst du bald wieder zu uns, gell?!«, kicherten Xenia und Lenka zuckersüß im Chor und gaben Wiggerl links und rechts noch ein Küsschen auf die Wangen.

Die drei winkten sich noch ungefähr achtmal zu auf Wiggerls Weg von ihrem Tisch zum Tresen, an dem noch die Rechnungen zu begleichen waren. Hansi zahlte sage und schreibe 22,00 Euro für zwei kleine Wasser und ein Glas Sekt. Doch als der Barkeeper Wiggerls Rechnung präsentierte, blieb sogar Hansi die Spucke weg. 129,00 Euro stand Hildes Ehemann jetzt hier in der Kreide.

»Ja du lieber Gott, was habt ihr denn alles getrunken?« Hansi lachte.

»Ogottogottogott! So viel Geld hab ich ja gar nicht dabei«, stammelte Wiggerl hysterisch. »Es waren doch nur eine Flasche Sekt, zwei Cocktails und ein Bier für mich«, sagte er noch mehr zu sich selber als zu Hansi.

»Fast, mein Herr«, mischte sich jetzt der Barkeeper in akzentfreiem Deutsch ein. »Sie hatten eine Flasche Champagner für 60,00 Euro, zwei Cocktails de Luxe zu je 15,00 Euro und ein Bier für 9,00 Euro bestellt. Dazu kommen noch Gedeckpreise für zwei Personen von jeweils 15,00 Euro.«

»Und warum muss der Scharnagl keinen Gedeckpreis bezahlen, Herrschaftszeiten?« Wiggerl war jetzt richtig zornig.

»Weil ihr Begleiter Gesellschaft der Kategorie B gewählt hat und sie haben zwei Damen der Kategorie A auserkoren, mein Herr«, tönte es von der Tresen-Gegenseite.

»Ja, spinnt's ihr denn alle hier herinnen? Ich sag euch schon, wer hier Kategorie A und B ist. Zum Teufel mit euren Gedeckpreisen, ich werde mich beschweren!« Wiggerl tobte.

Hansi war das jetzt schon sehr unangenehm, er wollte ja nicht, dass vielleicht dieser Jaroslav und womöglich auch noch Schaller auftauchten und einen rechten Wirbel veranstalteten.

»Kann ich mit Karte zahlen?«, fragte Hansi den Barkeeper und wollte die Angelegenheit so geräuschlos und so schnell wie möglich lösen.

»Aber natürlich, American Express oder Eurocard?«

Mist! Bettina und er hatten zwar eine Kreditkarte, diese war aber nur für Notfälle gedacht. Da waren die Gebühren ja so unglaublich hoch, predigte seine Frau immer, wenn sie im Urlaub eine Kreditkartennummer angeben sollten.

Aber jetzt war quasi wieder »Gefahr in Verzug« und somit ein Notfall.

»Eurocard.« Hansi knallte die Karte auf den Tresen.

»Darf ich für die Damen noch ein wenig *Tip* aufschlagen? Waren Sie mit der Unterhaltung zufrieden?«, flötete der Barkeeper.

»Was wollen Sie aufschlagen? Tipp?«, wusste Hansi gar nicht, von was der Mensch da überhaupt redete.

»Na, Trinkgeld halt, Mann!«, schien dieser jetzt schon genervt.

»Nein, dürfen Sie nicht. Und jetzt beeilen Sie sich, wir haben noch einen wichtigen Termin.«

Endlich konnten sie die Villa Ludmilla verlassen. Als sie die Einfahrt entlanggingen, schauten sie noch vorsichtig hinter das Haus, ob Schallers Auto dort stand. Und tatsächlich, es stand immer noch am gleichen Fleck. Sie entdeckten eine weitere Tür an der Hinterseite. Im ersten Stock brannte Licht. Hansi überlegte, ob sie noch mal hineingehen sollten. Aber es war schon spät und die Vorstellung, wie sie wohl gleich von ihren beiden Ehefrauen begrüßt würden, ließ ihn ein wenig in Panik geraten. Also beschloss er, es für heute gut sein zu lassen. Schließlich hatte er ja jetzt eine wirklich heiße Spur und das Kopfpuzzle ergab Stück für Stück ein Bild. Und dann war da ja auch noch Hälläna. Das war überhaupt das Beste. Er hatte jetzt eine Informantin, und noch dazu so eine hübsche und gescheite. Siegessicher und mit dem Gefühl, nun bald alles aufklären zu können, packte er Wiggerl ein und sie fuhren nach Unterfilzbach in die Heimat zurück.

Wiggerl schimpfte und zeterte die ganze Autofahrt über. Er nutzte die ausgefallensten Schimpfwörter für seine beiden neuen Bekanntschaften und erst recht für den Barkeeper. Aber je näher sie Unterfilzbach kamen, umso ruhiger wurde er.

»Mei Hansi, das werde ich dir nie vergessen. Ich zahl dir natürlich alles zurück. Gleich morgen. Nicht auszudenken, wenn Hilde das auf meiner Kreditkartenabrechnung gesehen hätte. Du bist einfach mein bester Mann, das wusste ich doch schon immer«, schleimte er Hansi an. »Aber was sag ich nur meiner Hilde? Wenn die etwas merkt … Hoffentlich schläft sie schon. Sie kann ganz schön grantig werden, Hansi, das kannst du dir gar nicht vorstellen, aber das ist so. Was mach ich bloß, was mach ich bloß?«, lamentierte Wiggerl, als sie am Ortsschild vorbeifuhren und schließlich ihr Ziel, Wiggerls Haus, erreichten.

Als Hansi ihn vor seinem Haus absetzte, wartete Hilde schon. Mit verschränkten Armen und im Takt klopfendem Fuß saß sie auf der Hausbank. Wiggerl erschrak förmlich und zuckte zusammen. *Oje, armer Wiggerl,* dachte Hansi.

Als der Wagen anhielt, atmete der Bauhofchef noch mal ganz tief durch, öffnete die Autotür und stieg mutig aus.

»Hallo, mein Spatzl, bist du noch wach?«, hörte Hansi Wiggerl Süßholz raspeln und dabei vorsichtig auf Hilde zuschleichen.

Bei den Scharnagls zu Hause war die Dame des Hauses auch im Wartestatus. Aber eher aus anderen Gründen. Bettina machte sich ernsthaft Sorgen, den beiden könnte vielleicht etwas passiert sein. Hansi hatte auf ihre Anrufe nicht reagiert und nur kurz eine SMS geschrieben, dass sie noch bei der Präsentation in Fichtenberg wären. Der Heimkehrer fing gar nicht erst mit Notlügen an. Er erzählte Bettina einfach die Wahrheit – vielleicht auch so ein Geheimnis ihrer guten Ehe. Zuerst war sie schon ein wenig skeptisch und Hansi musste ihr Hälläna bestimmt fünfmal ganz genau beschreiben. Dabei erwähnte er natürlich nicht, dass sie ihn an seinen Schwarm Helene erinnerte, und auch nicht, dass er sie recht nett fand. Aber Bettina war dann irgendwann beruhigt, nach zahlreichen Beteuerungen, dass Hälläna eine ganz aufgetakelte Tussi war, und fing an, sich über Wiggerl zu amüsieren.

Sogar als Hansi und Bettina schon im Bett lagen, malten sich die Scharnagls noch aus, was bei den Hackls jetzt gerade los wäre. Sie waren sich nur nicht sicher, ob sie Mitleid oder eher ein wenig Schadenfreude empfinden sollten.

KAPITEL 14

High Noon

Als Hansi am Morgen nach dem Besuch in der Villa Ludmilla in den Bauhof fuhr, fühlte er sich wie gerädert. Die ganze Nacht hatte er sich in seinem Bett hin und her gewälzt. Bettina war nachts sogar einmal aufgewacht und hatte gefragt, was los sei. Sie hatte auch nicht richtig schlafen können, weil sie Hansis Schnarchgeräusche inzwischen zum Einschlafen brauchte. Aber die Grübeleien ließen ihn nicht los. Wie sollte er es nur anpacken? Hoffentlich konnte Hälläna etwas über Markus Schaller herausfinden. Sie war ganz wichtig, um die restlichen Informationen auch noch zu erhalten, daran konnte nur sie kommen, und Hansi war froh, sie kennengelernt zu haben. Aber das würde er Bettina natürlich so nie sagen, auch wenn die Gründe wohl andere waren, als Bettina denken würde.

Er war so kurz davor, alles aufzulösen, und nun wusste er nicht wirklich, was er mit seiner Lösung anfangen sollte, wie er es nur am besten machen könnte. Aber Gottseidank hatte er ja den Sepp. Der Sepp wusste bei so etwas immer Rat. »Leben in der Lage« – war sein Leitspruch. Hansi fragte sich oft, wo dieser Spruch wohl herkam. Denn eigentlich wusste er nicht wirklich viel über Sepps Vergangenheit. Langsam kam Sepp aber wieder ein wenig auf die Beine. Die Sache mit Maria hatte ihn schon sehr mitgenommen und tat es wohl noch immer. Leider war Sepp einer, der nicht viel redete, und so konnte Hansi ihm auch nicht wirklich helfen.

Hansi wusste noch nicht so ganz genau, was damals eigentlich passiert war, nur die Bruchstücke, die Maria erzählt hatte. Aber auch diese Informationen waren mehr als spärlich. Jedenfalls musste es vor langer Zeit wohl einmal eine große Liebe gewesen sein. Oder vielleicht war sie es ja noch immer? Alles sehr kompliziert. Immer wenn in seinem Bekanntenkreis wieder einmal eine große Liebeskrise ausbrach, freute Hansi sich darüber, dass er seine Bettina hatte. Denn mit den anderen Weibern war offenbar immer alles recht kompliziert, nur mit Bettina war es eigentlich sehr einfach.

Das automatische Einfahrtstor vom Bauhof war noch nicht mal vollständig offen, da kam Wiggerl schon aus der Fahrzeughalle auf Hansi zugerannt. Hansi konnte nicht einmal in die Einfahrt einbiegen, weil Wiggerl schon wie wild an sein Fenster klopfte.

»Hansi, guten Morgen. Schau mal, hier hast du das Geld von gestern. Ich hab noch a bisserl was draufgelegt.« *Augenzwinkern.* »Das vergess' ich dir nie!«

Dabei drehte er sich immer wieder um. Es schien, als wäre seine wegmeditierte Paranoia über Nacht wieder da.

Im Flüsterton fügte er noch hinzu: »Hansi, zu niemanden ein Wort! Kann ich mich auf dich verlassen? Wir waren gestern nur einfach länger im Bauhof in Fichtenberg. Okay?! Sagen wir, wir hätten Karten gespielt und sind dann hängen geblieben. Hm? Was meinst, Hansi? Das hört sich doch plausibel an«, versuchte Wiggerl sehr eindringlich, Hansi zu einer »Falschaussage« in Bezug auf den gestrigen Abend zu überreden.

»Ja, können wir schon so sagen, Wiggerl. Aber vielleicht fällt uns auch noch was anderes ein«, entgegnete Hansi, als er gleichzeitig seinen Wagen im Schritttempo die Einfahrt entlangsteuerte und Wiggerl neben dem Wagen herhoppelte.

Wenn das kein seltsames Bild abgab, dann wusste Hansi auch nicht mehr. Total paranoid und dann so ein auffälliges Verhalten an den Tag legen, da musste Hansi direkt den Kopf schütteln.

»NEIN!!! Hansi, wir haben Karten gespielt, okay? Ich habe das so zu Hilde gesagt. Das musst du auch so erzählen. Sie bringt mich sonst um, wenn sie erfährt, wo wir waren. Hm, Hansi? Komm! Du musst mir da jetzt helfen. Ich sag zu Bettina auch nix, versprochen!«

Inzwischen waren sie am Hof angekommen und Hansi stieg aus. Vielleicht wäre es so – stehenderweise – die ganze Zeit schon einfacher gewesen, die Sache zu klären.

»Bettina weiß die wahre Geschichte. Es ist ja nix passiert«, sagte Hansi souverän.

Wiggerl seufzte. »Mei Hansi, du weißt schon, was du für ein Glück hast, gell?«

Bei der Arbeitseinteilung war der Kapo heute ziemlich kleinlaut. Kein Gerede von innerer Mitte und Konzentrations-Yoga. Kurz und knapp wurden die Aufträge verteilt.

Wahrscheinlich zum letzten Mal mussten heute noch mal der Kurpark und die kleinen Grünflächen am Dorfplatz gemäht werden, bevor die große Wintervorbereitung begann. Sepp und Hansi waren heute wieder der Mähtrupp. Das freute Hansi sehr. Dann hatten sie sicher einmal Zeit, über alles zu reden, was gestern jenseits der bayerischen Grenze passiert war. Die Mähausrüstung, der »Graskiller 4.0« und der »Sensen-Man 500«, waren auf den Hänger geladen und sie steuerten für ihren heutigen Job als Erstes den Dorfplatz an. Aber vorher musste Hansi erst einmal seine Neuigkeiten loswerden.

»Sepp, du glaubst es nicht, was gestern alles los war. Ich muss dir das erst mal erzählen.«

Hansi berichtete also von Ludmillas Villa, Wiggerls Kassensturz und natürlich von Hällänas Bekanntschaft. Sepp staunte nicht schlecht und auch für ihn begann rückblickend alles einen Sinn zu ergeben. Wenn sie jetzt noch erfahren würden, was genau der Schaller für krumme Geschäfte mit diesem Jaroslav machte, dann wäre wohl das vorletzte Puzzleteil gefunden. Denn eine große Frage blieb trotz allem noch offen: Was hatte der Apotheker damit zu tun?

Aber jetzt mussten sie erst einmal etwas arbeiten, denn das Gras mähte sich halt leider nicht von alleine. Auch wenn der Wiggerl heute sehr kleinlaut war, das konnte sich ganz schnell wieder ändern.

Bis zur Brotzeit hatten sie trotz des ausführlichen Plausches einiges geschafft. Wiggerl war heute wirklich sehr seltsam. Hansi wusste ja insgeheim warum. Er schmunzelte nur. Sogar eine Runde Züngerl ließ der Chef heute springen und aß sogar selber mit. Das war fast eine kleine Sensation, denn seit der Bauhof-Vorarbeiter seinen Life Coach Ashanti auch seine Nahrungsaufnahme managen ließ, waren seine

Essgewohnheiten mehr als eigenartig geworden, Stichwort: Lichtnahrung! Das wollte Ashanti ja Hansi auch schon mal aufschwatzen, der Vollpfosten.

Das Lüngerl vom Aschenbrenner war immer ein Garant für gute Stimmung während der Brotzeit. Die restlichen Kollegen von Sepp und Hansi waren heute allesamt in der Fahrzeughalle damit beschäftigt, sämtliche Winterdienstgerätschaften zu prüfen, um für den herannahenden Schneefall, den Wiggerl quasi nächste Woche kommen sah, gerüstet zu sein. Wohlgemerkt war es Ende September. Aber man konnte ja nie wissen, meinte Wiggerl. Die Kollegen nahmen es mit Humor und machten sich die Arbeit so angenehm wie möglich. Musik dröhnte aus dem uralten kleinen Kofferradio und die Männer erzählten sich anrüchige Witze. Als Hansi und Sepp die lockere Stimmung so sahen, fanden sie es fast ein wenig schade, dass sie nun wieder zum Mähkommando zurückkehren mussten.

Auf dem Rückweg von der Brotzeit zum Dorfplatz ertönte der Klingelton »Atemlos« aus Hansis Handy. *Hälläna ruft an,* stand auf dem Display. Ein wenig nervös nahm Hansi ab. Hälläna flüsterte, denn sie hatte gerade heimlich ein Gespräch zwischen Jaroslav und Schaller belauscht und dieses war wohl sehr aufschlussreich gewesen.

»Aha … ja … wirklich … aha … mei o mei …«

Mehr Wortbeiträge waren von Hansi bei diesem Telefonat nicht zu hören. Sepp platzte fast vor Neugierde nebenan am Unimog-Lenkrad. Hansi bedankte sich gefühlt hundertmal und verabschiedete sich von Hälläna, bevor er auflegte. Sepp hatte das Gefühl, sein Freund flirtete sogar ein wenig mit seiner neuen Bekanntschaft aus Tschechien, die laut Aussage von Hansi glatt als Helene-Fischer-Double durchgehen konnte.

Aber nun war wohl alles klar! Sepp wurde sofort eingeweiht, die letzten fehlenden Teilchen fügten sich und alles ergab einen Sinn. Bis eben auf den Apothekertod. Dieser blieb noch immer ein Rätsel. Aufgewühlt und sehr konzentriert stieg Hansi wieder auf seinen »Graskiller 4.0« und mähte den Rest der Grünfläche am Dorfplatz weiter. Sepp war noch nicht ganz so weit, denn der »Sensen-Man 500« machte Probleme.

»Hansi, ich fahr schnell noch mal in die Bauhof-Werkstatt und hol mir eine neue Mähschnur. Das Teil spinnt heute wieder«, teilte Sepp seinem Kollegen kurz mit und sprang schon in seinen Unimog.

Hansi machte gerade seinen »Graskiller 4.0« sauber, als ein bekanntes donnerndes Geräusch näherkam. Durch den Kopfsteinpflasterbelag am Dorfplatz war es noch lauter, noch bedrohlicher. Und da kam er schon um die Kurve, der Markus Schaller in seinem protzigen BMW Geländewagen. Hansi stand genau in der Mitte des Dorfplatzes und Markus fuhr ganz langsam an ihm vorbei. Ihre Blicke trafen sich. Plötzlich herrschte eine angespannte High-Noon-Stimmung wie in einem John-Wayne-Western. Fehlten nur noch der Klang einer Mundharmonika mit dem »Lied vom Tod« und ein paar Strohballen, die der Wind über die Straße wehte. Schaller wusste ganz genau, dass der mutige Scharnagl ihm auf die Spur gekommen war. Hansi sprang wie Superman auf seinen »Graskiller 4.0« und sofort begriff Schaller, was los war. Er warf Hansi ein überhebliches Lächeln zu, denn was sollte ein Aufsitz-Rasenmäher schon gegen einen top ausgestatteten Geländewagen eines bayerischen Nobel-Autoherstellers ausrichten? Der Motor des BMW heulte auf und Schaller fuhr mit quietschenden Reifen davon. Aber da hatte er die Rechnung ohne den »Graskiller 4.0« gemacht. Denn als Sepp den Rasenmäher damals nach seinem Sturz über die Böschung in seiner Wunderwerkstatt repariert hatte, hatte er ihn – typisch Sepp – gleich noch ein wenig getuned und ihm ein paar PS mehr beschert. Der »Graskiller 4.0« war jetzt ein wahres Geschoss – welch ein Glück. Hansi trat ebenfalls aufs Gaspedal und heftete sich an Schallers Fersen.

Unterfilzbach hatte im Dorfinneren ein paar sehr schmale Gassen, die bei dieser auf den ersten Blick recht ungewöhnlichen Verfolgungsjagd dem Verfolger auf dem Rasenmäher ziemlich entgegenkamen. Denn wenn sich die Fahrbahn sehr verengte, war der mächtige Geländewagen im Vergleich zu einem Aufsitz-Rasenmäher nicht so wendig. Die Leute standen am Straßenrand und staunten nicht schlecht, als Hansi auf seinem Rasenmäher mit sage und schreibe sechzig Stundenkilometern an ihnen vorbeiauschte. Hansis Augen verengten sich zu Schlitzen, was zum einen an seiner Konzentration lag und zum anderen an diesem blöden Fahrtwind und an den vielen Mücken, die in seinen Augen landeten. Hansi fiel jetzt wieder ein, warum er damals in seiner Jugend kein Motorrad gehabt hatte wie sonst alle seine Freunde, aber er schlug sich tapfer. Kreuz und quer durch den Ortskern von Unterfilzbach verfolgte er den flüchtigen Markus. Aber so konnte es natürlich nicht funktionieren. Spätestens wenn Markus aus dem Ort rausfuhr, hatte der Graskiller keine Chance mehr. Hansi schaltete den Bauhoffunk ein und schrie aus Leibeskräften nach Sepp. Er brauchte jetzt dringend dessen Hilfe. Der Funknotruf erreichte Sepp, auch wenn er schlecht verstehen konnte, was Hansi da brüllte.

Peng! Auch das noch!

In ganz Unterfilzbach war die Geschwindigkeit auf dreißig Stundenkilometer beschränkt worden. Das wollte der Gemeinderat so, es wäre wohl gemütlicher und ruhiger, wenn alle Autos langsam fahren würden. Das hatte aber zur Folge, dass dies erst »erzieherisch« an die Unterfilzbacher Autofahrer weitergegeben werden musste, so der O-Ton des Bürgermeisters. Diese Art von »Verkehrserziehung« wurde dann in Form von Blitzern an allen Ecken und Enden umgesetzt. Schaller – und hinter ihm natürlich auch Hansi – rasten beide direkt in eine Radarkontrolle. Erst als Hansi bewusst wurde, dass er ja kein Kennzeichen hatte, lachte er laut los und verschluckte dabei gefühlt fünfzehn Insekten. Zu gern würde er die Gesichter sehen, wenn die Verkehrsüberwachung im Rathaus die Bilder aus dem Blitzgerät entwickelte und sie ihn auf dem Rasenmäher sahen.

Auf der schmalen Tannenstraße kam ihnen ein großer aufgemotzter Audi mit tschechischem Kennzeichen entgegen. Der Audi hielt augenblicklich an, setzte in eine Einfahrt zurück und wendete mitten auf der Fahrbahn. Nachdem Schaller und Hansi an ihm vorbeigezogen waren, beteiligte sich der Audi nun ebenfalls an der Verfolgungsjagd, direkt hinter Hansi. Das musste wohl Jaroslav sein. Hälläna hatte am Telefon erzählt, dass es wohl bei dem belauschten Gespräch eine heftige Auseinandersetzung zwischen Jaroslav und Schaller gegeben hatte und Schaller geflüchtet wäre. Hansi musste Schaller irgendwie in Richtung Bauhof lenken. Der lag zwar am Ortsrand und die Gefahr war groß, dass ihm Schaller dann entkam, aber das war die letzte Möglichkeit, ihn zu stellen. Es führte nur eine einzige lange Ausfallstraße in Richtung Bauhof, darauf gab es keine Abzweigung. Wenn Sepp alles hinbekam, was Hansi ihm über Funk zugerufen hatte, dann saß Schaller tatsächlich in der Falle. Hoffentlich hatte Sepp verstanden, was Hansi ihm aufgetragen hatte.

Das Schicksal meinte es gut mit Hansi oder umgekehrt schlecht mit Markus Schaller. Er fuhr tatsächlich in die gewünschte Richtung, es gab nur noch eine Abzweigung, die er nehmen konnte, um die Bauhofkreuzung zu umgehen. Aber er wusste ja nicht, was Hansi vorhatte, und dachte wohl, dass er von eben dieser besagten Bauhofkreuzung aus direkt in alle Richtungen flüchten könnte. Die Hinkhofer Berta half dann sogar noch ungewollt mit, Schaller in die Falle zu locken. In der letzten Straßenabzweigung, die jetzt noch möglich gewesen wäre – zum Glück die schmale Einbahnstraße Richtung Angerstraße –, stand die Berta wieder einmal mit ihrem roten Sportflitzer, der ihr wie üblich abgesoffen war. Schaller musste weiter geradeaus fahren.

»Jaaaaa!«, schrie Hansi in den Bauhoffunk.

Jetzt hatten sie das Ortsschild von Unterfilzbach hinter sich gelassen. Das Trio fuhr auf der langgezogenen Straße ortsauswärts in Richtung Bauhof. Diese war leicht abschüssig und schnurgerade und Hansi hatte Angst, dass der »Graskiller 4.0« gleich explodieren würde, er roch schon ein wenig seltsam, denn mehr als die sechzig Stundenkilometer gab er einfach nicht her. Der BMW zog natürlich sofort davon und der Audi schoss hinterher. Der Wahnsinn! Wie in der Formel 1! Es war nicht mehr weit bis zur Kreuzung zur Umgehungsstraße und Hansi sah schon von Weitem, dass es seine Kollegen tatsächlich geschafft hatten.

Wunderbar! Hansi jubelte.

Sie hatten den gesamten Bauhoffuhrpark so an der Kreuzung platziert, dass diese komplett gesperrt war. Es führte nur noch ein einziger Weg geradeaus und direkt in den Bauhof hinein, das Tor stand offen und es gab kein Entkommen mehr für Schaller. Einige Autos standen hinter den Bauhoffahrzeugen und hupten wie wild. Aber das interessierte Sepp und Co. überhaupt nicht. Hier wurden Gangster gefangen, das ging jetzt schließlich vor. Sogar Wiggerl half mit. Hansi war mächtig stolz auf seine Männer.

Schaller hatte einen Affenzahn drauf und bremste kurz ab, als er an der Kreuzung die ganzen Bauhoffahrzeuge sah, fuhr aber dann doch weiter, direkt in den Innenhof des Bauhofs hinein. Er war so überrascht, dass er nicht mehr ausweichen konnte. Jaroslav hinterher. Wumms! Jetzt saß er in der Falle. Alle orangefarbenen Fahrzeuge fuhren ebenfalls in den Innenhof hinein. Schaller sprang aus dem Auto und rannte wie wild in das Bauhofgebäude. Der Bauhof von Unterfilzbach war ein altes Fabrikgelände, das die Gemeinde damals, als die Fabrik für Knöpfe aller Art Pleite ging, gekauft und zum Bauhof umgebaut hatte. Das Gebäude war sehr verwinkelt, es gab darin viele Räume, die zum Teil gar nicht genutzt wurden.

Aus dem Audi sprangen zwei Männer mit dunklen Mänteln und rannten ebenfalls in das alte Gebäude. Als Wiggerl das tschechische Auto sah, wurde er auf der Stelle kreidebleich. Fast traumatisiert. Sein schlechtes Gewissen und der Gedanke an die Villa Ludmilla mussten wohl sehr erdrückend sein. Sepp und Hansi mussten natürlich da jetzt auch hinein, denn sie kannten das Gebäude in- und auswendig. Sie würden Schaller finden. Günter wurde noch kurz instruiert, die Polizei anzurufen. Kreuz und quer rannten das tschechische und das Unterfilzbacher Duo im Haus umher. Treppe rauf, Treppe runter, Büro rein, Büro wieder raus, Brotzeitstüberl rein … und so ging es drunter und drüber – ein Spektakel. Im Untergeschoss versuchten Jaroslav und sein Begleiter ebenfalls jede Tür zu öffnen und wie zwei wild gewordene Hyänen reinzurennen, als wäre ein ganzer Schwarm Wespen hinter ihnen her. Die Tür zur Werkstatt klemmte allerdings, das wussten die Tschechen natürlich nicht und gaben relativ schnell auf, wohl in dem Glauben, diese Tür wäre abgesperrt. Hansi und Sepp kannten aber natürlich den Trick, der nötig war, um diese Tür zu öffnen, und sie vermuteten gerade in einer Art Geistesblitz, dass Schaller genau das auch noch wusste. Schließlich war vor nicht allzu langer Zeit im Zuge der jährlichen Bayerischen Brandschutzwoche eine Feuerwehrübung im Unterfilzbacher Bauhof abgehalten worden. Dabei war es immer üblich, auch benachbarte Feuerwehren einzuladen, und in diesem Fall der Bauhofgebäudeübung war die Oberfilzbacher Feuerwehr dazugekommen. Markus Schaller hatte damals die Tür noch recht oberschlau angemahnt, sie sollte doch baldigst repariert werden. Ein kurzer Fußtritt unten bei den Scharnieren, einmal kurz die Tür anheben … und offen war sie. Die Tschechen waren dem Getrampel nach zu urteilen indessen schon wieder eine Etage über ihnen. Die Werkstatt war nicht allzu groß, aber recht verwinkelt. Eigentlich ein prima Versteck. Schlau war er schon, der Schaller. Hinter den Holzbrettern an der Hobelbank fanden sie ihn dann schließlich, am Boden zusammengekauert. Fast hätten sie Mitleid gehabt.

»Markus?«, sprach ihn Hansi vorsichtig an.

Aber er reagierte nicht.

»Die Tschechen sind weg, Markus. Komm raus, es ist vorbei«, sagte Sepp mit einer sehr ruhigen, aber festen Stimme.

Und tatsächlich, Markus Schaller stand auf und wirkte absolut kraftlos. Er gab auf.

»Die Polizei ist unterwegs. Wir wissen, was los ist, Markus. Du hast die Sandra auf dem Gewissen, sicher ist ein Geständnis besser, als wenn du es weiter leugnest«, riet nun Hansi und versuchte dabei die gleiche Stimmlage wie Sepp anzunehmen.

»Ja, du hast ja recht Hansi, aber was hätte ich denn machen sollen? Als meine Firma damals pleite ging, musste ich irgendwie zu Geld kommen und Jaroslav kannte ich von früher. Er hat mir damals vorgeschlagen, sein illegal hergestelltes Viagra in Deutschland zu verkaufen. Ihr könnt euch gar nicht vorstellen, wie sie mir das Zeug aus der Hand gerissen haben. Der Huberbauer, der Ashanti, der Bürgermeister, mei, ich könnte euch noch viele aufzählen. Alle haben sich wohl geschämt, zum Arzt zu gehen und ein Rezept zu holen. Das war bei mir schon einfacher.« Schaller musste dabei sogar ein wenig grinsen.

»Und Sandra wusste davon und hat dich erpresst, stimmt's?«, hakte Hansi nach.

»Ja, diese blöde Schnepfe. Natürlich hat sie das mitbekommen, wir hatten ja damals was miteinander. Aber sie wollte immer noch mehr Geld. Und meiner Frau hat sie dann auch noch einen Brief geschrieben. Dabei wollte ich gar keine Scheidung«, jammerte Schaller.

»Tja, diese Fremdgeherei sollte man sich schon vorher gut überlegen. Hinterher ist dann meist nix mehr zu retten«, musste Hansi nun ein wenig oberlehrerhaft seine persönliche Meinung zu diesem Thema einfließen lassen.

»Aber musstest du sie denn gleich umbringen?«, fragte Sepp vorwurfsvoll.

»Ja, dieser ganze Viagrahandel wäre ja nicht so schlimm gewesen. Aber der Unfall mit dem Apotheker, davon wusste die Sandra ja auch.«

»Unfall?«, fragten Hansi und Sepp jetzt im Chor.

»Na, die Schlampe hat mich mal wieder zu einer Geldübergabe mitten in der Nacht zur Metzgerei bestellt und wir mussten in eine Seitenstraße gehen, weil die Aschenbrennerin aus dem Fenster geschaut hat. Die Sandra ging ein paar Meter weiter hoch in die Angerstraße in die erste Hauseinfahrt, aber da hat uns dann der Apotheker gesehen und wollte wohl wissen, was wir da machen. Er war ziemlich aggressiv, weil er dachte, wir wollten ins Haus einbrechen oder so. Ach, was weiß ich. Auf jeden Fall gab es ein kleines Gerangel und dann ist er wirklich saudumm ausgerutscht und gegen die Zaunlatte geknallt. Ich glaub, er war sofort tot.«

»Verdammt, dann hatte der Baumgartner doch recht, es war ein Unfall«, murmelte Hansi.

Aber das Geständnis ging noch weiter, Schaller schien sich jetzt alles von der Seele reden zu wollen.

»Sandra wusste natürlich nun davon, auch wenn es ein Unfall war. Sie wollte noch mehr Geld, und sie wusste von allen, die Viagra bei mir gekauft hatten. Wer weiß, wen sie noch alles erpresst hat, das Flitscherl.«

Schaller brauchte eine kurze Verschnaufpause, er war außer Atem, aber es schien ihm gutzutun, endlich alles zu erzählen.

»Eigentlich wollte ich ihr nur einen kleinen Schreck einjagen und sie höchstens eine Stunde im Gefrierhaus einsperren. Aber dann kam der Reiner in die Metzgerei. Mitten in der Nacht. Da musste ich abhauen. Ich wollte das eigentlich alles gar nicht, das müsst ihr mir glauben«, flehte Schaller die beiden jetzt an.

»Ob wir dir glauben oder nicht, ist wohl ziemlich wurscht, Markus. Das wird schon irgendein Richter entscheiden, wie das Gesetz den Fall sieht«, entgegnete Sepp.

»Aber was hast du mit den Tschechen für ein Problem? Die sind ja hinter dir her wie der Teufel«, wollte Hansi noch wissen.

»Hm, ja, ich hab wohl ein wenig mit Jaroslavs Frau geflirtet. Und jetzt ist sie schwanger und will sich von ihm scheiden lassen. Diese Weiber, einfach furchtbar.« Schaller ließ jetzt den Kopf hängen.

»Na, dann bist du ja hier quasi total unschuldig, nur geflirtet und schon schwanger. Du bist ja so was wie der Heilige Geist aus Unterfilzbach, ähm, nein, du bist ja aus Oberfilzbach«, spöttelte Sepp und ging zum einzigen winzigen Werkstattfenster, um die Lage im Hof abzuchecken.

Er sah ein Mordsaufgebot an Polizeiautos und das tschechische Duo, das sehr aufgeregt und wild gestikulierend mit den Polizisten in ein Gespräch verwickelt war.

»Ich glaube, wir können jetzt rausgehen, Markus, die Polizei ist da«, forderte Sepp den Schaller auf, sich zu stellen.

Dabei nahm Hansi ihn fest am Oberarm und führte ihn nach draußen in den Hof. Mit einem Siegerlächeln übergab Hansi den gefassten Gangster nun an Kriminalhauptkommissar Josef Baumgartner, der schon mit strenger Miene wartete.

»Tja, Josef, da haben dich dein jahrelanges Gespür und deine super Erfahrung wohl doch getäuscht. Schau, da sollte man halt einfach auf sein Bauchgefühl hören«, frotzelte Hansi noch nach.

»Ja, ja, Hansi, is scho recht. Du mich auch …«, entgegnete Baumgartner sehr kleinlaut, drehte sich um und stieg zu Schaller in das Polizeiauto.

Die gesamte Mannschaft der Unterfilzbacher Bauhofmitarbeiter stand in »ihrem« Bauhof, am Ort des Geschehens – nein, es war ja nun fast ein Tatort – und beobachtete, wie sich der Trubel auflöste. Sie waren die Helden des Tages.

Und sie wussten und fühlten es. Natürlich waren sie stolz. Das musste selbstverständlich gefeiert werden!

»Ich fahr jetzt schnell zum Dorfwirt und hol ein, zwei Kästen Bier. Männer, da trinken wir noch eine Halbe drauf«, rief Hansi in die Runde.

Dabei fiel ihm auf, dass einer fehlte. Wo war Wiggerl?

»Habt ihr Wiggerl gesehen?«, fragte Hansi seine Kollegen.

Jetzt fiel es den anderen auch auf. Hansi erinnerte sich wieder, wie Wiggerl geschockt stehen geblieben war, als der vermeintliche Jaroslav aus dem Auto ausstieg. Hansi machte sich auf die Suche nach seinem Chef. Und tatsächlich fand er ihn.

In seinem Büro. Unter seinem Schreibtisch.

»Wiggerl? Was machst du denn da?«, fragte Hansi und beugte sich zu ihm hinunter.

»Sind die Tschechen noch da?«

Ludwig Hackl schien wirklich Angst zu haben.

»Nein.« Hansi lachte. »Jetzt komm runter und lass uns eine Halbe trinken. Hey, wir haben den Mörder von der Wolf Sandra gestellt. Das müssen wir schon feiern. Endlich sind wir mal die Helden vom Bauhof und nicht immer die Deppen der Nation. Wiggerl! Wir haben das gemeinsam geschafft.« Hansi war noch total aufgewühlt und voller Adrenalin.

»Aber die Tschechen, die suchen mich doch?«

»Nein, die haben den Schaller gesucht«, beruhigte Hansi ihn.

»Ach so. Ich dachte nur … weil ich gestern so gestänkert habe in der Villa. Jetzt dachte ich …«, rechtfertigte Wiggerl sein Verschwinden.

»Nein, jetzt komm und lass uns endlich eine Halbe trinken, Wiggerl, die Tschechen sind längst weg. Es tut dir keiner was.«

Schließlich kam der Chef der Bauhofhelden unter seinem Schreibtisch hervor und wurde langsam sichtlich entspannter.

»Ja, Hansi, weißt was? Ich geb eine Runde aus.«

Dabei klopfte Wiggerl Hansi auf die Schulter und war sogleich wieder ganz der Alte.

Noch bis spät in die Nacht feierten Hansi, Sepp, Wiggerl, Günter, Reinhard und Konsorten – sich selber und ihre glorreiche Tat. Die spektakulären Ereignisse hatten sich in Windeseile in ganz Unterfilzbach verbreitet, sodass die Ehefrauen, Freundinnen und ein paar Bekannte ebenfalls in den Bauhof kamen und mit den »Helden von Unterfilzbach« anstoßen wollten. Mit stolzgeschwellter Brust hielt Wiggerl eine Rede zu später Stunde, die er zugegebenermaßen ein klein wenig ausschmückte und dabei Hansi »über den Schellnkönig« lobte, wie mutig und umsichtig er doch gehandelt hatte. Dabei stand er zur Abwechslung mal wieder *auf* dem Tisch.

»Meine Männer, was für eine Teamleistung haben WIR da vollbracht! Jetzt haben wir es allen gezeigt, welch ein Kerl man sein muss, um am Bauhof zu arbeiten. Wir halten zusammen wie eine Familie. Immer schon habe ich diese tiefe Verbundenheit und Freundschaft zu euch allen gespürt. Ich fühle mich mit euch in einer höheren Sphäre vereint. Nehmt ihr auch diese kraftvollen Schwingungen der universellen Liebe zwischen uns wahr? Deshalb habe ich beschlossen, ab sofort viel mehr Zeit mit euch zu verbringen. Ich werde künftig die Bürokratie abbauen und lieber euch bei der Arbeit unterstützen. Die Last wird nun auf zwei Schultern mehr verteilt, nämlich auf meine. Ich werde jeden Tag mit einem anderen Kollegen unterwegs sein. Das wird Erleichterung bringen bei eurem schweißtreibenden Tagwerk. Einer für alle! Alle für einen! Ich möchte dieses WIR-Gefühl beibehalten und stärken. Lasst euch alle von Herz zu Herz umarmen.«

Mit Tränen in den Augen sprang Wiggerl vom Tisch und umarmte einen nach dem anderen aus seinem Team. Dass auch seine Männer Tränen – sicher aus lauter Freude – in den Augen hatten, berührte Wiggerl zutiefst.

– E N D E –

Danke

Ein dickes, großes Danke von ganzem Herzen an zwei sehr wichtige Menschen in meinem Leben, ohne die es dieses Buch nicht geben würde: Elke Saller und Karin Reisinger. Danke für die zahlreichen kreativen und witzigen Ideen, die ihr beigesteuert habt, für Lob und Kritik, für Motivation und Trost.
Und am meisten danke ich euch für eure Ehrlichkeit und Loyalität in allen Lebenslagen. Ich fühle mich gesegnet, solche Freunde wie euch zu haben!

Natürlich auch ein herzliches Dankeschön für meine »Fachberater« zu den verschiedensten Themen:
Tom Müller, Heidi Seitz, Conny Höreth, Michaela Herzinger und Marie Kagerbauer.
Ein sakrisches Vergelt's Gott fürs »Vorkosten« an den »Lesekreis Unterfilzbach«: Renate Kollmer, Elke »Hiebi« Hiebl und Angelika Hartl.
Danke an Mary Lou für ein wirklich saulustiges Fotoshooting, die schönen Fotos und die »guten, alten Zeiten«.

Ein fettes Merci auch an meine lieben Kollegen vom Bauhof für unsere gute Zusammenarbeit – ihr seid sowieso meine Helden!

Danke auch an meine Familie, Hannah, Emma und Volker, die gezwungenermaßen gedanklich mit mir nach

Unterfilzbach umziehen mussten und die »atemlose« Helene in Dauerschleife erhobenen Hauptes tapfer ertragen haben.

Last but not least danke an Klaus und Michaela Gröner von der Literaturagentur **erzähl:perspektive**, sowie an Steffen Janssen vom **Luzifer Verlag** für ihre Geduld mit mir und den Glauben an das »Projekt Unterfilzbach«.

JAKOB RUBINSTEIN von ANDREAS GRUBER

»Ein sprühendes Feuerwerk voll skurriler Ideen und schräger Figuren.«

– Veit Etzold –

WWW.LUZIFER.PRESS

LUZIFER
VERLAG